意林轻文库 绘梦古风系列 034

玲珑千金闯江湖

梨魄◎著

吉林摄影出版社
·长春·

图书在版编目（CIP）数据

玲珑千金闯江湖 / 梨魄著. -- 长春 : 吉林摄影出版社, 2017.9

（意林·轻文库. 绘梦古风系列）

ISBN 978-7-5498-3328-3

Ⅰ. ①玲… Ⅱ. ①梨… Ⅲ. ①长篇小说 – 中国 – 当代Ⅳ. ①I247.5

中国版本图书馆CIP数据核字(2017)第221925号

玲珑千金闯江湖

LINGLONG QIANJIN CHUANG JIANGHU

著　　者	梨　魄
出 版 人	孙洪军
总 策 划	阿　朱
责任编辑	施　岚　胡晓路
图书统筹	筱　唯
特约编辑	朱　会
绘　　图	饼　子
书籍装帧	王　春
美术编辑	袁　萌
开　　本	700mm × 1000mm　1/16
字　　数	250 千字
印　　张	13
版　　次	2017 年 9 月第 1 版
印　　次	2017 年 9 月第 1 次印刷

出　　版	吉林摄影出版社
发　　行	吉林摄影出版社
地　　址	长春市泰来街 1825 号 邮编：130062
电　　话	总编办：0431-86012616 发行科：0431-86012602
网　　址	www.jlsycbs.net
经　　销	全国各地新华书店
印　　刷	北京市兆成印刷有限责任公司

书　　号　ISBN 978-7-5498-3328-3　　**定价**：23.80　元

目录 CONTENTS

楔 子 001

第一章 千山乌绝 009

第二章 风华绝影 021

第三章 青青子衿 037

第四章 童家有女 053

第五章 乌骨锁情 071

目录 CONTENTS

第六章 月满天心 091

第七章 琅嬛绝杀 107

第八章 金黍山庄 129

第九章 危机四伏 159

第十章 银铛入狱 177

第十一章 水落石出 189

楔子

世人都道风城好，风景美如画。

人杰地灵，才子如云。

云悠书院，数十个孩童端坐桌前，眼眸晶亮，琅琅诵书。山羊胡的先生手持戒尺，捧一盏绿茶，在旁边如痴如醉地听着，嘴角浮现一抹分外满意的笑。

童家的孩子就是好带，一个个机灵着呢。

这不，《论语》教了三遍，都会背了。

“呼——呼——”

一片祥和的诵书声中，忽然传来细细的鼾声。老先生眉头皱了皱，戒尺在手心拍了拍，只当是错觉。

“呼——”声音越发大了，在琅琅书声中，犹如一粒老鼠屎，坏了整锅汤。

老先生平生治学严谨，最厌有人读书开小差，他陡地睁眼，精光四射，一双鹰眼闪电般锁定鼾声来源，戒尺一拍台子。

“童夜雪！”

“呼——”姨娘烧的饭，最香了，夜雪最喜欢了。

朗诵声涛涛如松林，似波涛，切切如珠玉落盘，不绝于耳。

末排坐着的小家伙双手交叠在桌上，小脑袋侧躺在手臂上，用力吸了吸鼻涕，圆圆的小鼻头皱了皱，脸上浮现出幸福的笑容。

“童夜雪！”

“……”嘘，小声点儿呀，如果被娘亲发现她偷吃，会发火的。

小娃儿光洁的额头皱了皱，仿佛是极不满那陡起的高音，嘬了嘬嘴，很是不悦。

“童夜雪！”

事不过三，戒尺在讲台上敲得啪啪作响，前排的孩子听了，禁不住瑟缩了下，后排的孩子见了，脸上各自浮现出骇然的神色。

先生的板子，打在手上可疼了。

书房里静了静，最末排的女童轻轻拍了拍童夜雪的小脸，悄声道：“夜雪，醒醒，醒醒呀，先生在叫你呢。”

“呼——呼——”苍蝇，好讨厌，闪开。

小手扑扇扑扇，想挥开脸上可恶的“苍蝇”。

老先生的脸色可怕至极，一步步走得极是缓慢，踩在地面，就像是踩在孩子们的心上，大家瑟缩地看着他一步步走到最末排。水分都没沥干的竹条在女娃儿的头上比画了一下。

“童夜雪！”

一声响亮的大吼，成功震碎了女娃的酣梦。

最末座原本酣睡的孩子听见怒吼，冷不丁一个鲤鱼打挺，整个人一跃而起，踢翻了桌子，踹飞了地上垫脚的书本，尚未长开的小脸上满是茫然，却下意识中气十足一声答应：“有！”

“童夜雪，‘学而时习之，不亦说乎’是什么意思？”

“呃……学而时习……意思是……意思是偶尔学习一下……”

书房静了静，旋即“轰”的一声，大伙儿哄堂大笑。

女娃挠挠耳朵，腼腆地笑笑：“不……不……‘易’……‘悦’乎，就是说……就是说不容易高兴。整句话的意思，就是偶尔学习一下，很痛苦，很不高兴……”

先生的脸铁青，众孩童笑得歪七扭八，眼泪都出来了。

一时间书房的气氛，空前热闹。

彼时，童夜雪五岁，初初学会了《论语》，借由伟大的《论语》，她依稀了解到自己和童家其他的孩子不大一样……那么多的孩子，她资质最差。

一晃，四年过去了。

天光如雪，泛着刺目的白。

稍远处，一点淡金衬着边角，挑染几分融融暖意。

清净的小花园，石板上搁着棋局，小小的女娃双手托着下巴，秀气的小模样自然比不得家中的姐姐妹妹，那一双眼眸却乌溜溜的，宛如浸在水银里的两丸黑水晶，分外清透。

“夜雪，我的好妹妹，我真的来不及了，你就帮我把账算了吧，回来哥哥给你带风谨山的龙眼、玉苏湖的莲蓬、穆海的莲雾……可都是你爱吃的，就帮哥这一回吧……”

“你不是说，我算的都是糊涂账吗，不帮，找城城帮你。”女娃的声音分外清脆，从棋格中拈出一枚白子，小手张开，见得五个小窝，胖胖的，分外可爱。

“我什么时候说过？小祖宗，我可求了你许久，再不帮，可没这个理儿了！”少年秀美的眼中闪过一分厉色，面上却依然一副笑脸。

到底是童家的人，这面上的功夫，做得极好，就算不满，也藏在面皮下面，摆出张灿烂笑颜，拢着人心。

女娃静默地瞥了他一眼，不说话了，推开棋盘，小手交叠在桌上，索性趴下睡了。

“童夜雪，你！”

少年怒极，一甩袖，恨恨离去。

小家伙瞅着他渐远的背影，眼底透出几分倔强，就是不帮怎的。城城她们在时，从不寻我，找不到人帮忙了，才想起自个儿有个妹妹叫童夜雪。龙眼是玉玉爱吃的，莲蓬是城城爱吃的，莲雾是凰姐爱吃的，她才不爱吃那些。

他哪次出远门回来，都不曾记得她，哪怕她爱吃的仅仅是微不足道、随处可见的糖葫芦。

可是，家里依旧没一个人知道。自从七岁那年，她三七算作了二十八，族长们再也不对她寄予厚望了，整日里竟浑似没她这个孩子。

她才不稀罕。

离着恁远，尚听着童慕远和童峥的对话传来："怎的，她答应帮你了？"

"嘁，哑巴似的人，倔得和茅坑的石头似的。寻她应口，还不若留了条子给城城，好歹算不成个三七二十八。"

两人哈哈大笑，少年的声音中带着说不出的恶意，浑不觉这样的对话，会伤到那个不过九岁的小丫头，说话间两人越走越远。

童夜雪撇撇嘴，拈起一枚枚黑白的棋子重新布一个残局。

这一局，棋谱上说，唤作"雾里看花"。

"童夜雪，你文不成，武不就，着实是童家耻辱……"

"……"

"若到了外面，千万莫道自个儿是风城童家的女儿，莫让天下人笑话了……"

"那我叫什么？"

"只要不姓童，随你叫什么。"

"嗳，不姓童，又能姓什么呢？不说是风城童家人，不就得了。"

不在沉默中爆发，就在沉默中灭亡。

十岁的童夜雪，咬咬牙，终于决定爆发了——

她面色肃穆，打了三天腹稿，准备前往云都，找到族长爷爷，坐下来好好和族长聊聊她童夜雪也是有才华抱负的大好人才。

哪知出师未捷身先死？

孤身闯江湖的小姑娘，怎么也没想到自己竟会迷路。

纵横交错的大道，每条都格外相似，每条……都走不到云都，更回不了风城。

迷路第一天。"这位大哥，你知道童家最近在寻人吗？嗯，一个十岁左右的女童，圆脸圆眼……”她把小脸笑得圆圆的，满心期待地描述着自己的形象，对方步履匆匆，厌恶地瞥了她一眼：“没有。”

迷路第二天。“这位大婶，你听说童家最近有什么大事发生吗？”外出这么久，不说兄弟姐妹着急，至少爹娘会急一急呀。

对方上上下下扫了她一通：“童家？风城童家天下闻名，出将入相人才济济，天天都有大事发生，不是童小姐嫁了王爷，便是童公子考上了状元，你说的哪一遭？”她眼角闪过一丝期待，脆生生的嗓音响亮道：“寻人。”“寻人？没听说童家的人走失了，走失了寻不回来，那还是童家的人吗？”

第三天……

第四天……

直到一个月后，她没有打听到任何消息，终于不得不接受残酷的事实。她被遗忘了，被族长、爷爷、奶奶、大伯、大婶、爹娘、兄弟、姐妹彻底地遗忘了。

没有人在乎童夜雪到底在不在家，可有可无的小人物，多一个，童家有饭养得起，少一个，童家不痛不痒少个包袱。

她心里有些失落，又有些愤怒。她一口气跑到风城最高的山上，小小个人儿，迎风而立，肥嫩嫩的小手扩在嘴边，大声地吼道：“不找就不找，我——自——由——了——”

最后一声有点儿中气不足，风城最高的山不过二层楼高，正对着悦宾楼的厨房，炒菜的大师傅正颠着火焰蹿高的爆炒虾仁，油烟滚滚往外冲，听见这声音，顺手抄过一个发臭的鸡蛋狠狠往外砸去：“吵吵吵，大白天的吵什么吵！”

小家伙灰溜溜地躲过臭鸡蛋，踏上了茫茫江湖路。

自由，是要付出代价的。

当童夜雪明白这一点时，为时已晚。

短短一年时间，她遭遇了人生各种挫折。因为年幼差点儿被人贩子拐卖到深山老林做童养媳，好容易使尽浑身解数逃出来，灰头土脸连亲妈见了都不认得。躲在破陋的山神庙，大雨倾盆而下。

小姑娘又饿又冷，还被占山为王的乞丐头子踹了几脚，骂她是抢地盘的。

千万个拳头雨点般砸下的时候，夜雪痛得眼泪直打转，却不敢哭。

淋了雨，又饿了几天，被打得奄奄一息时，童夜雪突然觉得好想家，好想风城的哥哥姐姐。

她纵然不是童家最优秀的孩子，可是在家中，姨娘从来不会让她冷了、饿了，或是让别人动她一根汗毛。

姨娘，我想回家……

姨娘，我错了……

姨娘，我纵是童家天赋最差的孩子，我也认了……

姨娘，你为什么不来找我回家？难道真的不要夜雪了吗？

泪眼蒙眬中，夜雪看见逆光中有一个佝偻的人影拄着拐杖，徐徐进了山神庙。

来人枯皮老脸，粗麻衣衫，那苍老沙哑的嗓音在山神庙中回荡，发出让人胆战心惊的回响。

她说："哪来的小子们，竟也敢在老身眼前放肆？"

夜雪从未听过有人发出那样剐着皮肉似的冷酷声音，直觉像是从修罗道走了一遭，刀子静默地剐了全身肌肤，阴恻恻地发着痛。

她还没有反应过来，刚才还对着她拳打脚踢的乞丐们纷纷尖叫逃窜，高喊："神偷姬蒲来了！""快跑！快跑啊！""别看她的脸，看到了小命不保！"

神偷姬蒲？那是谁？是从地狱来的勾魂使吗？

浑身痛得仿佛骨头被敲碎了，又一点点用米糊粘起来似的，夜雪迷迷瞪瞪抬起了头，才看了一眼，便仿佛被火焰狠狠灼烧了。在地上残余火焰的微光中，蓦地惊现出老妪的脸。

那是一张无比苍老的脸，苍白的皮肤千沟万壑，面容干瘪，老得已经无法辨别年龄，只能看见她的眼睛，闪烁着灼灼光亮。

"小丫头，从未有人敢盯着我的脸看，你不要命，老身便送你一程。"

老妪说这句话时，声音倒是温柔得很，她说的话，拆开来夜雪都听得懂，可是连在一起，夜雪仿佛没有听明白。

送我一程？是送我回家？还是去哪儿？就在她乱七八糟想着的时候，胸口猛然震痛，一个掌印倏然印在胸口。

再然后，她便什么都不知道了。

伤势延绵了七七四十九天，每天都是彻骨彻髓的痛。

神偷姬蒲说："童夜雪，你的命可真是大极了。若非老身认出了你耳后的明月胎记，认出你是故人的女儿，将你收为徒弟，你现在早成黄土一抔了。好端端在童家做你的小小姐，不好吗？非得来江湖闯荡。这次你运气好极了，遇上的是老身，倘若没遇上老身，你便是有九条命都不够送。"

"师父，若非是你……我也不会落得个筋脉尽断的天残身。"

“哼，老身教你的保命招式千千万万，天残又如何？放眼江湖，除了老身谁能伤得了你？”

“是是是，天大地大，师父最大。”笑眼粲然的小妮子，睁着眼睛看你的时候，仿佛明月倒映在她眸中，说不出的灵动秀气。

学轻功、学经史、学星象、学易容、学医术——

神偷姬蒲一身绝学，倾囊传授。

摸爬滚打整六年，如今的童夜雪个儿高了，功夫好了，容貌和十岁时相比没有太多的变化，依然是圆脸笑眸，虽算不上美人，却笑眯眯的，分外讨喜。

只一开口，形象顿失，那十个指头能数完的数儿，她愣是能一加一算出个三。

童年时期的记忆太黑暗，生生毁了她算术的能力。

第一章 千山鸟绝

沧历三十六年，春。

青城，一溜溜街道将城内切割成棋盘状。入城的街道两侧林立着客栈、酒肆、杂货铺，商旗猎猎，迎风飘展。

街头巷尾随处可见摆摊的小贩，扯着嗓子吆喝生意。人群接踵摩肩，熙熙攘攘，好一派繁华景象。

此时，一群入城百姓中，有一个土里土气的小姑娘。

她一身分外喜庆的碎花红袄，一手紧紧攥着碎花包裹，一手奉若珍宝地捧着张泛黄薄脆的纸，进了城，先张臂，深吸两口青城的空气，猛地抬头，乌润润的眼眸中酝酿出无限的感慨与幸福，还不等喷薄而出——

天光抡圆一圈，毫不客气地扎了扎她的眼。

小姑娘连忙遮脸、低头，小声嘀咕："青城呀，不愧是青城呀。连太阳都比别处的刺眼！"

她的声音带着岐州的口音，俗话说"天不怕、地不怕，就怕岐州人说官话"，话音落下，周遭立刻传来零星的窃笑，更有刻薄的直接笑骂一句："土包子！"扭着腰，嘲弄地看着她。

她置若罔闻，兀自高兴。

笑得正欢畅，后面传来一道气急的叫骂声："好狗不挡路，你到底走不走？"这一回头，可不得了，身后长龙似的队伍，每个人都愤怒地看着她。

不过叹息的工夫，后面竟排起了"一字长龙阵"。

人……好多呀。

她瞠目结舌，脆弱的小心脏漏跳半拍，方才的感慨咽回肚里，慌忙扯着包裹让出条大道。

"对不住，对不住，小妹我初登宝地，多有得罪，见谅见谅。各位大叔大婶大哥大姐不要见怪，请慢走……"

"谁是你大姐？我才二八！"

看着那张自称二八的女子的痴肥面容，她额角一阵跳动，灵机一动，从善如流，笑得分外亲切："这位妹妹慢走。"

那一声妹妹叫得好。

女子眼中一喜，肥硕的大屁股"噌"地顶开她，一扭一扭、姿态万千地进去了。

果然是……

妹妹。

好肥壮的……妹妹。

半个时辰后，城门口堵着的人群终于疏散。

某人这才磨磨蹭蹭从角落走出，站在空旷的城门口，她眼眸晶亮地看着这座繁华的城市，心中一片浪花，霎时间汇聚成大海——激浪磅礴。

青城，伟大的青城，富饶的青城，遍地金砖、富得流油的青城！

“我童夜雪，终于来了！”

初登宝地，并非无缘无由。

这两天，青城到处都能看见一个圆脸的小姑娘，操着别扭的岐州口音四处询问——

“……这位大爷，请问您听说过千绝宫吗？

“……啊，您问千绝什么意思呀……古人说得好，千山鸟飞绝，万径人踪灭……嗳，这不是重点。重点是您知道千绝宫在哪儿吗？

“……不知道？不知道您搭理我干吗？”

夕阳西下，天光似水，灿亮亮地洒在青石地面上，将整个青城染上了三分绚丽霞彩。

圆溜溜的小妞童夜雪哭丧着脸，托着圆圆的下巴，坐在桥头，看天上云聚云散、桥上人来人往、桥下潮起潮退，忽然间悲伤入骨。

“千绝宫，你在哪里呀？”

夜雪对着桥头喊，话音未落，不知打哪儿丢来一折扇，狠狠砸在她的脑门上，不远处，站着个青衣小厮，面色不善地瞪着她。

“哪儿来的丫头片子？找千绝宫干什么？”

夜雪神色一震，当即明白有戏，觍着脸，慌忙奔了上去：“我来找活儿……”

“最近没听着哪儿缺人手。”小厮冷着脸，皱着眉，上下打量过她，一脸厌恶，“谁介绍你来的？”

“这个……”

夜雪颤着双手，小心翼翼捧出了奉若珍宝的那张泛黄、薄脆、半截的破纸，小厮看了好一会儿，忽然笑了：“来晚了，这是暄小姐生病那会儿发的告示。当年暄小姐这么大，如今都已经这么高了。”

他伸手比了两个高度，一尺和三尺的差别，夜雪还是分得清的，那张圆圆的笑脸当下就垮了下去，她犹不死心：“真的不招人了吗？”

“谁没事招个大夫在家候着，看你这圆乎乎的模样，一看就知道是贪吃鬼。贪吃鬼，你会看病吗？甭把人给医坏了，你知道黄连和黄芪的分别吗？你知道金钱草和金银花的区别吗？”

小厮翻着白眼，挥了挥手，正喋喋不休一边显摆自己知道的那几个草药名，一边赶着人。

一个月白衣衫的少年走了过来，拉住他，也不知和他说了些什么，那小厮的手僵在半空，上上下下打量过童夜雪，忽然正色问道："你会煮饭吗？"

"啊？"

"我问你会不会煮饭？"青衣小厮的脾气不大好，加重语气。

"会！"童夜雪连连点头。

"懂得伺候主子的规矩吗？"青衣小厮一副趾高气扬的样子。

"懂。"童夜雪不敢反驳。

"家住何地？有无双亲？……"那小厮接连问了这些问题，童夜雪一开始还能回应几声，问得多了，她的脑袋里就灌满了糨糊，也不知道说的什么，正当她昏昏欲睡之际，却听见那小厮说："好，那就跟来吧。"

终于问完了吗？这意思是要用她了吗？

她偷偷抬眼看见小厮面色不大好看，不敢多问，慌忙扯着碎花包裹，屁颠屁颠地跟了上去，嘴角咧开了大大的笑容。

人一开怀，话就容易多。

童夜雪就是最好的例子——

"我当然知道黄连、黄芪、金银花、金钱草的区别——黄连呀，味苦、性寒，主治清热燥湿，泻火解毒。

"黄芪味甘、性温，主治气虚乏力，食少便溏。至于金钱草，味甘、咸，性微寒，可治毒蛇咬伤。金银花味淡微苦，清热解毒效果非常好……"

她的声音带着孩子气的甜软清稚，青衣小厮的面色却越来越臭。

那月白衣衫的少年走了过来，扯扯她的袖子，轻声打断了她的话："你和我们一起回千绝宫，事情不多，只需要照顾小少爷的起居饮食即可。"

童夜雪刚想接话，那男子又接着说："千绝宫有三位主子，大少爷、喧小姐，还有一个便是小少爷了。除了喧小姐那儿，别的院子几乎没有仆妇，小少爷年纪小，还劳你多多照顾。"

他说得轻缓柔和，童夜雪听得懵懵懂懂。

好半天，糨糊似的脑袋里透出几分清明，抓住一个不是关键的关键："……那酬劳呢？是纸上写的，一个月十两银子吗？"

少年瞥了眼童夜雪奉若珍宝的破纸，随手挥掉，扔到一边，不屑地点头："是，一个月除了十两银子，包吃包住。不过，你必须在千绝宫待满十年，否则可是一文钱也拿不到。”

银子……

十两银子……

有了银子，她就再也不用担心吃不饱，穿不暖了。她就可以仗剑江湖，她就可以闯荡天下。

她就可以……无数的银子，晃得她闪了闪神，就这么个闪神的空儿，她压根没听见少年后面开出的条件，连那少年什么时候走的，都没注意到。

那小厮见童夜雪一副神游状，不满地说：“烧饼，你干吗呢？我和你说话，你听着没？”

童夜雪瞅了小厮一眼说：“我不叫烧饼，我叫夜雪，童夜雪。”

“我管你叫烧饼还是米饼，你听清了，前面的，是主子，主子脾气不大好。不过也没关系，反正你也碰不着。”随着小厮的介绍，童夜雪遥遥一看，恰见着个冷枪般寒立天地的年轻男子，背对着她，下了软轿，大步往里走着，方才那个月白衣衫的少年跟在他身边。

一路上，都是众人恭谦的问安声。

夜雪道：“真气派呀。”

她啧啧称奇，童家乃富贵泼天、烈火烹油的百年世族。然而，在童家，即便是嫁作王妃的凰姐回来了，也没这么大的排场。

她想得入神，小厮满脸不悦，挥手打断她的话：“好了好了，一听你那口音，我就难受。你不说话，没人当你是哑巴。我带你去小少爷那儿候着吧。要做什么，自然会有人交代。到了千绝宫，一切比不得外面，规矩多着呢……”

一路上，就听着小厮说教的声音，洒落在夕阳西下的千绝宫。

月白衣衫的少年模样是亲切，可惜一嘴的胡话。

对她说什么只要照顾小少爷即可，夜雪放下劈好的柴火，不屑地抿紧了唇，蹦出一个“屁”字。

她来这儿统共七天，不要说小少爷了，就连小少爷的头发，都没见着一根。

身为粗使丫鬟的生涯，就此轰轰烈烈拉开序幕。

“童夜雪，水！”

“什么，还敢问我什么水？你眼睛长在脑袋后面吗？没看着花都要干死了？浇水浇水浇水呀！”

“童夜雪，骨头！”

“嗳，等等，你想把骨头丢哪儿啊？你怎么那么浪费啊？门口的大黄还等着啃骨头呢，你自己吃得多也就罢了，还不让人家大黄吃，你这丫头小小年纪怎的这么狠心呀！”

食指在某人脑门上点呀点，小妮子眼前金星直冒，浑身狼狈地站在那儿，一身红衣被浇花的水打湿，滴着水珠子。

地上淌着一小摊水，淡淡地晕开。

管事的尖酸嗓音依然在喋喋不休，小妮子鼻尖痒痒的，仿佛是正有头发丝挠着鼻子，忍耐再三，终于一声喷嚏，惊天动地喷了出来。

后院的花都有水喝，狗也有骨头啃。

可是，可是她饿着肚子干活，嗓子都烧出了窟窿，也没人理会。

小妮子委屈地撇撇嘴，失魂落魄地转身就走，浑然不觉身后的管事被自己喷了一脸的唾沫星子，正铁青着脸瞪着她。

“童夜雪——哎，你……”

管事的声音戛然而止，在他的正前方三丈不到的地方，某个穿红袄、身体圆滚滚的小妮子软软倒地：“童夜雪，你居然装死……”

装……装死？

听到这句话，夜雪真的想仰天长笑。

大叔，您太幽默了！

谁平白无故去装死呀？

十六年来铁打的身子如绷紧的弦，终于在一个礼拜不眠不休、不吃不喝中铮然崩断，她彻底昏睡过去。

再醒来时，月明星稀。

小妮子伸手摸了把床板，硬邦邦的，褥子上散发出一股霉湿的气味，很不好闻。

她皱皱鼻，努力睁大眼睛，周围黑漆漆的，只听见自己微弱的呼吸声。

人倒霉时，喝凉水也塞牙。

小妮子双手交叠抱着肚子，听着里面传来山崩海啸似的响声，舔了舔干裂脱皮的嘴唇，开始庆幸——好歹管事没有把她扔到路边，好歹这屋子遮风避雨，好歹她童夜雪还活着。

正想着，床底忽然传来一道清稚的嗓音。

“咦，什么东西在叫？”声音鬼魅似的，轻飘飘传入耳中。

小妮子纵是一身虎胆，冷不丁地，也吓得“砰”的一声翻到床下。

她一颗小心脏“扑通扑通”跳得剧烈，她用胖乎乎的小手捂着胸口，用力地眨眨眼，想看清周遭的环境。黑漆漆的床底，一双星子似的眼眸亮闪闪的，一眨也不眨地看着她。

“鬼——啊——”

镇定镇定。

她是想镇定，可人在生病时，总免不得胡思乱想，脆亮的嗓音，终于抑制不住害怕，狠狠地冲破喉咙。

“嘘。”

一个小球儿似的人儿，软绵绵的，带着甘甜的气息扑了过来，一双软绵绵的小手在她脸上一通乱摸，好歹找着了嘴巴，狠狠捂住。

“不要出声！”

对方煞有介事地做足了凶恶的模样，可惜到底人小力气也小，怎么也捂不紧童夜雪的嘴，让她逮到了说话的空儿。

“你是人是鬼？”话音一落，她就知道自己问了个蠢问题，对方的小手热乎乎的，是人非鬼，她摇摇脑袋，醒醒神，追问，“你到底是谁？”

就在这时，紧闭的大门“咯吱”一声被人推开了。

月光皎洁柔和，如同缓缓流动的清水，门外是草木葳蕤的院子，那夜色宛如晨曦下的一场薄雾。借着清澈的天光，童夜雪依稀辨出来人身姿挺拔，立在那儿，仿如一杆寒光闪烁的冷枪，周身散发出冰冷阴沉的戾气。

有杀气。

小妮子陡然一僵，浑身戒备。

扑倒在她怀中的小球儿一声惊呼，仿佛受到极大的惊吓般，一把搂住她的腰，浑身瑟瑟发抖。

夜雪这时候管不了那么多，只是僵硬地看着来人。

那人缓步而入，淡漠的目光从童夜雪身上掠过，直视她怀中那个小球儿，厉声喝道：“宫少听，别以为每个人都和你一样闲。我平日很忙，没空陪你玩你躲我追的游戏，还不出来！”

杀气渐浓。

夜雪头脑一片昏沉，手指本能地一动。

那人伸手抓来，就在这电光石火的刹那，夜雪一个跃身，堪堪避过。

她怀中的小球儿跌坐一旁，呆呆看着她手握不知从哪儿摸来的竹条，挟着雷霆万钧的气势，疾刺而去。

架势倒是好看，竹条刺到一半，本该无比强势的某人，忽然定在半空，然后“砰”一声跌落在地。

结结实实地摔了个……狗啃泥。

宫少听愣了愣，看看她，再看看来人，目光越发惊畏起来。

仿佛是窥破了他的疑惑，黑暗中，那人清冷的嗓音淡淡响起，声音如暗夜沉沉冰冷的水，透着几分沁骨的寒意。

来人道：“看我做甚，我可没出手。”

宫少听不屑地说：“没出手？”

他才不信。

没出手，人怎么会倒下。

“咕噜——咕噜——”就在这时，一个奇怪的声音嚣张地响起，引得宫少听和宫千九频频皱眉。

床底下，本该无比威风的夜雪，哼哼唧唧地翻了个身，绝望地揉着肚子，忍不住咕哝起来：“真是背，一个月十两银子有什么用，老娘做牛做马，连个花花草草、看门黄狗都不如……”

声音带着浓浓的岐州口音。

宫少听沉默一下，忽然捂着肚子笑趴在地。

这都什么跟什么嘛！

口音，还是岐州的口音！

这丫鬟太有意思了。

第二日，书房。

“九哥，求您了，就让童夜雪来听风苑吧。”

“免谈。”

“您不答应，我就……我就不吃饭。”

稚嫩的童音带着孩子气的倔强，拼命磨着书房中一袭黑衣的年轻男子。

天光清润，透过瓷白的云层洒落。

他伸手取过账目，随手拂开黏在身边的小家伙，嘴角勾出一丝冷笑：“你吃不吃饭，与我何干？”

小家伙愣了愣，面团似的小脸上一片哀戚：“呜……我就知道九哥不疼我，同是嫡亲的兄弟姐妹，九哥只欢喜喧姐，一点儿也不喜欢我……”

黑衣男子面上戾气大盛，手中的账本往桌上狠狠一拍，起身，巨大的压力迎面逼来，他嘴角浮现一丝残酷阴沉的笑意。

“听风苑一群浑人，教得你没大没小，成天胡闹。才撵了一批仆妇家丁出去，你又开始了。”

小家伙瑟缩了下。

小小的步子往后退了两步。

九哥一生气，就会笑，笑意越深，气得越厉害。

他缩着脑袋，一步步退到了门口，小手抓紧了门框，如惊弓之鸟：“我不要那丫鬟了，九哥您消气，我去给您倒茶！”

说着，一溜烟冲了出去。

跑到半截，也不知被什么绊了一跤，摔得灰头土脸，他也不哭不闹，爬起来继续跑，一口气就跑得无影无踪。

书房中，月白衣衫的少年恭敬一揖，口中笑道：“主子，小少爷懂事了，都会给您倒茶了。”

男子一声冷哼，“唰”地一下，撩开青袍，坐回原位，清透如寒星的眼眸中透出几分浓浓讽刺：“他倒的哪门子茶，不过是茶遁罢了，这么一闹，他恐怕三天不会来了。”

“小少爷要的丫鬟，要撵出府吗？”

“留着，让她来伺候我。宫少听以为我不知道他打什么主意吗？不就是觉得人家口音好玩，行为逗趣。小小年纪，没学会经史子集，净想着杂耍捉弄人，失了我宫家子弟的气度。他不是要那丫头吗，我便把那丫头放在我院中，我倒要看看他还能耍出什么新花招！”

“万一小少爷天天来闹……”

“就怕他不闹。你一会儿让人拿给他四书五经，告诉他背不熟，不要来见我。”

“九哥真狠心，瞧我摔成这样，不仅不疼我，还骂我……”

“他还让宁忻抱了这么大一堆书过来，说我背不熟，就不要去见他了……”小手往前一环，比了个天大的模样。

“那么多的书呢，我哪儿背得熟。不见就不见，他成天阴沉着张脸，宁忻不怕，我还怕呢……”

春光正好，满苑除了砍柴的声音，就剩下一个童稚的嗓音不停抱怨。

童夜雪走到哪儿，身后一条小尾巴就跟到哪儿。她忙着劈柴，偶尔手酸，反手一抖，那斧子就差点儿劈上那条“小尾巴”。

木屑飞溅，一大一小两个球儿站在一堆柴火中，大眼对小眼。

对此，小尾巴很不满意，噘着嘴，叫嚷开来：“哎，你小心一点儿，你失手砍到我怎么办？我可是千绝宫的少东家！”

“那你往边上坐一点儿，不要总跟着我。”

“你砍柴的声音这么大，我坐边上，你就听不见我说话了！”

小尾巴一脸“你是白痴”的表情瞪着童夜雪，后者握着卷刃的斧头，无语望天：“我可没准备听你说。”

小尾巴不理会她的话语，兀自噘着嘴，一本正经踱着方步，一脸正色：“你也不要急，赶明儿我再去找九哥要你，一定要把你弄到听风苑来，这样你就不用劈柴倒水了。”

“我觉得这样很好……”

“童夜雪，你总是不听我说话怎么行。我这样和对牛弹琴有什么区别呢？”

她的话，再一次被小尾巴打断。

她索性闭上嘴，听小尾巴说。

可没人搭腔，小尾巴说到一半，挠挠脑袋，又不说了，好半天他忽然想起什么似的，眼眸一亮，一脸期待地看着她：“其实你不听我说话也行，说几句话给我听听吧，我喜欢听你说话。”

夜雪无语。

对方却一脸羞涩腼腆，夜雪几乎想丢掉斧头，哪儿远躲到哪儿。

小尾巴拽着她的衣角，亮晶晶的眼眸中，含了三分气愤：“连你也要跑吗？我就知道，千绝宫那么多人，就没人肯听我说话。你们都嫌我烦，我……我才不稀罕！我喜欢的人，九哥一个也不留，这不，九哥肯定给你灌了什么迷汤让你不理我，连你……连你也要跑了。”

他说着说着，眼角就滚下豆大的泪珠。

不过五岁大的孩子，纵是人小鬼大，念念叨叨不说好话，如今粉团似的一张小脸哭成这样，抽抽噎噎，偏偏强咬着唇，攥着衣角，狠狠抹掉眼角的眼泪，童夜雪的心一下就软了。

她想起自己五岁的时候，也没人搭理自个儿。

那么多孩子里，凰姐生得最好，城城是最聪明的，玉玉习武的根骨天资最好，他们不管走到哪儿，身前身后都跟着无数的人……而她，她总是孤零零的，到哪儿都是一个人，连下人都不屑搭理她。

如今看着小尾巴，就仿佛看见当初的自己。

她伸手擦掉小尾巴的眼泪，豪气万丈地拍胸脯："谁说我要跑了，我干完活，陪你一起玩！你想玩多久，我一律奉陪。"

"真的吗？"

"君子一言，驷马难追！"

小尾巴的眼睛"唰"一下亮了起来，扯着脆生生的童嗓，大声宣布："那你学狗叫给我听！我要知道岐州的小狗，和青城的小狗有什么不同。"

童夜雪一个踉跄，忽然间恨不得把自己刚才说的话，全部吞回肚子里。

第二章 风华绝影

宫少听的如意算盘拨得"噼里啪啦"响，可人算不如天算。

宁忻和管事的大叔打了个招呼，根本不需要什么动作，第二天，宫少听来找童夜雪玩的时候，便眼睁睁看她拎着包袱，义无反顾地去了九茴院。小家伙看着她圆滚滚的身影消失在视线里，心下一片茫然。

明媚的阳光洒落大地，可惜宫少听却觉出几分"风萧萧兮易水寒，壮士一去兮不复还"的意味，他撇撇嘴，忍不住号啕大哭。

"呜……夜雪，夜雪你不要走呀……

"你走了谁陪我说话，谁陪我玩……

"你走了谁来学小狗叫，岐州的小狗叫得比青城的好听多了……"

宫千九的贴身侍卫宁忻微笑着揉了揉他乌黑的小脑袋，一脸温和："小少爷何必哭成这样，童夜雪只是去伺候主子，又不是上刀山、下火海。您可以随时去主子那里看她呀。"

"九哥说不背完四书五经，就别去见他。我还没玩够，才不想跑九哥那儿找罪受。别以为我不知道，你和九哥一个鼻孔出气。"

小狐狸乌溜溜的眼珠子转了转，压根不上当。

宁忻无语。

就这样，作为"兄弟内斗"牺牲品的夜雪，到了千绝宫最阴森可怕的九茴院。

宫千九是一个冷峻淡漠的男子，这从前几次不多的相处中，童夜雪猜出个大概。

虽说被调到了九茴院，大伙儿都一脸同情地瞅着她，可她没觉着这里有什么不好。劈柴挑水的活儿不用干了，平常的时候，宫千九有着令人发指的洁癖。不管是用膳还是梳洗更衣甚至沐浴，一概由宁忻伺候。

童夜雪每天搬出小板凳，在院子里晒晒太阳，望望天，一天就这么过去了。

闲逸的生活滋生懈怠与空虚，在这样的情况下，小妮子丰富的想象力得到了充分的发挥，王孙贵族总有那么些龌龊的嗜好——

宫千九虽说不是贵族，而且脸上有一道骇人的伤疤，不过他很有钱，而且他有着一般王孙没有的逼人气势，冷峻孤傲。

这样的男子，过于硬朗，若不是铁骨柔情，妻妾成群，好歹也会有那么几个贴身丫鬟。

可是，宫千九没有！

他身边常年只有个清秀少年宁忻，而且他只让宁忻服侍。

在她来之前，九茴院就没见着过女的。别说女的，就连伺候的用人，都没见到一个。莫非宫千九身负异宝，生性谨慎，害怕别人偷了他的宝贝？哎，这倒是有可能的。可他关乎国运权势的宝藏到底会在哪儿呢？

枕头底下？桌角底下？密室？床底？还是身上？

有事想，总比成天浑浑噩噩度日的好。

时光如流水，转眼又过了一个月。

在千绝宫，童夜雪找到了新的乐趣。

她旺盛的好奇心很快就被这片巍峨华丽的建筑群吸引了，院落间借着山势的起伏延绵，修建出九转回廊、水榭楼台，山峦草木经过无数工匠的妙手，巧妙地与恢宏的建筑群融合。

小丫头兴趣的转移，本来不是什么大事，可宫千九面色却在阴冷中透出一股说不出的烦躁。

倒不是说他喜欢上了童夜雪无时不在的视线，只是一时无法接受这样的落差。这仿佛是一个黑白颠倒、日夜无常的人，忽然有一天，身边的一切都恢复了原样，可该死的是这个人好不容易才适应了反常的生活。

依宫千九淡漠冷酷的性子，这种乌龙根本不该发生。

然而，第一次见面，让他对童夜雪这样相貌寻常、言语粗俗的家伙产生了说不出的厌恶。然后，她到了九茴院，原以为她不过是个粗鄙点儿的丫鬟，谁想到她居然会无处不在地偷窥自己。

这让他对童夜雪从心底产生了一种深深的鄙夷。

只要一想起来，宫千九依然会莫名烦躁。

书房中，天光透过红木窗格，洒落一地。

玄袍玉带的年轻男子从账本中抬头，旁边的月白衣衫少年立刻上前两步，适时奉上一盏热茶，男子接过茶盏，只喝了一口，好看的双眉立刻皱了起来。

一翻掌，他泼掉紫砂茶壶中的香茗，声音霎时间冰寒刺骨："换乌龙茶。"

"这就是乌龙茶呀，今年新摘的雨后芽尖，怎么，不对吗？"

宫千九不答，犀利如刀刃的目光冷冷看着桌上的紫砂茶壶，冷峻的五官如刀刻般，看不见分毫的情绪波动。

宁忻慌忙上前两步，揭开盖子，一阵清淡的茶香登时飘散开来——

茉莉花茶。

他煮的分明是乌龙茶，如今却变成了茉莉花茶，他的心下当即沉了沉。

宫千九的膳食都由宁忻一手置办，从来不假手他人。这不仅仅是因为宫千九有着严重的洁癖，更因为他身份特殊。

千绝宫看似寻常，却是沧原九州最大的江湖帮派。千绝山向来热闹，即便是地势陡峭、迷宫似的山路一不留神，就让人有去无回，也挡不住上门挑衅的青年高手，这其中善于用毒的银煞楼的高手更是数不胜数。

众人的心思很简单——

只要能杀掉宫千九，在江湖上不遑于有了宗师地位。为权、为名，宫千九都是一个极好的跳板。

可他们不曾想过，这样的传言，侧面反映出宫千九武功之高，早已到了出神入化，几乎可以和一派宗师相提并论的地步。

高手们前仆后继，飞蛾似的扑火而来。

宫千九虽然不屑一顾，可他还是异常谨慎的。

这世上，命只有一条，没必要为了华而不实的虚名而将生死置之度外。

信任宁忻，是因为他二人生死为契，可如今乌龙茶竟然被莫名调包，换成了茉莉花茶，如果对方是敌人，他恐怕……

宫千九没有继续想下去，他猛地起身，就在这时，失踪许久的童夜雪从门外跌跌撞撞地闯了进来。

“我的茶叶……”

这妮子风风火火地跑进来，未完的话音消失在宫千九霍然回头的逼视中，那寒意逼人的目光冷冷射向她，冷峻中溢出浓浓杀意，如铮然出鞘的剑刃。

小妮子冷不丁打了个寒战，脚下一个踉跄，一下就滚到了墙角，扯着稚嫩的尖嗓叫起来：“英雄饶命，小的就是一丫鬟。杀了我，您也捞不到多少银钱，我身上就剩最后三枚铜板了……”

她连滚带爬，躲到墙根，声音带着浓浓稚气与骇然的哭腔，仿佛一个正遭遇打家劫舍的倒霉富商。

不过，夜雪不是富商，她只是小小一个穷丫鬟。于是这样一来，喜剧效果十足强烈。

宁忻一怔，嘴角忍不住露出了浓浓的笑意。

被她一搅和，书房里逼仄的紧迫感霎时间烟消云散。

宫千九眸光一沉，知道现在不是谈事情的时候，右手有力地一挥。宁忻立刻会意，点头作了个揖，先行退开。

朱漆大门从外面轻轻合上，空荡荡的书房中，就剩下宫千九和童夜雪两人，气氛如绷紧的弦，一触即发。

宫千九坐在太师椅上，一言不发，天光从窗外透入，映衬得他坚毅的侧面宛如神祇，俊秀不可方物。然而，当他看着童夜雪时，犀利的目光中忽然闪过一道嘲讽的冷意。

他霍地起身，童夜雪浑身抖得有如筛糠。他一步步走得极缓，却宛如走在童夜雪的心口，最后停在她身边，声音寒冽如北风一般。

“谁让你来的？”

“啊……”

小丫头哪儿见过这般阵仗，当即吓傻了，缩在墙角，哭得一把鼻涕一把眼泪，偏偏一手抱着脑袋，一手战战兢兢地摸出一枚铜板。

宫千九皱眉，看着她颤抖的手递来那枚铜板，一时间没反应过来她到底是什么意思，声音不由得又沉了三分：“说话。”

小丫头身体明显一颤，几乎要哭出来：“不，不要杀我，这个给你……”

宫千九好半天才反应过来，面色登时铁青。

她当自己是什么人，居然会贪她这么个铜板。

他饶是再冷漠阴沉的心思，遭遇这样的乌龙，也禁不住勃然大怒。

“童夜月！”

“呜……我叫童夜雪，不叫童夜月……”小丫头抹着眼泪，哭得更大声了，童夜月是大伯家的女儿，比她大三岁呢。

为什么每个人都会把她叫错成童夜月？

她就这么没有存在感吗？

“我管你叫什么，你这是什么意思？”

宫千九压抑着怒意，猛地握紧袖下的拳，眼中的杀意渐浓，偏偏童夜雪平时胆小也就罢了，此时神经无比粗大，居然察觉不出他身上的杀意，抹着眼泪哭得好不伤心。

“我只有三枚铜板，不能全给你。要不，我给你两枚好不，你不要杀我……呜……”

瞬间，煞气大震，宫千九猛地一拳，狠狠砸在墙上，逼视着童夜雪，语气中是说不出的暴戾阴沉，“姬蒲糊涂了吗，竟收了你这样的弟子。”眼下圆滚滚的某个球，奇异地和一个瘦成竹竿的老妪的形象重叠在一起。

那老妪，容貌丑陋，行事乖张，便是行踪莫测、行事诡异的神偷姬蒲。

除了姬蒲的弟子，谁又有“换茶”的能耐。

哼，可惜。

可惜姬蒲的坏毛病多年不改。总以为不问自取是小人，要做个光明磊落的贼，喜欢在行动之前，搞些画蛇添足的小动作，“提醒”目标，神偷门人看上了你的宝物。

小丫头哭得狼狈不堪，却还能抽抽噎噎地嘀咕：“鸡脯？什么鸡脯呀？好吃吗？”

“姬蒲，雨枫阁，你当真半点儿不知？”宫千九冷笑。

“那里也卖鸡脯肉吗？我一直在山下的沈大娘家买鸡脯，那家的烤山鸡很鲜很香很好吃……”

宫千九问话的声音清冷阴沉，童夜雪似乎没抓住重点，或者说，抓住了重点，也刻意准备蒙混过去。

她来千绝宫的时候，各方面打点得极到位，别说宫千九了，便是她出师多年从未见过面的师姐，也未必能猜出她们系出同门。

唯一有可能猜出她身份来历的——

也就是此时了！

不就是套话吗？

若这么简简单单就被套出话，别说她对不起师父六年来的倾心栽培，就连这些日子她卧薪尝胆吃不好、睡不香的苦，都对不起！

不过，说到鸡脯肉，山下沈大娘烤的山鸡肉可真是皮薄肉酥，香辣可口。忍不住吞了吞口水，小姑娘眼眸倏地一亮，口水都差点儿流下来。可是再想到自己身上仅存的铜板，肩膀当即又垮了下去。

薄金似的日光洒落在她干净秀气的小脸上，衬得她眼眸如孩子般晶亮，加上她垂涎欲滴的馋样儿，就好像青城大街上任何一个贪吃的孩子。

宫千九眸中精光一闪，压抑住浓浓的杀意。

很好，她既然想玩，那他就奉陪到底，可惜他不会怜香惜玉，他倒要看看，她的底线到底在哪里。

“从今天开始，我的日常起居一律由你伺候，一日十二个时辰，我要你寸步不离。”

“啊？那宁忻呢？”被宫千九冷不丁的命令给惊吓到，小丫头呆了呆。

宫千九唇角勾起抹恶意的冷笑：“怎么，你不肯来吗？”

轰隆——

童夜雪当即傻了。

天雷轰顶，天崩地裂，天怒人怨……

不不不……不会吧。

她她她，她只是打杂丫鬟，竟然要开始伺候人了吗？别啊，师父让她来偷东西，只说过吃得苦中苦，方为人上人，她都已经自降身价当了打杂的，可堂堂风城童家人，竟然要伺候“主子”。

还是一日十二个时辰贴身侍奉。

说出去，她脸往哪搁？呜，不带这么玩她的呀。

童夜雪觉得自己的好日子到头了。

这些天，她日日无精打采，神情恍惚，走个路都会走岔。出外采办，回九茴院的一路上，都有许多人好奇地看着她，指指点点。

“瞧，那个是宫主钦点的贴身丫鬟，叫什么……”

“童夜雪！”

“对对对，就是童夜雪。”

“我怎么瞧，也觉着她长得普普通通嘛。连藏月的一半都不及，藏月也真是可怜，千娇百媚个美人，偏偏喜欢上宫主。宫主让丫鬟服侍，这可是头一遭呀。这童夜雪到底哪点好呢？”

“你懂啥，人家心机深！指不准溜须拍马、服侍好了宫主，赏银多多。”

童夜雪回九茴院的路上，听见有人议论她，她好奇地凑上前，便见后面的两个人以极低的声音交头接耳，神情艳羡不已。

那两个人正说到兴头上，童夜雪从底下钻了上来，咧开嘴，笑得无比灿烂：“两位大哥说什么那么开心，独乐乐不如众乐乐，让我也听听吧！”

“鬼呀！”夜雪看着两人尖叫着落荒而逃的身影，撇撇嘴：“小气！”

草丛边，养蛊的两个千绝宫的女弟子也在悄悄嘀咕。

“你听说了吗，宫主收了个贴身丫鬟。”

“难道她就不怕宫主把她杀了？”

“如果不看宫主脸上的那道烙印，其实宫主五官挺硬朗俊秀的。”

“你仔细看过？”

“偷偷看的，你当我那么大胆，谁敢光明正大地紧盯着宫主的脸瞧呀……”

两人正议论着，一只不知从哪儿探出的小手掀开散发出奇异腻香的盖子，嘴里嘀咕：“两位姐姐，你们在养蛊耶，瞧见没，好端端的金钱蛊都要被熏死了。”

“童……童夜雪……”

其中一人面色惨白地道出小丫头的大名，另一人的脸色也“唰”地白了。就见这笑容粲然的小丫头咧嘴，露出可爱的小虎牙，笑得有些羞涩。

“原来你也认识我呀！”

那么多胡话，夜雪别的话没记住，就记住这一句了——

“……我哪儿有那么大的胆，谁敢光明正大地紧盯着宫主的脸瞧呀……”

为了证明她的胆大，小丫头在枯燥的生活里找到了新的乐趣。

宫千九在书房，她磨着墨，乌溜溜的圆眸好奇地看着他。宫千九在用膳，她布完菜，也不走，就站在原地看了起来。宫千九走到哪儿，她尽忠职守地跟到哪儿。

她越看，越惊讶。

千绝宫上上下下，没有不怕宫千九的。就连小少爷宫少听，见着他，有时候也害怕。正因为害怕，所以没人敢仔细地看他的模样。

如今童夜雪夜以继日地观察，却得出了一个惊人的结论。

不，不会吧。

主子如果没破相，竟然长得比入宫为妃的凰姐还俊！

单看那斜插入鬓的双眉，冷峻宛如冬水的乌瞳，挺鼻薄唇，简直比画上秋水伊人更添三分风骨，比寒天傲立的修竹更增七分文秀。只是一道可怕的烙痕，从额顶劈下，如闪电般没入下颌，让他的脸更显得冷峻而魅惑。

啧。

什么叫怒马鲜衣，少年意气?

没想到主子居然也是绝色呀。

小丫头擦擦嘴角淌下的口水，探着脑袋，正看得津津有味，就在这时，大门忽地被人从外面推开了。

糟糕，行踪暴露。

偷窥可不是什么光彩事。

被人知道，她一世英名可就全毁了。

夜雪急了，整个人“噌”地蹿了起来。

她上前两步正准备为宫千九倒杯茶，顺便粉饰一下太平。谁料脚下不知被什么一绊，就听一声惊呼，圆滚滚的身子狠狠地撞入宫千九的怀中。

一股男子的气息扑入鼻中。

童夜雪来不及思考，就听宫千九闷哼一声，饱含着杀意与不悦的声音，咬牙切齿地从她头顶冷冷掷下：“童夜雪，你到底在干什么？”

“我什么也没干……”

闷着脑袋的声音模糊地从宫千九的胸口传出。

“说什么？大声点儿！”男子冷漠的嗓音越发不悦。

小丫头想辩解，可抱着主子说话太不礼貌。

她立刻反应到自己应该先起来，于是使出了吃奶的劲儿一阵乱推。所谓越忙越乱，那双小胖手也不知抓到了哪里，宫千九肩膀陡地一紧，闭上双眼，深吸了好大一口气，怒吼："你这该死的女人！"

一股大力从她衣领处传来，她整个被人拎到了半空中，小小的身子在空中晃悠着，宫千九的目光冰寒入骨，透着说不出的煞气。

是人都该知道宫千九很生气。

暴怒的煞气在空气中缓缓弥漫。

小妮子可怜兮兮地垮着张小脸，摊开双手，清稚的声音带着些许的哭腔，分外无辜："主子，您别生气。我也没干什么，我就想给您倒杯茶！"

"倒茶？"

倒茶居然倒到他怀里来了！

宫千九想怒吼，也没见这小丫头怎么动作，整个人"噌"地从他大掌中跳了下来，畏缩地躲在桌子底下："主子您别打我，我再也不敢了。"

门外的小厮正准备进来，听到这一句，忍不住倒抽一口冷气。

宫主……宫主居然还打女人？

太可怕了！

宫千九怒极反笑，薄薄的唇紧抿成一条线："过来。"

"主子您别生气，我就过去了。"

小妮子也察觉出危险的气息，一双小胖手牢牢地抱着桌腿，缩在桌下，声音中哭腔渐大，不多时，变成了一阵悲戚的哭声，就这么传出去好远。

门外的家仆看见这阵仗，双腿打战，惊骇地低头，进也不敢，退也不敢。

宫千九深吸一口气，压抑住愤怒，鹰眸射向门外，语气厉了三分："什么事？"

"是……藏月想见主子，在外面，小的不知到底该不该放她进来。"

藏月？

缩在桌下的小丫头一边哭，一边竖起耳朵，眼眸倏地亮了亮。

听很多人谈起过藏月了。

都说那是个千娇百媚的美人儿。

嘿嘿，她喜欢美人！

"不见。"童夜雪正好奇着，宫千九斩钉截铁，冷淡地拒绝了。

不见？

不见怎么行?

那她不就看不到美人了!

小妮子急了，来报信的家仆却明显松了口气。

“小的明白了。”

他退后一步，一溜烟儿地往外面跑去。

桌腿下，某个眼眸发光的小家伙见他跑了，慌忙低着脑袋，挪动着略显笨拙的身子，想追过去看看，美人呢，有多美呢?

十九步……

十八步……

……

三步……

两步……

一步……

她抱着脑袋，挪动得小心翼翼，眼见大门就在眼前，心中发出一阵小小的欢呼。谁想，一角墨色的袍子不知什么时候一晃，却恰恰挡在了门口。

小妮子一愣，来不及反应，整个人就被提着衣领拎了起来。

“童夜雪，你还想跑?”

撞入眼底的是男子冷峻逼人的脸，五官线条俊挺流畅如刀刻，一笔笔透出不近人情的绝然，那一道闪电似的疤痕从额角劈下，令人心下猛地一阵窒息。

不知怎的，夜雪的心忽然狠狠抽了抽。

“喀……喀……”

“投怀送抱……你是想让我吃了你吗?”

“什么?你……你居然吃人肉?”

童夜雪冷不丁一个寒战，也不知从哪儿来了那么大力气，“刺溜”一下从他怀中蹿了出来，满脸戒备地盯着眼前这个气宇轩昂的俊秀男子。

嗯，好险。

幸亏她发现及时，躲得够快。

就在这时，门外传来一阵雨打芭蕉似的急促的敲门声。

“九哥，开门!九哥，快点儿开门呀!”

清稚的童声在外面喊了许久，猛力敲门也不见动静，一个轻柔的女声道：“也许不在。”声音中稍稍流露出一分失望，却巧妙地掩饰住了。

门外的男童轻轻“哼”了一声，甩袖正准备离去，眼角瞥见紧闭的朱漆大门，他眼珠一转，嘴角浮现出一抹坏笑。

少女刚走到阶下，就见小家伙忽然转身跑了回去，用力地敲着门，边敲边踹：“九哥，你在不在？在的话，应个声呀……”

大门禁不住这样一阵猛踹，发出“砰砰”的响动。

宫少听心中一片舒坦。

平常被九哥压得死死的，他早就心怀不满了。

如今九哥不在，嘿嘿……

他踹不了九哥的人，踹踹九哥的门，也很解气呀。

这样一想，小家伙踹得越发兴奋：“九——哥——开——门——呀！”

他故意拉长了嗓音，从后面一阵小跑，到了门边，再狠狠一脚借着冲力踹上，砰！鲜亮的门匾上“沙沙”掉落木屑，纷纷扬扬。

混世小魔王宫少听，大闹九茴院。

朱漆大门上留下小小的脚印，大门晃得少女细眉微颦：“小少爷，宫主不在呢。”

“去，不要你管！”

小家伙推开少女，眉目中戾气乍现，竟有几分千绝宫宫主的气势，配上他清秀可爱的小脸，让人冷不丁打个寒战。

趁着少女倒退两步，有些愣怔的工夫，小家伙兴奋地继续一脚飞踢。

天不遂人愿，本该紧闭的朱漆大门，竟然“咯吱”一声迎面而开，他收势不及，眼见着就要踢上倒霉地跑去开门的童夜雪。

黑衣一掠，一个气宇轩昂的黑衣男子猿臂一勾，恰将夜雪搂入怀中，避开了宫少听这一脚。

“九……九哥……您……您在呀……”

天空一声霹雳，宫少听看清来人，清秀的小脸倏地一僵，他心下冷不丁咯噔一下，倒也聪明，眨眼就赔了张笑脸，去拉宫千九的衣角。

后者眉目凛冽，眸光尖锐如冰刃般冷冷看着他，淡声道：“好一式连环踢，功夫见长呀。”

“九哥教得好。”

小家伙深谙马屁之道，打蛇顺杆地恭维一句，乌溜溜的眼眸立刻酝酿出一片仰慕。

宫千九幽冷的寒眸中透出一丝冷笑：“我教得好，我何时教过你踢门？”

“我当九哥不在……呃，不不，我是说，我当九哥您在睡觉，还不是心急了些……”话说到一半，忽然反应过来说漏嘴了。

他立刻改口，谎话说得溜溜儿的。

不过九哥那么精明，肯定糊弄不了他，没准还会被九哥揍一顿，小家伙方才的眉飞色舞登时化作浓浓的挫败。

唉，就知道九哥不好糊弄。

旁边的少女知道宫主向来疼这个弟弟，而且小少爷人小鬼大，如果能卖他三分好处，以后自己要接近宫主恐怕会更有助力。

她心思玲珑，看透这点后，立刻上前两步，轻声道：“小少爷年岁尚幼，宫主何必苛责。”她不说话还好，一说话，宫千九的目光凝在她娇美的脸蛋上，斜插入鬓的双眉拢了起来：“藏月？”

“是。”藏月羞红了俏脸，娇羞垂首。

宫千九却顾不得那些，他听她应承，面色越发阴冷暴戾，连着声音都覆上了层冰雪寒锐：“谁带你入九茴院的？”空气中透出分分紧迫的杀意。

残阳如血，映衬着他冷峻孤绝的容颜，宛如空旷渺远的古战场上一杆寒光闪烁的银枪，狂风猎猎，直到岁月将石砾小山磨成了细沙，纵然是沧海桑田，物是人非，那银枪依然挺立在原地，不为岁月与风沙所折，反而越发寒锐逼人。

“我……”饶是再花痴的女子，也经不起宫千九这么一眼。

藏月脸色禁不住白了白，一时语结。

童夜雪手脚并用，好容易挣脱宫千九的双手，从他怀中冒出了个小小的脑袋，看看藏月，再看看宫千九，眼眸倏地一亮：“好美的姑娘呀！”

啧啧，难怪大家都说“藏月姑娘这怎么样”“藏月姑娘那怎么样”，果然是国色天香的美人儿。

她一说话，那奇怪的岐州口音立刻传入每个人耳中。

此时，就见一名气宇轩昂的年轻男子，怀中抱着个身量未足的小姑娘。

他，一眉一眼中皆是说不出的锋利冷峻，即便是面颊有疤，依然让人禁不住心动。她，费劲地从他怀中冒出个小小的脑袋，如一只可怜兮兮的小猫儿，虽不如藏月的明媚娇美，却眉眼清亮，分外可爱。

这场景若被千绝宫的弟子看见，绝对当自己在做梦。他们英俊冷漠，却如冷月般孤傲冷峻，如神祇般高不可攀的宫主怎么会抱着个丫头？而且……竟然是那么个相貌平凡、看似寻常的小丫头。

肯定是看走眼了！

如果没被宫千九言语如冰地对待，藏月恐怕还没那么失态。

可自己被宫主排斥在九茴院外，凭什么那丫头能得到宫主的青睐？

他不是一直有外人不知的厌女症吗？

凭什么那丫头竟然能和他这般亲密？

藏月嫉妒得一张娇美的脸都扭曲了，指甲深深掐入掌心，声音尖锐起来："什么东西，竟敢赖上宫主，滚下来！"

话音一落，宫千九的脸色又沉了三分。

这会儿，连宫少听都忍不住同情地看着她。

什么东西？

这种话，是她能说的吗？

九哥若是不愿搭理童夜雪，童夜雪就算想赖，也没那么大本事。

她还当童夜雪自己缠上去的吗？

这藏月，平白生了张好脸蛋，却怎么这般无脑。

平时也没见着她这样不知礼数。她若是小打小闹也就罢了，她是喧姐的闺蜜，九哥自会看着喧姐的面子，容她三分，可如今竟然以女主人的身份自居，喧姐就算想保她，也要看九哥愿不愿意。

宫少听人虽然小，凡事却看得清晰，当下已经把藏月当成尘埃，不过喧姐的面子还是要给，小家伙想到这儿，立刻小脸儿笑成一朵花儿缠了上去。

"九哥，我四书五经都背完了！"

"嗯。"

后者淡淡应了声，越过宫少听，居高临下地看着台阶下的少女，他的目光从她娇美的脸一路而下，到了她身上。

小尾巴插科打诨，还想顺手拉扯一把藏月，于是继续牵了牵宫千九的衣角，满脸天真地仰着张小脸："九哥，四书五经虽然乏味得很，可夫子只念了一遍，我就会了。里面很多句子无趣，如果改改，就有趣多了。"

"嗯？"

"比如'知我者谓我心忧，不知我者谓我何求'，这句话真没意思，依我说，不如改成'知我者谓我心忧，不知我者喂我喝粥'，这样念着都有趣多了。"

宫千九双眉一敛，正要发话，藏月忙皱着眉头数落开来："小少爷，这怎么改的？这句话怎么能这么解释？"

藏月识字不多，正想着这句话是何意思，宫千九怀中却忽然响起一个略微清稚的嗓音，打破了此时严肃的学术氛围。

“怎么不可以？改得挺好呀。‘彼黍离离，彼稷之实。行迈靡靡，中心如噎。知我者谓我心忧，不知我者谓我何求。’黍不就是糜子，脱皮就是黄米，可以酿酒，可以做糕，自然也可以熬粥。稷是高粱，高粱粥味道也不错呀。不知我者喂我喝粥，哪里不好？”

一提到喝粥，夜雪两眼晶亮。

宫千九淡淡瞟了她一眼，没说话，但眸中冷厉的寒意稍稍退去。

藏月绝美的脸蛋上阴霾一现，看着童夜雪的目光中，更增三分恨意：“前人智慧，岂容你如此亵渎！”

嗳，不过是戏解一下，用得着这么严肃吗？

童夜雪被吓得缩了缩脑袋。

小尾巴顾不上藏月，不过她给了他极好的理由，他退后几步，放开宫千九的衣角，指着童夜雪厉声道：“就是，前人智慧，岂容你如此亵渎。九哥，这样的丫鬟带在身边，只会给您添堵，不如废了她！”

童夜雪看着他严厉的模样，有点儿傻眼。

小尾巴和藏月一唱一和，骂得正过瘾，眼见着宫千九神色不耐，小家伙咂咂嘴，笑眉笑眼迎了上去。

“九哥，这丫鬟长得不好也就罢了，也不是什么聪明有趣的伶俐人儿。身为幼弟，我理应为兄长分忧，干脆让她到听风苑，我帮您教训教训她。准让她明白什么叫君君臣臣父父子子！”

这话说出来，夜雪立马露出个“你傻了吗”的表情。还君君臣臣父父子子！我师父教我功夫、学问、医术，可不是让我屈居人下。待我偷出乌骨锁，看姐姐教你什么叫“唯女子与小人难养也”。

嘴角露出抹古灵精怪的笑意，童夜雪聪明地藏住小心思。

那厢，宫少听完全没有察觉到自己惹了不该惹的麻烦，还说得义愤填膺，一副“九哥，我帮你分忧”的可爱模样。宫千九唇角勾起冷笑：“好呀，你什么时候把骑射功夫学扎实了，能与宁忻过上三招，我把她拨给你。”

话音一落，小尾巴一张小脸登时垮了下来，嘴里嘀嘀咕咕。

“这怎么可能，您当我和您一样是三头六臂的怪物呀。宁忻看着温和，可不是什么好……”

“什么？”

“人”字还没出口，小尾巴就被宫千九突然拔高的声音吓了一跳。

“没没没，我可没说您坏话。九哥您别这么看我，人家怪不好意思的……人家，人家就是说您英明神武，天下无敌！”

“休得狡辩。我可告诉过你，九茴院里别给我放入不三不四的人！”一声厉喝，指的分明是藏月。

说别的还好，一提这件事，宫少听当下知道九哥生气了。

他神色一慌，如一只被踩了尾巴的小猫，整个人都跳了起来，“哎哟哎哟”嚷了起来。

“啊，九哥，不好了不好了……我肚子好痛！不行了，哎哟哟，痛死我了。您知道人有三急，您慢慢忙，我撑不住了，去解决解决内急！”

小家伙小脸惨白，小手捂着肚子瞎嚷起来。

宫千九双眉一紧，厉声喝道：“童夜雪，他肚子疼，你和他一样内急吗？”他犀利的冷眸瞥向拔脚疾奔的某个小妮子，面色明显不悦。

说时迟那时快，小丫头扭过一张惊惶的小脸，边跑边点头，连连应和：“主子您真神了，比我肚子里的蛔虫还厉害，连我什么时候‘嘘嘘’，什么时候‘嗯嗯’都知道。我对您的敬仰犹如高山，犹如流水……”

她和小尾巴争相落跑，边跑边拍马屁，生怕跑慢了，自个儿就被“蒸了煮了”。

可惜马屁拍到马腿上，宫千九听到她的“夸赞”，脸色倏地黑了。

第三章 青青子衿

那日的倒霉事，暂且就这么落下帷幕。

藏月后来怎么样了，童夜雪不想管，也管不了。宫千九盛怒的情况下，趁早闪人，保住自个儿的小命，这才是重点好不好。

听说，后来宫主大怒，要将藏月撵出千绝宫，还是宫竹喧赶到，好一番调解才缓了下来。

您说宫竹喧也不是无脑的主儿，怎么就和藏月有这么深厚的闺蜜友谊呢？谁看不出藏月虽为京城翰林院某大人的千金，却实在没点儿官家千金的矜持与品质……与人交往，贵在品行，莫非这俩半斤八两？

这么衍生出的话题，实在是无穷无尽。

江湖上的传闻太多。

童夜雪听过，很快抛诸脑后，忘了个一干二净。

不过是五月出头，融融的春意早了无踪影。

天光洒落，滚滚的热浪沿着青石道层叠着炸开，热得人心里烦躁不堪。

仆妇们都躲在一片片的树荫下做活，反而是千绝宫的弟子一个个在习武台依然勤练不息。无论男女弟子，清一色梳着高马尾，穿着月白色的练功褂，在明亮的天光下，一招一式、喝声阵阵……神气得近乎扎眼。

相对而言，养蛊的弟子们就舒服多了。

蛊宝宝的脾气各自不同，有的喜阳，有的喜阴。养蛊的几个弟子此时正抱着罐子，四处溜达，顺便唠嗑。

“听说宫主新收了个丫鬟叫什么童夜月。长相浑圆，一看就是个贪吃鬼。”

“真不知道那丫头到底对宫主使了什么迷汤，就这么被宫主收作丫鬟了？”

“可不是嘛！”

……

《九羊秘籍》！《九羊秘籍》到底在哪里呢？

他们在那边小声聊着，童夜雪在隔壁的“琅嬛阁”里上蹿下跳、翻箱倒柜，找着宫主要她拿的一本秘籍。

卷卷泛黄的绢帛，泛着淡淡墨香，从简单的内功入门知识，一直到各门各派失落的武功绝学……

似古老的江湖铺展出一幅磅礴的画面，只要熟读了这些秘籍，便能平步青云，叱咤江湖。

琅嬛阁就在练蛊楼的旁边，看似防卫疏漏，却没人敢轻易涉足这里。

其一，千绝宫本就不是好进好出的地方。

其二，千绝宫的养蛊弟子也不是好相与的主儿。

就算千绝宫偶尔出个不肖弟子，想染指琅嬛阁的武学秘籍，那也得看他们是不是有命出来。

要想入琅嬛阁，必须有宫主手谕。

如今，这千万人垂涎却无法触及的武学宝藏就在某丫头的眼前。

她却一丁点儿都没有受到恩宠的自觉，兀自满头大汗地在无边书海中沉沉浮浮，跳蚤似的东窜西跳，却一点儿头绪都没有。

“哎，你说宫主不会觉得童夜月那丫头比师姐师妹们都好，都顺眼吧？”

“宫主眼光不会那么差吧……”

叽叽喳喳，叽叽喳喳。

那俩养蛊的小弟子还抱着罐子，无聊地唠嗑。

这本……

不是！

这本……

也不是！

一连丢掉许多本书，童夜雪忍不住心浮气躁起来。

这会儿，又听见外面叽叽喳喳。

于是那养蛊的两位弟子正议论得开怀，就看见眼前不知打哪儿冒出张严肃的小脸，分外不满地说：“据我所知，千绝宫除了童夜雪，没有第二个姓童的。”

咦？

活人？

还在练蛊楼，琅嬛阁的附近！

两名养蛊的弟子冷不丁听见这样的声音，一抬眼就看见个笑意粲然、分外讨喜的小姑娘从琅嬛阁走了出来，当即心中一阵寒意滚过，下意识放出罐子里的蛊宝宝，厉喝一声：“谁！胆敢擅闯琅嬛阁！千丝凝血……”

原本青色的罐子，在那弟子呵斥的空当，血红的光芒一闪，当即冲破了罐口……

一股甜腥的气息顿时弥漫在空气中。

然而，眼见着血红的光芒以迅雷不及掩耳之势冲到那笑意粲然的丫头面前，她居然一丁点儿都不慌张，依然笑得分外可爱。

连血蛊都不躲吗？

果然是无知者无畏！

今日，便让你尝尝千绝宫的蛊毒是什么滋味儿！

养蛊的俩弟子互视一眼，嘴角勾勒出冷漠的弧度，嘲讽又怜悯地看着眼前粉团似的小姑娘。

然而，弹指之间，须臾已过……

风，静静吹动着外间老槐树的树叶。一只青色的小虫子吐着丝儿，垂落下来，哆哆嗦嗦地在风中飘荡。

没有意料中的惨叫声，连血光都没有。

俩养蛊的弟子愣住了。

“千丝呢？到哪儿去了？”

那放蛊的弟子脑门上冒出了一滴滴冷汗，再对视的时候，心下俱是一片震惊：莫非……自己精心所养的蛊宝宝被对方收了？

可这丫头看来不过十五六岁，哪来的那等本事？

她……到底是何方神圣？

两名养蛊弟子的拳头不知不觉在袖子底下握紧了，袖箭上淬了冰寒入骨的毒。

宫主说过，倘若千丝在手，都制不了擅闯琅嬛阁的人，要这样的养蛊弟子又有何用？千绝宫素来对于失职的弟子，惩罚分外严厉。

刚才一直沉默不言的那个稍大的年轻弟子一把按住了他的肩，上前两步，将他护在身后。

“阁下年岁不大，竟能破了琅嬛阁布在周遭的各种机关，果然是英雄出少年……”

“原来琅嬛阁周围有机关啊！”

那笑意粲然的小姑娘挠挠脑袋，恍然大悟，羞涩地笑了笑，看言辞，竟仿佛一个浑然不谙世事的邻家小妹妹。

可入了琅嬛阁，她就绝对不会是寻常人！

那弟子眼底精光一闪而过，紧接着，一声厉斥疾冲而出：“毒刹！”

若是在平常，他喊出毒刹的时候，蛊宝宝都会冲破罐子，执行嗜血杀人的命令，可今儿个……世界静悄悄的。

为什么毒刹一点儿动静都没有？

如果说师弟的“千丝”是被对方给收了，这也就罢了。

可自己的“毒刹”为什么会不听话？

那年轻弟子慌忙打开罐子，但见自己天天捧着、用自个儿的精血喂养、连睡觉都不离的那只洁白近乎透明的毒刹宝宝，竟懒洋洋地趴在一块碎肉上，时不时地咬几口，磨着牙，发出“沙沙”的声音。

罐子忽然被打开，那蛊宝宝似乎有些迷惑，又有些惊讶，竟然伸出一只前爪，疑惑地挠了挠脑袋。

“毒刹不舒服吗？”他心里这个念头一闪而过。

和他心灵相通的蛊宝宝似乎明白了什么，旋即为了证明自己的健康，竟然欢快地在罐子里各种蹦跶。

这向来凶残的蛊宝宝，竟依然没有丁点儿攻击的意思。

“这……这是怎么回事？”

两名养蛊的小弟子都傻眼了。

那笑意粲然的小姑娘竟然蹦蹦跳跳地跑了过来，两人惊得慌忙后退，却快不过她的动作。

这丫头一点儿也不把自己当外人，竟凑了脑袋跑去看罐子里的蛊宝宝。两名养蛊的小弟子颇有些傻眼。

养蛊之人，最厉害的便是所养的蛊物。

倘若蛊物被制伏，那么他们就等于手无寸铁的寻常人，任何人都能轻易将他们置于死地。

如果是来琅嬛阁抢夺武功秘籍，那么这小姑娘明明都已经制伏了他们的蛊物，为什么还没有动手？

“哦，原来它叫毒刹啊，好可爱啊。对了，你的千丝，还给你！”随手一丢，一只血红的像小蜘蛛似的蛊宝宝被丢了回去。

扬手的时候，她手腕上悬挂着的千绝宫弟子的手链露了出来。

两名弟子惊愕地看着。

“你也是……千绝宫的弟子？”

这个笑得分外讨喜的小姑娘挠挠头，羞涩道：“大约……算是吧。我在琅嬛阁里找一本书，然后听到你们在研究八卦，于是跑来和你们唠唠嗑。”

“唠嗑？”

忽然间，两人想到她出现后说的第一句话是：据我所知，千绝宫除了童夜雪，没有第二个姓童的。

当时太过震惊，没来得及思考，就出手攻击了。

如今想来，这个小姑娘从头到尾都是笑着的，没有露出丁点儿杀意。

能避过机关，又轻而易举制伏了千丝和毒刹，不让蛊宝宝攻击的存在，只有宫主允许进入琅嬛阁的人啊！

她是拿到了宫主密令，难怪！

小丫头听见他们的疑问，用力点头："对啊，唠嗑。千绝宫真没有叫童夜月的，只有一个叫童夜雪的。"

一番争斗，竟然就为这么一句话。

两名弟子忽然觉得自己那么戒备很不值得。

两人额上青筋隐隐跳动。

"然后呢？"

小丫头挠挠头，认真道："宫主也没有对童夜雪另眼相看，我和你们说啊，宫主喜欢的姑娘叫卿尘。"

"卿尘是谁？"

"醉月楼的姑娘啊，长得可漂亮了。宫主连做梦都喊着卿尘的名字，哎，看见卿尘姑娘，宫主心情好，宫主心情好，大伙儿的日子就好过……"

她口若悬河，脑补出宫千九无数的爱恨情仇。

倘若，说岐州天书的先生在这里，一定会竖起大拇指夸奖她"天书"说得果然不赖。

两名弟子听得瞠目结舌。

倏地，一阵寒风擦着头皮呼啸而过，一个阴恻恻的嗓音透着刺骨的冰寒，淡漠扬起："这也是岐州天书的一部分？"

岐州天书，胡编乱造，天马行空，怎么离奇怎么编。

所以，素来广受好评。

一听见对方说到自己的老本行，小丫头眼前倏地一亮，嘴角笑得几乎咧到耳根："哈，这位师兄连岐州天书都知道，果然有眼光、有魄力、有激情……"她分外开心地转过头，正准备扯几句，猛然瞧见那个挺秀清冷的身影。

宫……宫千九！

他不是让自己去找《九羊秘籍》吗？

怎么亲自来了？

两名养蛊的弟子撞见来人，整个人都木了。

童夜雪也没想到宫千九会忽然出现在这里，拼命挠着脑袋，好半天，傻傻打了个招呼："主子，这段子我编得还不错吧？"

"呵。"

宫千九鼻腔中透出一声冷哼，竟是懒得和她多说一字。

年轻男子过分阴冷的目光不动声色地移到了俩养蛊弟子的身上，淡然道："养蛊的时候，有心思听岐州天书，看来青觞对你们的管教倒是疏松……"

一句话，听不出是喜是怒。

却将两人吓得背后冷汗淋漓，"扑通"一声，两人齐齐跪在了地上："宫主饶命，弟子不知是岐州天书，是她要说……"

"将过错推在别人身上，这就是青觞教出的弟子？"

青觞年龄不过十九岁。

他虽然年纪轻轻，却是练蛊楼几十年来天资最高的人。

十五岁的时候，他便养出了如意蛊，打败了老楼主，成为练蛊楼最年轻的楼主，管理着所有养蛊的弟子。

可就是这样一个天才，却也是整个千绝宫行事风格最为诡异的楼主。

他心情好时，纵是你一把火烧了半个练蛊楼，他都不在意。

他心情不好时，你便是养蛊的步骤错了分毫，都会被他种上万蛊钻心的毒，体验生不如死的滋味儿。

然而，青觞毕竟只是练蛊楼的楼主罢了。

弟子们被收入门下之后，是没有资格见到宫主的。他们只知道青觞行事诡谲，喜怒莫测。

他们推想楼主既是这样，高高在上的宫主恐怕比青觞更为可怕。如今撞见宫千九，又听他说出那样的话，心中"咯噔"一声。

都是聪明人，他们当即明白宫主厌恶将过错推到别人身上——

犯了错误，不在自己身上找原因，却找乱七八糟的理由。

这犯了宫主的大忌！

两名弟子手脚冰凉，心中忽然涌上巨大的压力："弟子知错，弟子再也不敢了……"头死死抵在地上，心口甚至因为害怕与绝望，隐约有细微的丝线穿过去，那种尖锐的痛，让他们舌根都泛上了淡淡的苦涩。

"身为千绝宫的弟子，却连担当的勇气都没有。若即日出了江湖，便要让全武林笑话我们千绝宫出的是这样的货色。"

冰冷沉凉的嗓音，宛如冬日的古井覆上了薄薄一层冰，看似晶亮透彻，却带着刺穿一切的冰寒与冷酷。

童夜雪抱着《九羊秘籍》傻乎乎地站在旁边。

小手不知所措地挠头。

拼命挠头。

唉。

那个，自己这是传说中的做一行、爱一行？

三百六十行，行行出状元？

喀喀，怎么就一不小心说了岐州天书，把宫千九的事给乱编了？

胡编乱造也就罢了，怎么还那么不小心就被主子逮个正着？

她脚底都抹好了油，准备主子一咆哮，自己立马说小尾巴找自己有事，逃到天边去……

可是，主子不吼自己，怎么先说起那俩“听书”的？

主子，主子！

这里，这里啊！

你要吼的正主在这里啊！不要选择性遗忘了我！

于是，炎热的天气中，路过练蛊楼的弟子们都看见一个穿着碎花衣衫的小冬瓜，抱着一本才从琅嬛阁里找到的《九羊秘籍》，小跳蚤似的上蹿下跳，试图引起眼前这个冷酷到极点的男子的注意力。

然而，她傻乎乎地蹦跶半天，宫千九竟头也不回一下。

直到她蹦跶得太过分了，终于，宫千九斜插入鬓的乌眉微微拧了一下。也不见他如何动作，不容抗拒的一股大力倏然袭来，将某个小冬瓜一下扫到一边。

“喀喀。”

用力咳了两声，夜雪觍着脸，终于不甘寂寞地出声了：“主子，那个，说岐州天书的人是我。”

某个小冬瓜讨喜的小脸皱成了一团，亮晶晶的眼不再笑成可爱的月牙，只严肃地瞅着宫千九。

“唰”一下，宫千九移来了目光。

在目光移来的时候，童夜雪甚至能感觉到背脊后的寒毛纷纷竖起。

呜呜呜，她忽然后悔自己干吗要这么多嘴？

让主子遗忘自己不是最好？

“嗯？”

不置可否的一声，轻飘飘地从年轻男子的牙关中蹦了出来，那样冷硬的感觉，似字字砸在身上，生疼生疼的。

“我……我是说，我说了岐……岐州天书。”费力地吞了吞口水，夜雪硬着头皮，小声认错。

“你倒是知道。”

男子的薄唇勾出了似笑非笑的弧度。

然而，这么漂亮的唇，吐出的字句，却冷得让人胆战心惊：“这副好牙口，却关不住谣言，长这么一口好牙有什么用，不如……敲了吧。”

“主子，人家说最毒妇人心，您是男子啊！”

一句话出来，将千绝宫俩弟子惊得面如死灰，这打哪儿来的丫鬟，竟敢和宫主这么说话，不要命了吗？

小丫头拧着眉头，很是苦恼地瞅着宫千九：“那他俩还听了，您是准备割掉他俩的耳朵？”

“玩忽职守、推脱过错的千绝宫弟子，我要了何用！这二人，废了他们养的心蛊，驱逐出千绝宫，便是了。”

淡漠的语气，却说出让人震惊的话语。

一个养蛊之人，用心血养成心蛊，蛊虫等于他们的命根子，那样的心蛊可以自然死亡，可以被杀死，却唯独不可被废掉。

倘若废了心蛊，便是不杀他们，他们也活不过三年。

一听这话，童夜雪当即跳了起来：“主子，不就在背后说您几句谣言，您居然要杀人灭口！”

“你们说？”

无视童夜雪的话，宫千九双手负于身后，淡漠的目光越过千绝宫内层叠指天的翘檐，俊美如神祇的容颜上看不出分毫表情。

“但凭宫主责罚。”

两名养蛊弟子从听见宫千九说“青觞管教不力”开始，便已经料到了这种结局……开始的推脱原只想挣得一线生机，却没想到推脱责任，根本不是大丈夫所为。

如今，接受了这样的现实，两人心中已别无他想，只额头死死抵着地面，嘴角不由得流露出苦涩的笑容。

正如宫主所言：“身为千绝宫的弟子，却连担当的勇气都没有。”自己做的事情，便要自己担当……

眼见两人取出心蛊，眼角含泪，便要将心蛊交给宫千九，接受被废的命运。

“等一下！”

就在这时，一直浑浑噩噩的小妮子终于忍不住大喝一声，一下拦在了两人身前。

“让开。”

宫千九眼皮都懒得抬一下，直接吐出两个字。

“不要。”小姑娘固执地张开双臂，也不知她的勇气是打哪儿来的，就这么以瘦弱的身躯，护着两个素不相识的人。

“别以为有宫少听给你撑腰，我便拿你无可奈何。”没有任何感情的语句淡漠地丢出，但从他眼角的不耐烦，可以看出他已经动怒。

“主子，连改过的机会都不给别人，您说他们心性不坚，没有担当，您何尝不是一个刚愎自用、不能容人的主儿！”

“童夜雪！”

赫然一声厉喝，宫千九眼角冷光一闪，挥袖之间，猝不及防的小丫头“砰”地重重摔倒在地上。

很快，她嘴角溢出了一行刺目的鲜血。

“你还不让开吗？”宫千九问。

“不、让。”

一字一顿地吐字，这貌不惊人的小丫头身上似魔神附体，透着一股不服输的倔强，竟随意抹掉嘴角的鲜血，几步爬来，晶亮的眸子漆黑宛如暗夜的星子，就这么护着那俩养蛊弟子，半步也不后退。

童夜雪无悲无喜地看着宫千九，道：“主子，您贵为千绝宫之首，高高在上，生杀予夺。是不是太过强大，从未体会过死亡的滋味，便觉得人命轻贱？”

浑身似燃着惊人的光焰，小姑娘这一刻与以往全然不同。

童夜雪可以插科打诨、可以没心没肺、可以痴愚无知，为了师父交给她的任务，她隐瞒身份，来到千绝宫，做个默默无闻的小侍女。然而在面对生死的时候，她才发现……她和师父根本不一样。

师父见惯生死，可以无视生死，将所有人的性命视作草芥蝼蚁。

可……她不行！

她忍不得、耐不得、见不得。

十岁那年，师父一掌断她浑身筋脉，那时她看到死亡的颜色，口耳鼻腔感受到血的滋味……

她才知道活着多好。

可惜师父说，她十岁那年受了一掌，虽保住心脉，却到底活不过二十岁。筋脉尽毁，虽博古通今，却也不过是个半死之人。她既半死，又怎能看旁人在眼前枉死。同样一条命，怎样才能活得够本？

也许……

救更多的人，让他们替代自己好好地活着，才算够本吧。

童夜雪低头，声音中透着说不出的温柔。

她说：“我喜欢这世界，这闹市光影，这山川湖泊，这水色风音……活着，便可以一直与清风为伴，鸟兽为欢。经历过生死，才知生有多贵，死有多重。主子让夜雪退，夜雪退无可退。”

这样的童夜雪，让宫千九的心头忽然涌上一种说不出的烦躁。

厉眸冷冷扎在她身上，他厉声道：“童夜雪，你不要命了吗？你的事，我还没与你计较。”

听到这话，小丫头嘴角竟然露出了波澜不惊的笑意：“千绝宫宫主说一不二，无容人之雅，既是要计较，那便一起计较吧。但而今，主子要毁他二人心蛊，请容我代他二人受过，放过他们！”

那两名弟子没想到她竟然会说出这样的话，都愣住了。

两人震惊地看着眼前的小姑娘，怎么也想不出她小小的身体里为何会有如此大的勇气，敢于挑战宫主的威信……只为护住素不相识的自己。

是因为……

少宫主倚赖童夜雪，喜欢她一口的岐州口音，所以她有恃无恐，不怕宫主动怒？

“你真当我会一而再，再而三地忍你？我再问一次，你让还是不让？”

“您说呢，主子？”轻轻反问了一句。

没有任何迟疑，女孩就这么站在这儿：人在此，便是一座城，人不倒，城不破，她要守护的人，便不会有分毫的差池。

她嘴角挂着淡淡的笑容。

有一刹那，那笑容竟让宫千九觉得明亮得近乎扎眼。

那是心思单纯、心志坚韧的人才会有的笑容，纯粹得没有丁点儿渣滓。

宫千九心中最隐秘的角落，不知为何，竟会有一瞬的柔软。

可紧接着，更狠厉的一掌已击了出去。

砰！

夜雪受创，身子如断线风筝般直直落了下去。

“主子，这一掌，是算他们的过，还是我的过？”从地上爬了起来，小丫头咬紧牙关，忍着撕心裂肺的疼痛，抬头，竟依然带着明亮的笑容。

“童姑娘，不要再忤逆宫主了，这是我们的错，我们甘愿领罚！”

一开始，那俩弟子只以为她有着少宫主的护持，所以有恃无恐，压根不买她的面子、不领她的情。

可宫主出手没有片刻迟疑与留情，童夜雪粉团似的小脸逐渐没了血色。

两个人忽然间明白，这个在千绝宫被传得沸沸扬扬，说其用了手段迷惑了宫主的女孩，其实只是一个心思单纯的小丫头。

别说一个女孩，便是个彪悍大汉，也禁不住宫主这样的掌力。

她却坚定不移地站在他们身前，用身躯护住了他们，没有分毫矫情和做戏的成分，只为了两个素不相识的养蛊弟子，她能做到什么程度？

童夜雪……只是不想他们俩活不过三年！

鼻子忽然开始发酸，便是同门师姐师妹，都不曾做到这种地步。

刺目的鲜血，让他们忽然恐慌起来。

童夜雪回头的瞬间，安抚的笑容挂在那张惨白的脸上，他们终于忍不住慌乱了。

那两个养蛊的弟子先只是小声地劝着，可是看见她一次次被宫主打飞，脸色越来越白，到最后，连身子都直不起来，两人的声音越来越大。

他们一遍遍，撕心裂肺地喊着：“童姑娘，我们甘愿领罚，请你不要再为我们求情了！够了，真的已经够了！”

眼泪在不知不觉中布满脸颊。

练蛊楼中，一个个养蛊弟子原本在角落里看着热闹，他们一开始只是想知道这个小姑娘到底有多大的能耐。可此时再没人抱着看热闹的心态，齐齐走出角落，动容地看着这一幕。

就在童夜雪最后一次被击飞的时候，忽地，一抹淡青色的影子飞了出来，准确无误地在半空中，接住了童夜雪被击飞的小小身子。

“为两个不相干的人，何苦要这样对待自己呢？”一个无悲无喜的声音，淡淡在童夜雪的耳边响起。

童夜雪想睁开眼，但睁开了，却看不清晰，只看见一个模糊的影子，令人舒心的气质，宛如江南绿堤的清新与柔雅。

“我只是觉得，这世界美好，清风很美，明月也很美。我的无心之举，何必让人为我来承担过错，他们……应当好好地活着。”

傲然一笑，童夜雪咬着牙关，强迫自己不要昏厥过去，可是真的好疼，好累。

一人做事一人当，她也许很笨、不聪明，没有心计，有的只是最简单的信义。

青觞从没想过，这么小的女孩竟会这样执着，心下倏地一动。

“安心吧，我代你守着你的骄傲。”

不知为什么，看似温柔，却素来冷心冷情的练蛊楼楼主，竟做出了这样的承诺。

“我如何信你？”

“你别无选择。”

“的确，我又值得谁来欺骗呢？”与青觞对视了许久，童夜雪突然露出一个淡淡的微笑。

“放心吧，我青觞言出必行。”

得到这句承诺，夜雪眼前一黑，终于陷入了昏迷。

“楼主！”

有人惊呼一声，紧接着练蛊楼的养蛊弟子们一个个不安地互相靠近。但见那接住夜雪的男子笑了笑，仿佛压根没看见这一个个楼中弟子，抱着童夜雪，朝着宫千九走了过来。

他看着宫千九，软声道：“宫主，差不多，也就罢了。你看，再打下去，这小姑娘恐怕真的会死掉。”

天光在刹那间，炽热得有些扎眼。

在这样明亮的日光下，宫千九看见那个素来笑意粲然的小姑娘，蜷缩成小小的一团，浑身沾了殷红的血迹，就这么奄奄一息地缩在青觞怀里。

她脸上苍白得没有丁点儿血色，虚弱得仿佛风一吹，便要随风而逝。

袖子底下的拳头，不知不觉地攥紧了。

心底不知是哪一处，隐约竟有了一丝抽痛的感觉。

呵，他自己动了手，竟也会悔？

让她来琅嬛阁找《九羊秘籍》，其实不过想逼出童夜雪隐藏的小尾巴，却不知为何，竟逮着玩忽职守的练蛊楼弟子。

年轻男子移开了目光，声音淡漠：“练蛊楼的楼主向来不对什么上心，何时也会记挂一人生死？”

青觞笑道：“她死了不打紧，可少宫主最喜欢她，到时候宫主准备如何去哄少宫主？”

挑了挑眉，宫千九没有说话，但眼底的意思，却是了然的。

“还不谢宫主饶你们小命！”

“谢宫主！”

两名弟子慌忙地道谢，一溜烟地逃开。

青觞又笑笑，眼底的笑意妖娆如花。

他抱着重伤的童夜雪，微微颔首，转身要走。

宫千九负手沉默了下，忽然发话：“把那丫头留下来。”

青觞回首，淡漠的眼眸中看不出一点儿的情绪。

他望着宫千九，嘴角牵出一抹玩味的笑容：“宫主还要追究？这丫头，再打，可就不行了。”

宫千九看了一眼毫无血色的童夜雪，猛地攥紧了双拳，一字一顿地说：“我的人，不劳你费神。”

“可宫主倘若要她性命，那青觞便不得不管了。况且……”

“你何时变得这般多管闲事。”

青觞的话还没说完，就被宫千九打断。他低头看了一眼怀中的童夜雪，摇了摇头。

他看着宫千九，眼中闪过一抹精光，沉默了下，却终是淡淡道：“有些事情，关乎于心，偶尔管管闲事，并不为过，我倒是想问问宫主您，对这丫头，您是否太上心了？”

那日，千绝宫的众弟子只道宫主心疼弟弟，童夜雪得了少宫主的一个面子，所以保住了性命，也保住了练蛊楼俩弟子的性命。

没人知道童夜雪是怎么回去养伤的。

然而，练蛊楼从上到下……所有的弟子，都记住了她。

他们记住了那个素来被人嘲笑、无才又无貌的寻常小丫头，记住了她眼角眉梢的倔意与不屈，记住了……那单薄瘦弱的小身板如坚不可摧的城池，半步不移，换回了练蛊楼两个弟子的性命。

试问，倘若站在宫主眼前的是自己，他们自认绝对没这样的勇气和魄力，守护自己的信义与骄傲。

练蛊楼，再不会有人叫错童夜雪的大名。

童夜雪，这三个字成了练蛊楼养蛊弟子津津乐道的一个名字。

一时间，童夜雪“以命护同伴”的故事，风靡了古井般沉冷无波澜的千绝宫，成为一个传说。

当有人再说童夜雪的是非，嚼童夜雪的舌根，甚至说童夜雪一句坏话，都会成为练蛊楼养蛊弟子的敌人。

这种影响，甚至在三年、五年、十年后，一直到练蛊楼的弟子们成为在江湖上独当一面的人物，他们对于童夜雪的维护，也从不曾停止。这种维护，甚至上升到是个姓童的，无论对错，他们都要护一下短。

得罪谁，也别得罪练蛊楼的这群弟子啊，时不时给你种个什么蛊，死是死不了的，活罪也受不起啊。

当然，这些都是后话，暂且不提。

第四章 童家有女

皎白的月光，随夜风浮动在花叶扶疏的庭院。

宫千九卧房边的暗房素来偏僻，这会儿却灯光摇曳，并不幽静。

“童夜雪，你惹谁不好，怎么就惹上九哥了呢？你要知道，九哥打我都不带心软的。你还能捡回条命，真是运气！”

哗啦，哗啦。

水声一片，就见一个脸蛋雪白，气质极出众的漂亮孩子伸手拧了块帕子，然后迈着小短腿走到床边，小心翼翼擦着床上某妮子的额头。

某妮子脸色苍白，早已昏迷过去。

也听不见他在说些什么。

在那孩子的旁边，站着眉眼清秀的青觞，他额上青筋一阵跳动，薄薄的唇角扯了扯，好半天，才无奈道：“少宫主，你忙里忙外，到底在忙什么？”

后者白了一眼：“帮她治伤啊。”

“治伤？”

青觞活了这么大，吃过的盐，嗯，应该是比少宫主吃过的米饭还要多了吧。他这还是第一次知道原来受了内伤，要用冰毛巾降温。

一把抽出宫少听刚刚拧好的帕子，青觞好笑道：“那劳烦少宫主告诉属下，到底是谁，告诉您这么……‘好’的主意？”

一听这问题，宫少听漂亮的脸蛋立刻满是趾高气扬，挺了挺小胸膛，骄傲道：“这还用人教吗？上次我不舒服，竹喧姐姐给我喂了好多药，苦死了，还不管用。夜雪就给我拧了些冰帕子覆在额头，可比吃药舒服多了……”

哈，这样也行？

青觞哭笑不得：“于是，你就举一反三，想到了这么一个‘好’办法？”

“我聪明吧？”

呵，聪明，聪明啊。

青觞无奈地看着他，十分确定如果他身后有一条毛茸茸的小尾巴，那么他的尾巴绝对在邀功似的拼命摇动。

“你上次是发热，所以用冰帕子覆额头，是退热用的。这妮子一身的内伤，你拧个帕子覆她脑门上，是嫌她死得不够快？”

“……”

宫少听愣了：“那应该怎么办？”

“放心，她死不了的。”

“唉，九哥下手也太重了点儿，幸亏这次青觞哥来得早，要不然夜雪死定了……”

“可不是嘛。”

回过身，青觞笑呵呵地打趣。

千绝宫似一个黄金笼，这里有着江湖人趋之若鹜的名剑古藏，有着最全最珍贵的武功秘籍，更有着灵秀集于一身的诸多弟子。

然而，千绝宫却向来冷清淡漠，人与人一直保持着最安全的距离，从来是相逢宛如陌路。

这点，从练蛊楼的养蛊弟子犯了事，他们的同门师兄、师弟、师姐、师妹都在一边冷眼旁观就可以看出来。

然而，小尾巴宫少听却是个例外，他会四处蹦跶，找大家联络感情，都是年轻的弟子，自然千绝宫的少宫主获得了所有人的喜爱。

而今儿个，童夜雪为那俩养蛊弟子出头的这一幕，又唤醒了练蛊楼弟子们的热血与热情——我们是同门，出于同一宗脉，但出了事，竟是一个素不相识的女孩在护着我们的同门师弟！

经此一事，竟促成了练蛊楼的弟子们坚不可摧的同门情谊。

就算是夜雪，恐怕都不曾想到这点吧。

烛影摇晃，青觞和小尾巴在这儿还没走。

青觞没走，小尾巴便这么托着腮帮子，虎视眈眈地盯着他，一直盯得青觞摸着脸颊，颇有些莫名其妙的感觉。

“少宫主，我脸上长痘痘了？”

“没有。”

小尾巴摇头，继续睁着黑白分明的眼眸，死死地、狠狠地、不甘心地盯着他。

“那你总看着我干什么？”

青觞摸着脸颊，颇有些丈二和尚摸不着头脑。

“我困了。”

小尾巴傲娇地噘着嘴，认真道。

“都已经两更天了，少宫主也该歇息了。”

青觞恍然大悟，原来是小孩子家家的，到了睡觉的时间，困了，乏了。

唰！

小尾巴亮晶晶的眼睛，宛如两枚最漂亮的黑曜石，一听他这么说，睁得更加圆了：

“不成！”

“困了乏了就睡觉，难道还有不成的理儿？”青觞迷惑了。

就见那小小的孩子“噌”地一下蹿到了青觞旁边，两只小胖手一把抓住了青觞的衣角，拼命摇晃：“夜雪虽然大大咧咧，像个假小子，可到底是个小姑娘。我要是走了，你还在这儿，多尴尬啊！”

小家伙脸红脖子粗地吼着，青觞刚喝了一口茶，冷不丁听见这么一句，“噗”的一声喷了出来。

黑暗的最深处，某人蛰伏在月槐树上仰望明月——

明明自己动了手，却还一直放心不下童夜雪伤势的某人……也倒抽了一口冷气：“宫少听，你会不会想太多了点儿？”

房间里，第一个被宫少听茶毒的，显然就是青觞，他俊俏的脸蛋也泛起一片可疑的红晕：“少宫主，你最近是不是看多了黄阁听事黄实甫写的那些闲书？”

“欸？什么黄实甫？”小家伙茫然地挠头，显然和大部分人一样，是个看书不看著者的主儿。

青觞满头的黑线：“他写的东西，小孩子不能看你知不知道啊？”

“喊，书？我才懒得看书呢，九哥让我看的一堆书，我都没来得及看！”小尾巴一脸嫌弃的表情，显然是恨透了看书。

“那你是……”

“看戏！夜雪带我去看的戏，嘿嘿，一群人在上面唱来唱去，都是岐州口音的，可好玩了！”

“什么？《西厢记》竟然还被改成了岐州天书？”青觞不可置信。

“戏文上是这么演，我是按着台词念的，我是不是很聪明啊？”小尾巴眼睛亮晶晶的，不明白意思，还说得煞有介事。

青觞彻底窘了：“得了得了，我送你回去歇息吧……”

……

下面，声音渐行渐远，都是欢脱跳跃的主儿，很快便一个无奈，一个不解，说说闹闹地走了好远。

童夜雪的房间中，烛火依然摇曳着微弱的光芒。

那里，女孩的气息，虚弱如丝。

在他俩走远以后，一个挺秀的影子这才悄无声息地从月槐树上跃下，来到了童夜雪的床前。

一袭淡淡的青影，就这么轻轻地落在了童夜雪的脸颊，遮住了她苍白无血色的脸蛋。骨节苍劲，修长干净的手指不知不觉轻轻触了触她的脸颊。

风，在屋外静静地吹着。

吹动了院落里的花叶，涛涛风声，宛如水波，夹杂着虫鸣。

年轻的男子就这么站在那儿，静默地守着，不说话，也没有其他的动作，那双清灵宛如冬水般深邃的眼眸，沉郁淡漠。

他看着床上这个昏迷的丫头，眉头在不知不觉中拧了起来。

轻轻摊开手，一道掌纹，劈开了手心，断掌之人，素来冷心冷情，为何自己一而再、再而三地心软，竟都是为了她呢？

他还记得夜雪为养蛊弟子请命的模样，看着床上这个昏迷的小姑娘，看着她憔悴的模样，实在想不到就是这样一个女孩，竟有如此大的勇气和毅力。不知为何，就想起了她今日说的话——

“我的无心之举，何必让人为我承担过错？”

便是在那么虚弱痛苦的处境下，她的字音依然铿锵如金石，砸在地上似乎都能迸出绚烂夺目的火光。

宫千九见过温柔的女子、活泼的女子、妩媚的女子……甚至是泼辣、狠毒、自私的各色女子。

这些女子的容貌都比夜雪漂亮，才华都是一等一的好。可是，从没有一个女子能够这么坚定地守着自己的骄傲与信义，以命来换。

忽然间，他似乎有点儿明白，为什么宫少听会喜欢她，为什么她会是……

这个女孩太特别了。

天下间的女孩千千万万，但童夜雪，却只有一个。

“我代你，守着你的骄傲。”

那时，他听见青觞的话，他看见青觞接住她风筝般摔落的身体，不知为何，自己竟清晰地感觉到心里某个地方狠狠地缩紧了。

青觞是什么样的人，没人比自己更明白。

那个少年，素来是不关己的事，沾都懒得沾上一下。

可宫千九却非常确定，当时，青觞说出那句话，没有分毫迟疑与犹豫。

童夜雪的身上有一种奇特的感染力，不知不觉感染了周围的人。

纵是冷心冷情，也抵不过她眼角骄傲的笑意。

她的骄傲，便是她的信义，她的信仰。

“童、夜、雪。”

在舌尖咀嚼着这个名字，千绝宫所向披靡、神一般存在的宫主大人竟片刻怔忡，从心底泛涌上的那种柔软，让他袖底的拳头倏地攥紧了。

“主子……”

宁忻清润好听的嗓音，忽然从身后传来，蓦然惊醒了他。

“嗯。”

“属下不明白。”窗户后面的黑暗中，仿佛蛰伏了一只沉默的蝎子，正翘着尾，虎视眈眈地盯着脆弱的猎物。

宁忻是宫千九的心腹，是左膀右臂，必不可少。

但便是最有力的左膀右臂，有时候也猜不透主子的心思。

譬如，此时的宁忻。

“嗯？”

宫千九没有回头，沉郁宛如冬水的目光，依然没有离开童夜雪憔悴的容颜。

深吸了一口气，宁忻犹豫了许久，终于问道：“主子今儿个原本可以借着她忤逆您的事，一举除掉尚未生翼出牙的虎崽……为何竟由着她？”

宫千九袖底的拳头猛地攥紧，苍劲的骨节甚至发出了“咔嚓”的声音。

内心最深处，竟为这句话有些许烦躁。

是。

要除掉童夜雪这个潜伏的祸患，这是自己一早就决定的事情。

不管谁护着她，都无法打消自己的决心。

然而，一直没有动手，不是因为宫少听护着她，更不是因为害怕宫少听伤心诸如此类单薄的缘由……只因为她身后的势力，自己暂时还动不得。

然而今儿个，千绝宫处理“家事”，她童夜雪竟然横插一脚，这犯了江湖大忌。

任何门派，都最忌有外人干涉自己的“家事”。

倘若她亮了身份，明明白白地来干涉自己，自己也许要卖个面子给她身后的那位老太太。

偏偏她童夜雪的身份是隐藏的……此时如果真除掉她，便是她身后那位老太太再恼火，恐怕也无可奈何。

毕竟，自己可以借口压根不知道童夜雪是谁的徒弟。

可今儿个，大好的机会……

他一次次出掌，一次次杀机乍现，却不知为何都压了下去——

练蛊楼的弟子只道那一掌掌，打下去，分明是要童夜雪的命。

可除了宁忻，谁都不知道如果他真的有心要童夜雪的命，那么第一掌下去，以童夜雪的功力，压根抵挡不住，恐怕早就已经死了。

他宫千九想要一个人的命，哪有一次像此次一样犹豫。

看着那样眉眼倔强、目光清亮的女孩，他当时真有一刻希望她能退缩一步、犹豫一步，给自己一个杀她的理由。

“罢了，只是个无名小卒。”

良久，才听见宫千九淡淡一声，似乎要说服自己，也似乎要说服宁忻，可这样的说服，显然太过单薄。

宁忻的情绪一下激动起来：“宫主，今日的无名小卒，明日便有可能是摧毁千绝宫基业的祸患。即便不提这个，她有可能是姬蒲的弟子。雨枫阁的武学，素来与您的武功相生相克……”

“好了！”

忽地一声冷喝，不耐烦地打断宁忻激动的劝说，宫千九淡淡道：“今日不是时候，她护的是我千绝宫的弟子，我若真杀了她，是少一个祸患，但练蛊楼的人心就散了。孰重孰轻，你是知道的。”

宁忻一愣，当即想到连练蛊楼的楼主青觞都出面了……今日下午的事，果然差点儿往无法控制的地步发展了。

可……

护主心切的他犹不死心，月光在庭院中浮动，虫鸣都仿佛静止了。

窗口，那少年清秀的脸蛋上赫然闪过一丝狠厉：“主子既是担心下午动手会涣散了练蛊楼的人心，那现在一样可以动手。”

三寸短匕，匕锋在夜色下闪过雪亮的光。

点点寒光在锋锐的匕尖上跳动，急促骤然，宛如最高明的乐师拨动丝弦，奏出《十面埋伏》密密匝匝的琴音。

敛藏杀机的匕首，在不动声色间，眼见要刺入童夜雪的咽喉。

却听“哐当”一声，刺去的匕首竟被人生生在床畔截下，打落在地。宫千九护着这丫头的姿态，竟是这样明显。

那么多除掉祸端的机会，主子却一次次放弃。

“放肆！”

蓦地，一声厉喝，窗外那少年只觉眼前衣角一掠，还没反应过来，冰凉宛如刀刃的五指已掐住了他的喉咙。

抬眼，宫主浑身散发出的阴沉暴戾让宁忻的心一下沉了下去。

“主……主子……”

“我的事，还容不得你指手画脚。”阴冷如从地狱传来的声音，一字一顿地在耳畔响起，似十殿阎王发来的招魂帖。

宁忻从头到脚，好像被一盆冰水狠狠浇了下来。

从骨血深处传来的战栗，让他背脊一阵阵蹿寒，连着颈后的寒毛也忍不住通通竖了起来。

宫千九阴冷地看着他，漠然道：“童夜雪的事，你管得太多了。”

“属……属下知错了。”

“我素来当你是知道分寸的，可你如今越来越让我失望。”清冷的语音，淡漠得仿佛不带丁点儿感情。

“……”

冷汗一滴滴从额角流淌下来。

宁忻知道这是触到了宫主的逆鳞，倘若不是如此，宫主绝对不会对自己动杀心。可一旦宫主动怒，饶是再信任、再倚赖的人，他都能毫不犹豫地废掉。

“卧榻之侧，岂容他人酣睡？童夜雪若真是姬蒲老儿的弟子，我不会留着她的。千绝宫容不得有异心的人。”

眼底赫然闪过一抹凛冽的杀机，宫千九浑身笼在一片黑暗中，那黑暗中的一双眼便如同折射了雪白月光的锋锐的宝石，冷冷看着宁忻。

“但是，在我动手之前，把握好你的分寸。不要再尝试挑战我的忍耐力。”

一把甩开宁忻，他不再犹豫，直接离去。

身后，是沉酣不醒的夜雪。

皮外伤，三五天工夫便可痊愈。

然而，伤筋动骨却要百日方可安好。童夜雪这次伤的是心肺五脏，若换了别个大夫，恐怕直接丢一句“料理后事”便完事。可千绝宫的医者，又怎能和山下那些读几本医术便开了医馆的三流大夫相提并论？

“诸葛爷爷，她什么时候能好？”小尾巴真是一逮着空儿，便往童夜雪这里跑，可不管她到底是醒着还是睡着。

被称作诸葛爷爷的，是一个鹤发童颜的老头儿。

医药箱一字排开，明晃晃的银针摆放在匣子里，老头儿眼中敛着精光，出手抽出银针，施针，手法快如闪电，精准无比地扎上夜雪身上的各处穴位。

“诸葛爷爷，你倒是吱个声儿，给我个话啊。”

小尾巴看着无聊，口中喋喋不休。

真说起来，小家伙没啥别的毛病，唯一的毛病，就是啰唆。妇人啰唆也就罢了，他小小个人，打开了话匣子，那叫个唾沫满天飞。

除了夜雪，千绝宫还真没人愿意听他说话。

千绝宫这位医者显然也是个寡言的主儿，头遭被人这么追问，头上青筋跳动，好半天才按捺住，沉着脸，道：“打从老头儿第一天给这丫头施针，少宫主便开始问什么时候能好。这丫头皮实得很，恢复得比老朽想象中的还要快。”

“比诸葛爷爷想象中的快？那是多快？”小尾巴眼前一亮，不依不饶地追问。

诸葛丰眼皮微微一抬，解释道：“寻常人，脉络中气息紊乱，素来无法拧成一股气劲，所以终其一生，也很难打通任督二脉。这丫头的脉络却诡异得很，一般习武者脉络有一股气劲，长期以往地练下去，必然气聚丹田。然而……”

“然而什么？”

“然而这丫头，脉络中有的竟然不止一股气劲，且各不相干，一起占着经脉。”收了针，诸葛丰纵然行医大半辈子，被江湖人称为鬼医，然而对于童夜雪的经脉，他到底不敢贸然试探。

小尾巴听得稀里糊涂，似乎是明白了，可是又觉得复杂。

可宫千九教他粗浅的防身之术、教他四书五经，却唯独没有教他过多的武学知识。

对此，他想了好半天，才恍然大悟：“哇，按爷爷的说法，那夜雪经脉中那么多气劲，混在一起，她的内功不是很厉害了？”

诸葛丰嘴角动了动，像是在笑，又不像笑：“我且问你，独木桥上，一匹马尚且能够过，倘若几匹马一同上去了，会怎样？”

小尾巴虽然胡闹，但毕竟是极聪明的孩子，一听到诸葛丰这个问题，电光石火间就明白了诸葛丰的言外之意。

“诸葛爷爷的意思是……夜雪的经脉，承受不住这些气劲，气劲外泄，如马踏木桥，木碎桥沉？”

诸葛丰没想到这孩子啰里啰唆，但脑子如此灵光，竟然那么快就想明白其中关窍，不由赞许地点了点头，道：“没错，寻常人身上别说多几股气劲，便是多出一股气劲，都消受不起。”

得到诸葛丰的证实，小尾巴吓得脸都白了。

明明慌成了这样，他却依然抓住了最要紧的一个问题："诸葛爷爷不是说她身子骨儿好，皮实得很，恢复得比您想象中还快。可按照您这个意思，童夜雪不就活不成了？"

诸葛丰收过一次针，又施了一道针，道："这也是老朽想不明白的地方。她这样的情况，显然不是一天两天的事，可好端端活到现在，说明这件事对她而言，并不重要。老朽百思不得其解，江湖上没听过哪门内功竟这样霸道，那么多股气劲冲击脉门，却不损经脉，不泄气劲……"

小尾巴在诸葛丰的讲解中，粗略明白了经脉之说，知道童夜雪并无大碍，他脑子里稀奇古怪的想法又冒了出来。

"那有没有可能气劲是绞在一起的，像麻花一样拉长了，几股拧成一股，循环下去，这样，气劲互相之间是有空隙的，并不会直接损伤经脉，还能拓粗经脉，让丹田能够容纳更多的内力？"

他说得太离谱，诸葛丰毕竟也是江湖上成名已久的人物，听到这样的设想，立马嗤之以鼻："荒唐，世上哪有这样离奇的武学。"

"那诸葛爷爷您认为……"

"老朽在古书上倒是见过这样的案例，当时只道前人猎奇，说些不可能存在的事。如今，竟看见了童夜雪。天下之大，果然无奇不有。这样的经脉，要么终身不可习武。倘若习武，不是经脉断裂，便是不世的习武之才。"

一番话，无限感慨。

也幸亏童夜雪昏迷着，没有听见两人的对话。

如果她醒着，听见小尾巴那番话，一定会吃惊得无以复加。

诸葛丰成名已久，医术卓绝，当年的确是个人物。然而英雄迟暮，纵然鹤发童颜，精神还清明得很，可他毕竟老了。

小尾巴说的那番话，虽然离谱，却出奇地接近童夜雪武学的真相。

一个从没练过武功的孩子，竟然仅仅凭借医者的三言两语，便推想出童夜雪内功的练法，真不知该说他是天才，还是鬼才。

可这么接近真相的答案，却被诸葛丰以"荒唐"二字轻易否决了，难怪诸葛丰虽说医术卓绝，远胜于西蜀毒医唐傲天，门下弟子却远远不及毒医的弟子。

如果是别的孩子，听诸葛丰这般说，没准就认了这个理儿。

偏偏站在这儿的是宫少听，宫千九唯一的弟弟。

小尾巴嘴巴一瘪，显然对这个回答很不满意，听着就觉得昏昏欲睡，于是扯住诸葛丰的袖子不停地磨他："诸葛爷爷，那您告诉我，童夜雪什么时候能醒过来呢？她都睡了三天了，山上每个人都忙得很……又没人搭理我了……"

诸葛丰被他缠得没法儿，到最后，实在受不住小家伙的喋喋不休，压箱底的宝贝通通祭出，珍奇药材不要钱似的往童夜雪肚子里灌。终于，在第二天傍晚，童夜雪稀里糊涂地醒了。

"饿死我了。"

这是童夜雪醒来以后，说的第一句话。

"红烧鸡翅膀……我好想吃啊……要不，桂花烤鸭也行啊……"

这是她醒来，说的第二句话。

小小个妮子，灌了那么多珍奇的药材，总算不像一开始那样面若金纸。然而毕竟是一连几天没怎么进食，她脸色还是苍白得很。

小姑娘躺在床上，迷迷糊糊，只觉心肝脾肺还有胸口火辣辣地疼。

都疼成这样了，她脑海里反复徘徊的，竟然是裹着蜜汁、香嫩可口的鸡翅膀。

小尾巴这几天天天守着她，还以为她醒来第一件事应该是对自己表示感激。

他几乎想好了自己该用什么样的语气，大度又从容地和童夜雪说不用太感谢自己，以后多给自己说些好玩的段子就好。

可童夜雪刚醒来，说话还是有些模糊不清。

第一句没听清，第二句凑近听了，耳朵几乎贴了过去……

听见的不是"少宫主仙福永享、寿与天齐、贤名盖世、威震九天"，竟然是……"红烧鸡翅膀"！小尾巴漂亮的脸蛋立马黑了。

"童夜雪，除了吃，你能不能想点儿别的啊？"他脸色不善，狠狠地握着小拳头，不悦道。

后者躺在床上，眼睛都没力气睁开，也不知是听清了还是没听清，沉默许久，竟然又蹦出一句："西域的葡萄酒味道甘醇可口，给我来一壶好不……"

吧唧吧唧嘴巴，童夜雪不知是饿了还是馋了。

这下可好，不想吃的，改喝的了！

横竖离不开"吃货"二字。

小尾巴眉毛竖了起来："童夜雪，你有没有良心啊，你醒来不感谢我，你还想什么吃的喝的，吃的喝的比感谢我还重要吗？"

他握着小拳头，就准备冲上去。

一双大手从后面伸过来，不动声色地将他抱到了一边。

他还想再冲，可不知是谁，踩着他身后的衣角，小家伙扑腾两下，冲得太猛，跌了个狗啃泥。

“谁，敢阻挠小爷我，活得不耐烦了……”小尾巴恶狠狠地一扭头，满目凶光，还准备继续嚣张几句，忽然撞见一双星子似的寒眸，冷不丁一个寒战，小家伙的肥胆迅速缩水。

他一口唾沫呛在了喉咙里，吓得一个哆嗦，慌忙摆出一张“天真无邪”的笑脸，连同声音，都兀地明亮干净起来。

“九哥。”脆生生的一声唤，倒真看不出方才那小恶霸的样子。

“什么时候学会自称‘小爷’了？”宫千九淡淡地问了句。

窗外，晚霞如火，锦绣似织，灿烂夺目地燃至天际。

屋内，气氛瞬间降到了冰点以下，冻得人胆战心惊。

九哥啊……你不是在忙名剑大会的事情吗？

怎么就到这儿来了呢？

到这儿也就罢了，为什么就撞见他自称小爷？在九哥面前，谁是爷啊？就算悲愤到捶胸顿足死命挠墙，马虎眼还是要打的，混也是要混过去的。

小心翼翼退后两步，小家伙吞了吞口水，鼓足了勇气，还是没胆挺直腰板和宫千九抬杠：“这个……戏文里不都这么唱的？”

“戏文？”

薄唇微微往上一挑，宫千九冷峻的脸上看不出任何表情。

小尾巴懵懵懂懂，只觉一股不祥的预感从心底升起——

每当自个儿和竹暄姐下棋偷几粒子儿，功课没背熟被夫子逮着、偷溜下山被宁忻撞见……都会有这种感觉。

偷棋子儿，竹暄姐会逮着他猛揍；功课没背熟，夫子会用戒尺抽他手心；偷溜下山被撞见，宁忻会和九哥打小报告……

这些都是血淋淋的惨痛教训。

可看看戏文，怎么也会出现同样不祥的预感？

小尾巴头皮一阵发麻，下意识想开溜，就见宫千九漂亮宛如点漆的凤眸中骤然寒光一凛，连语气都沉了：“呵，宫少昕，你真是好本事啊。”

“九哥教得好。”

嗳，没被抽？

愣了下，小尾巴从善如流，慌忙挂上一张纯洁无邪的笑脸，分外在行地拍着马屁。

哪知，宫千九原来不吃这套，如今依旧不吃："还真当我夸你？整日闲逛，也不知捣腾些什么。谁带你看的戏文？"

声音不大，赫然如九天惊雷炸下。

小尾巴额头上的冷汗一下就下来了，小胖手刚准备指向童夜雪，忽然见到原本应该躺在床上的她，摇摇晃晃地往外面奔去。

她的伤还没好呢！

小家伙虽然胡闹，却真心喜欢童夜雪这个"狐朋狗友"，当即脸色大变："童夜雪，你干什么？"

宫千九还训斥着弟弟，就见弟弟乱了阵脚，当即伸出手臂就想将童夜雪抓回来。

他伸手的动作看似简单，却分明挡住了童夜雪所有去路，按常理，纵是再机灵的猴子也会被抓回来，可偏偏没见童夜雪怎么动作。她好像身子歪歪斜斜地一倒，竟从不可思议的角度避开了宫千九的手。

好一招"鱼跃泉"！

宫千九眼底精光一闪。

原本应该是宫千九抓着她，竟变成她两只小手抓住了宫千九的胳膊。

宫千九只觉一双小手紧紧抓着自己的胳膊，他分明可以抽出，可看见眼前丫头的虚弱模样，心下竟是一怔。

这是……自己出手的……

就在他犹豫的一瞬，他的胳膊骤然被什么撞了上去。

一低头，宫千九哭笑不得。

这妮子不知发了什么疯，眼睛都没睁开，迷迷糊糊，就这么一口啃了下去。

可惜，重伤未愈，那力道和蚂蚁爬似的，不痛不痒。

偏偏她包子似的小脸还一本正经，正磨着小牙口，口水哗啦啦地流，用微弱的力道啃着自己的胳膊。

"童夜雪，你是……小狗啊？"

宫千九无奈了。

"饿……饿死了……姨娘，你做的红烧鸡翅膀好硬啊，人家咬不动……呜呜呜……人家想吃嘛……"她委委屈屈地撇着嘴，伤心地抱怨着。

那神情，宛如稚子般天真无邪。

一瞬间，她仿佛又回到了孩童时，委屈地扯着月姨娘的衣角撒娇。

虽没有明艳容颜、绝色之姿，但偏偏这样纯粹的憨然柔软，就仿佛清晨日光下，草叶尖上的一颗露珠，浑圆娇憨，又仿佛用面团捏成的玲珑果子，雪白粉嫩，像一把利剑悄无声息戳到心窝窝，不知不觉，让人一下爱到了骨子里。

宫千九心中有一处柔软，忽然紧紧地窒了窒。

被童夜雪牙口磨着的胳膊，即便是隔着衣物，都有一种灼烫的感觉。

慌忙将童夜雪推到一边，他转过身，只听见“砰”的一声，紧接着是小尾巴指责自己的声音。

“九哥，童夜雪还伤着呢，您就不能轻点儿吗？”

被这么一推，童夜雪的脑袋撞出了一个大包，痛得“嗷嗷”乱叫。

“主……主子……”

小姑娘委屈地蜷缩到墙角，挂在胸前的一块软玉忽然掉了下来。

那天，她被打得遍体鳞伤。

就算当时童夜雪勇气十足，反抗宫千九，但她毕竟被打怕了，只能不断地往外缩，往外躲。看样子，她这会儿是真怕了宫千九。

日光从纹雕锦绣金边的窗户斜射入书房。

宫千九俊美宛如刀琢的侧脸，在日光下流转着白玉的光彩。

而他却被那块软玉吸引住了。

那是块羊脂白玉。

奇的并不在白玉的质材，而是白玉上面的刻字。虽只刻了“童”字，但是宫千九深知，那是风城独家的刻法。

一段记忆呼啸着从脑海中闪过——

青觞：“真的是闲事吗？我才想到，这丫头姓童。”

宫千九：“她姓童又如何？”

青觞：“熟悉江湖各大门派招数的，并不只是姬蒲老人，还有风城童家。”

宫千九：“她怎么可能是风城童家的人？”

是，他从头到尾，都没有想过她是风城童家的人。

风城童家，出过很多惊才绝艳的主儿。

童夜雪实在没有风城童家人的特质。

她从不把风城童家挂在嘴边，言语中更是没有童家人的骄傲。这样一个丫头，根本不可能是风城童家人。

可偏偏，她身上竟挂着童家的标徽。

童夜雪发现宫千九的目光落在了那块羊脂白玉上。她愣了一下，随后手忙脚乱地将其捡起，收回袖中。

“为什么到千绝宫？”

宫千九忽然问。

童夜雪愣了半晌，旋即想也不想地回答：“一月十两银子，还包吃包住。”

宫少听倒吸一口冷气。

宫千九挑挑眉，慢慢地走来，居高临下地看着童夜雪——这个丫头，看似寻常，却敢在练蛊楼维护他要废掉的人，敢接下自己那么多掌不提放弃。

谁借她那么大的胆子？

本应恼怒，但他的嘴角却不知不觉翘起了一个好看的弧度。

“风城童家四朝首辅，一人之下万人之上……坊间传言：在沧原，宝物皇宫占六成，民间占三成；民间宝物，童家占九成。你出自名门望族，理当见惯各色珍宝，为了十两银子来千绝宫？不太可能……”

“……”

童夜雪一愣。

宫千九悄无声息地走到童夜雪面前，用手轻轻拨开童夜雪额前浓密的刘海，迫使她直视自己。

“你家宗主欠我一条命，并向我许诺，会将童家最美的女子送到千绝宫……”他的声音微微有些低哑。

那还是三年前的事。那日之后，童家果然送来了许多才貌双全的妙龄少女。他将所有的童家女拒之门外，将那日所言当成玩笑。

不想，三年后的今日，童家女竟用这样的方式混到了千绝宫，来到自己身边。

如今，仔细去看童夜雪的眉眼——

虽然脸蛋依然是那么平凡，但是她的五官依稀有童家那位宗主的影子。

当童夜雪用那双黑亮的眼睛茫然地望着自己的时候，不知为何，宫千九突然心生了怜悯。

不得不说，他不讨厌童夜雪进入千绝宫。

“等等……你说我家宗主欠你条命？”童夜雪有些疑惑。

后者微笑着，从容肯定了这个问题。

童夜雪虽不愿意提及童家，不愿再和童家扯上丝毫关系，可是宫千九误以为自己是献身千绝宫的童家女。

童家有那么多才貌双全的妙龄少女，本就轮不上自己，但是她却可以顺水推舟。

叔伯宗长，不是夜雪要借童家名号……

这不是我说的！

是宫千九自己这么想的，我只不过是顺水推舟。

让宫千九知道自己是风城童家人，至少自己还能闷头藏在千绝宫，思考着怎么把乌骨锁偷出来交给师父，完成出师大计。

倘若，被宫千九知道她来千绝宫的目的，被丢出千绝宫事小，宫千九会不会在暴怒之下，把她狂揍一顿，这可就难说了。

就这样，童夜雪生不如死地吃了宫千九亲自端来的那碗肉粥，胡乱填饱了肚子。

宫千九走了以后，小尾巴马上扑到童夜雪怀里。

小尾巴最近过得很悲惨。他偷偷溜下山却被宁忻抓住，扭送到宫千九那儿。宫千九惩罚他抄二十遍《道德经》。

本来罚抄《道德经》也不是什么大事，他大可以让书童帮自己抄。偏偏字迹最像他的那个书童贪玩捉蟋蟀，被蝎子蜇了右手。

开始，小尾巴还不当回事，把《道德经》丢给其他书童去抄，自己继续疯玩疯跑。

疯的时候很开心，疯过以后，却欲哭无泪。

宫千九那么聪明的人，一眼就看出字迹不对。

小尾巴糊弄兄长的后果，自然是翻倍抄写《道德经》。

为此，宫少听足足有一个礼拜没有出屋，天天缩在自己的小屋里苦兮兮地咬笔杆，抄写《道德经》。

因为小尾巴最近忙得团团转，童夜雪这才闲下来。

至少，没人整日让她学岐州小狗叫。

然而，这几天事情太过轰动，竟然惊动了闭门抄书的宫少听。他因为帮童夜雪请大夫，抓药，竟生生荒废了几天功课。

好在宫千九最近心思不在他身上，他也就逃过了责罚。

今天，刚听宫千九说童夜雪是风城童家人，他便愣住了。

“夜雪，我再去跟九哥商量一下，你到我这儿来给我当书童吧。”他郁闷地抓着童夜雪的衣角，可怜巴巴地望着童夜雪。

“要我说，让你去干杂活，简直大材小用。风城童家的女子据说都是文武双全，无所不能……拿笔的手，为什么要去拿斧头？”

小尾巴喋喋不休。

童夜雪热泪盈眶，但没等她继续感动下去，只听小尾巴开开心心地说道：“我听说童家女子什么字都能模仿。夜雪，等你当了我的书童，我就不怕下山被宁忻逮住去九哥那里告状了！”

“你胆子肥了？”童夜雪惊恐。

要知道小尾巴一向最怕的就是他九哥。这会儿下山都不怕有人告状，少宫主果然历经千锤百炼，练出了熊心豹子胆！

后者淡定地瞥去一眼，笑眯眯地说：“反正你能模仿我的字迹，下次九哥罚我抄《道德经》，你来抄就好了……”

小尾巴还说了些什么，但是童夜雪一个字都没有听进去。

刚出龙潭又入虎穴。

童夜雪悲恸欲绝，脑海中一直回荡着——

你来抄就好了。

抄就好了。

抄……抄……抄……抄……

第五章 乌骨锁情

乌骨锁，琉璃匣。莫失莫离，般若天下。

这是江湖流传已久的两句话。

没有人能解开这两句话的意思，原因并非乌骨锁、琉璃匣隐藏之深，机关巧妙，而是因为这两样宝物下落不明，成了传说。

如今，九茴院里，却有一个乌漆的木匣。

乌漆的木匣表面雕着精致的花纹，花纹正中央有一个小巧玲珑的金锁。

大堂中，一个将乌发披散在身后的清秀男子静静倚着太师椅，修长有力的手指捏着茶杯，一双乌润的凤眸亮若点漆，冷冷看着侍立在一旁，低着头的中年男子。

“都已经三个时辰了，还没看出名堂？”

“还说自己是玄机门下第一弟子，天下没有你打不开的锁。我看是天下没你能打开的锁！”

“你当宫主找你来，是让你在这里发呆的？”

几个尖锐的声音响起，循声望去，是宫中青衣门弟子。

千绝宫在江湖中的地位颇为诡异。而宫千九行事诡秘，喜怒无常，权倾武林。即便是千绝宫静待不动，各门派也能感觉到有无形的势力威胁着自己。这样的威迫感令所有人愤怒，他们欲除宫千九而后快。

然而，他们除不去宫千九，因为他们根本不知道千绝宫的具体位置，更别提见上宫千九一面了。

宫中大大小小的事情向来由宫千九信任的大护法宁忻负责，除非宁忻开口，要不然，宫中连只苍蝇都飞不进来。

物极必反，在这样的情况下，竟有不少武林世家的公子开始仰慕千绝宫的神秘，更仰慕高高在上的宫千九。

于是，千绝宫就有了青衣门。

青衣门收的世家公子，个个年少气盛，身怀绝技，除了宫主谁也不服。此时见宫主将这中年男子奉为上宾，他们的心中颇有不快，说话竟刻薄起来。

宫千九没有发话，任由他们议论。

豆大的汗珠从中年男子的额角淌下，他握着刀柄的手，开始颤抖。

眼前的锁是金色的，锁着一只乌漆木匣。

分明不足一掌的木匣，此时在他的手里却仿佛有千斤重。他只觉得浑身的气力都丧失了，只能愣愣地看着匣子。匣里似乎关着躁动的猛兽，他的手腕一抖，那匣子竟生生从手中掉了下去。

“砰”，清脆的滚落声在众人耳边响起。

中年男子双拳攥紧，颓然拜退：“在下才疏学浅，确实看不出金锁乌匣的机关。他们说得没错，三个时辰我看不出来，即便是三个月我也无法知道打开乌匣的方法，这机关实在是巧夺天工。”

太师椅上的清秀男子轻轻笑了一下，一手捡来桌上的乌匣，微微把玩了一下，眼睛望向窗外那肆舞的流光春色。

他虽然静默着，但是不言而喻的压迫感依然存在。

所有人都静静地立在那儿，失去了言语的能力。

窗外菜畦里的菜蝶扑扇着翅膀，摇摇晃晃地飞来飞去。循着菜蝶望去，是一双脏兮兮的小手。

此时，这双小手正饶有兴致地追着菜蝶。童夜雪并不知此时的九茴院里发生了什么，她只知道自己一定要逮到这只菜蝶。要不然，宫少听又要让她不住地学岐州的小狗叫了。

他皱眉，收回目光，声音有些淡漠：“你是玄机门下的弟子，不战而退，怎么对得起你师父玄机老儿的栽培。”语气冷郁如冰。

中年男子倏地抬头，正色道：“家师倘若在世，金锁或许能开。”

“笃——笃——”

宫千九屈起手指在桌子上敲了几下，一下一下发出清脆的声音。

他取来乌匣，也不见五指如何动作，“咔嚓”一声，金锁登时大开。他乌润似点漆的凤眸淡淡扫过中年男子惊慌失措的脸，微微一笑：“开乌骨锁最重要的是手感。”

中年男子面色青一阵、白一阵，羞怒道：“宫主既能开这乌骨锁，何必羞辱在下。”

“连个锁都打不开，没用！”

“什么乌骨锁？少往自己脸上贴金，这是咱们宫主随手做出的锁。”

“连这锁都打不开，谁敢把乌骨锁拿给你开？”

青衣卫七嘴八舌，阴阳怪气，中年男子手握着开锁的利器，刀刃锋利，当他听见这并非乌骨锁时，面色陡然大变。那张颓废的脸倏然增添几分硬气。

只听利器入骨一声钝响，所有人沉默下来。

血，大家见得多了。

玄机门弟子伤脸不伤手，那双手既可以开精妙小巧的锁，也可以做攻城守城的巧妙机关。而伤了手，那就算毁了一生。

可如今，中年男子竟生生用利器断去一指。

青衣门弟子这才如梦初醒，想起了他的名号。他是玄机门第一弟子，自玄机老人辞世之后，他便是这江湖中最厉害的奇门者。

他的名字，叫作鬼手。

如今，鬼手断指。

众人哪想到他会如此决绝，一时全部愣了。

宫千九终于正色看他，一声轻叹："手是奇门者的命，你……何必如此？"

鬼手抽出帕子，面无表情地包住断指，没了先前的惊惶与颓废，他反而淡定下来，仿佛他断的只是指甲而已。

他止了血，淡淡道："我自幼拜入玄机门下，师父道我天纵奇才，这双手天生是奇门者的手。我十九岁成名武林，从此，竟不将天下机关放在眼中。谁知天外有天，人外有人，如今败在宫主手下，断指为誓，余生摒弃天赋，将精修奇门。"

话音如九天之雷，炸响在众人心头。那字句中透出的雄浑沉稳的气魄令青衣卫纷纷动容。

如果说他们方才是不屑鬼手的名声，而现在他们见鬼手断指为誓，皆自愧不如。

并不是敬佩鬼手断指的决绝，而是敬佩鬼手能够在这样的情况下，清楚反省自己的错误。

凭借这样的决绝，十年后他定会有惊人的作为！

屋中陡然静默下来，所有人都不再说话。

就在这时，门外传来吵吵嚷嚷的争执声。

"我都说了不能进，你们怎么不听呀！"

"放肆，你敢说小姐是闲杂人等？"

"不是我说的，明明是主子说的好不好？我如果放你们进去，主子会灭了我的。"童夜雪在脖子上比了个"咔嚓"的砍头动作。

"你可知小姐和你的主子是什么关系？敢这样放肆……"那丫鬟还想再说什么，却被站在一旁的少女制止了。

童夜雪做足了要吵架的架势，撸了撸袖子，火气正旺，没想到却被少女满脸的笑意融化了。

"对主子言听计从也不好哦。"

幽静的院落，少女微笑着，映衬着她白净的脸，朱唇似夭夭桃花中最娇嫩的一点红，粉薄柔润，秀美得不可思议。

她静静地站在那里，宛如一首诗、一幅画，她的目光虽然没有落在童夜雪身上。不过，童夜雪知道她在和自己说话。

那么漂亮的姑娘认真地和她说话，童夜雪有些害羞，圆圆的小脸也红了起来。

她羞涩地挠了挠脑袋，好半天才从嘴里蹦出一个字："嗯。"

少女挑眉，看似心情不错。

清亮的天光在屋檐上打了个圈，甚是耀眼，少女低头看着自己的双手，那双手肌似凝脂，指甲粉润，秀美无比。

少女朱唇翘起轻声道："你这丫头，好生有趣，千绝宫敢拦我道路的，仅你一人。你叫什么名字？"

"……"

就在这时，本该在书房的宫千九忽地开门步出。没人知道宫千九召了青衣卫和鬼手在书房所议何事。

一个清冷的声音倏地响起："竹喧，你来这里干什么？"

原来，这少女便是传闻中的宫家小姐，那个与官家千金交往甚密，又为了某个官家少年甘愿驻留京都的宫竹喧。

少女粲然一笑："九哥，我来看看您，免得您说妹妹养大了，太过无情。"

他们一言一语，和风细雨。

借着宫千九踱步而出的空儿，童夜雪好奇地从门缝里往里面望去，日光照着被打扫得一尘不染的书房，那里面的所有人面色阴沉。她继续看去，桌上那只泛着亮光的乌匣，润得她眼睛倏地发亮。

她还想看清楚些，身子却猛地被拎了起来。

宫千九清秀的脸在她的眼前放大，童夜雪呆住了。

"主……主子，您，您有什么吩咐吗……"

"我让你守在外面，你怎么守的？"

提起这个，童夜雪开始得意起来，快语道："我可没有放人进来呀。"

甭说是人，连只苍蝇都没飞进来。

宫千九冷笑："吵成这样，你还有理了。我若不出来，你是不是准备把整个九茴院拆了。"他的声音冷得如三九天泼来的一盆冰碴儿，童夜雪心里"咯噔"一声，陡地一个寒战，慌忙摇头。

"我冤枉，主子，我没吵，我一直都很安静地守着门……"话说到一半，她陡地反应过来，貌似自己是跟那丫鬟吵了两句。

她严肃而郁闷地看着地面。

那丫鬟见着宫千九，原本就胆战心惊，此时见着他看向自己，当即面色惨白，吓得两腿一软，慌忙地跪倒在地，连连磕头。

“宫主饶命，奴婢，奴婢不知您在里面……奴婢……奴婢以为……不不不，是……是她，她拦着小姐，所以奴婢一时心急才会……才会……”

那丫鬟骂童夜雪时，语句分外利索。但是面对宫千九，她的口齿明显不利索了。

童夜雪总结，这分明是典型的欺软怕硬。

哎，都是做丫鬟的，大家都不容易，何苦自己人为难自己人呢。

这不，报应就来了。

童夜雪缩到一边，深知明哲保身的道理。

她不欺人，人也别来欺她。

她……看看就好。

宫竹喧冷眼看着贴身丫鬟在那儿连连叩头，指甲掐入掌心，她咬了咬红润的下唇。抬头望向宫千九，神色淡淡：“别让小丫鬟扫了九哥的兴致。九哥，我听说您收了个贴身丫鬟，是怎么回事啊？”她声音虽然缓缓的，却甚是好听，而这好听中还隐约带着些委屈。

宫千九只是“嗯”了一声，并没有做过多的解释。

宫竹喧的声音冷了下来：“我当九哥您讨厌女子，见着就烦厌，没想到是我错了。”

“扑哧——”

童夜雪觉着肚子饿，正在啃从口袋里抓出的馒头，忽然听到这话，忍不住喷出一口馒头渣。

原来宫千九还有这毛病。

我竟然一点儿都不知道。

她满眼含笑，忍不住笑出了声。

宫千九厉眸扫来，童夜雪立刻收住了笑声，屁都不敢放一个。她将吃到一半的馒头往袖管里一塞，装作若无其事的样子，垂首立在一旁。

宫竹喧不以为忤，或者说她根本没将童夜雪放在眼里，只是用嘲讽般的眼神掠过她，笑道：“这童夜雪，身量单薄，苍白孱弱，明显是先天不足，痼疾在身。她有什么好？藏月又有哪里不如她？您宁可收了这么个丫鬟，也不肯让藏月侍奉在侧。”

“……”

我不就是被师父打了一掌，筋脉损伤。

这和先天不足根本是两回事！

我从娘胎出来的时候，也是活蹦乱跳，健健康康的，好不好？

这个宫姑娘眼神不好，净说瞎话。

宫千九厉眸掠向竹喧，他宛如黑曜石的双眸透出点点寒光，竹喧不觉倒退两步。

喀喀，为人打抱不平，还是需要点儿自知之明的。

宫竹喧双手攥着帕子，声音有些结巴："九哥……您，您别生气，我……我说说罢了。其实这丫鬟，仔细看看……还是有点儿可爱的……"

宫千九面色阴沉下来。

童夜雪有几斤几两，他自然知道。

以宫竹喧的性子，根本不会将这样平凡无奇的小丫鬟放在眼里。

不用想，竹喧说这话定是另有所图。

他嘴角翘起，冷笑了一声道："你要下山？"

宫竹喧面色浮上了微微的粉色，声音都小了下来："嗯。"

她话音未落，就见一抹白色的影子不知从哪儿蹿了出来，学着宫千九的语气稚声喝道："九哥说过不准你去找夏侯澈，你又忘了？"

清亮亮的嗓音，稚气可爱。

他不说话，没人会看向角落里那个探头探脑的机灵鬼。分明四五岁大，但是人小鬼大，机灵着呢。

没长开的小脸儿粉团似的，一双乌眸水润润，清清亮亮的，像刚出生的小鹿，格外秀气。

此时，他忽然出声，所有人都看向他。

宫竹喧见着他，拳头倏地握紧，火不打一处来："和你没关系，自个儿玩去。"

小家伙朝她扮了个鬼脸，自顾自地抱怨："我就知道你又要下山去找那个什么什么猴的，我可不喜欢他。我和他说话，他都不理我，就看着我笑，我长得好笑吗？他是官家少爷啊，我们是匪，你不怕往后他不痛快了，抓你入牢吗？何况，他不就是救了你一条小命。而且他都说了，不需要你报恩，可你还要报恩，你傻不傻啊？"

稚气的嗓音装模作样地说着，其实宫少听最生气的也不是这个，而是那个什么什么猴，长得一点儿也不像猴子。

这让宫少听很生气，后山的猴儿都凶着呢。

好容易找着个"猴儿"，本指望着占山为王，他大闹一场，杀杀猴头儿的威风。

谁知道，居然是个不说话的主儿。

而且，那个“什么什么猴”长得那么俊俏，都盖过了他的风头，他很不开心。

幸亏宫竹喧不知宫少听心里的那点儿小九九，只知这弟弟说出的话，从来没有好听的，活生生能把人气死。

“大人说话，小孩别插嘴！”宫竹喧虽然很严厉地教训着宫少听，但是童夜雪能从她眼里看到她对弟弟的疼爱。

宫少听灵活地躲过她劈来的一掌，飞快躲到宫千九身后，撇嘴道：“我就知道你们都瞧不起我，我要离家出走，闯荡江湖！”

跪在一旁的小丫鬟的额角沁出了豆大的汗珠，心中暗道：离家出走？小少爷……也是不好招惹的人啊。

“胡闹！”宫千九理都不想多理，挥袖就走。

清风掠过，书房外的古槐上，一只小小的青虫吐出长长的丝，垂在半空，在风中晃晃悠悠，槐树叶被风吹着，发出沙沙的声音。

看着宫千九转身离开，刚才还叫嚷得起劲儿的小家伙沉默了。

“姐，不好了，九哥生气了。”

宫竹喧这时也隐隐后怕，她一脸担忧道：“还不是你要离家出走，你知道九哥最烦别人说这个的。我可不管你，我先走了。”

小尾巴抹了一把脸：“我也不和你说了，我是来找人的。奇怪，童夜雪呢？刚才看见她在这里呀……”

小家伙悠闲地探着小脑袋，四处张望了下，一脸天真地离开。

童夜雪孤零零地站在角落……看着明明一眼就能看见自己，偏偏装模作样寻找自己的宫少听，只觉寒风阵阵，好无语。

小少爷，您尿遁、茶遁，各种遁用完了，如今采取视而不见的“寻人遁”了吗？

真是，有才啊！

不过小尾巴和竹喧姑娘这么一闹，童夜雪终于不用在外面晒太阳了。

她混入了书房。

是的，没错。

就是混，她成功混了进去。

方才在窗外，她看不真切，不知道桌上摆着的是否就是自己苦苦寻找的乌骨锁。

如今进来了，什么都看得真真切切，明明白白！

什么叫运气啊？

童夜雪，守个门，无意地向门缝里望了一眼，只一眼，就知道了乌骨锁的下落。这就叫运气。

小丫头感激涕零地立在青衣卫身后，乌溜溜的圆眸激动地瞅向宫千九。

后者略微厌恶地皱眉，避过她过于“热情”的目光，心中给出四字评语——无耻，无赖。

能得千绝宫宫主如此评价，童夜雪可谓破天荒的头一人。

正是炎炎夏日，外面虫鸣聒噪，让人心里发慌。一阵阵热浪袭来，灼得人皮肤发烫，也不知宫千九的书房有何奥秘，刚一入室，浑身都仿佛浸在清水中，凉凉的，说不出的惬意。

童夜雪站了一会儿，觉得自己应该把握住这次来书房的机会，不能无功而返，于是她开始仔细打量起书房。

刚进东厢的书房，她便觉得一切都很新奇。

童夜雪顺手摸了一把光滑的金黄色木质书架，眼眸一亮。

……是绛香檀的。

啧啧，瞧这手感。

她悄悄多摸了两把，鼻中刚刚嗅到微微的香气，就像被烫到一般，飞快地收回手来，童夜雪四处张望，看到没人瞧见她偷偷摸摸的小动作，她的眼睛越发明亮起来。

云州绛香檀。

是真的，半点儿水分都不掺的上等木料。

这可是皇族才能用的木材啊！

没想到千绝宫不仅有寻常百姓家里没有的珍贵物件，复式的庭院建筑，竟然还有皇族才能用的木材。

千绝宫真的是财大气粗呀，果然是有钱！有钱！

她连连感叹，闭上眼，吸了吸鼻子，将绛香檀的手感回味再三，按捺不住好奇，继续摸了一把架上的茶杯，这一摸，紧闭的眼睛立刻大睁，口水挂在嘴边。

她惊讶地瞪着茶杯，擦了擦嘴角淌下的口水。

这个……是……是……是紫檀木的茶具。

连茶具都用这么金贵的木材……

这可就不能用“有钱”两个字概括了。

要知道上等的绛香檀木不过和紫檀木勉强画个等号，可见紫檀昂贵，历经百年才长那么一点点，要做这样一套雕工精妙的茶具，要用多少的木料呀！

她瞠目结舌，越看这小小一套茶具，越是心动。

如果悄悄顺走一个……

不行不行，我是正经人家的姑娘，怎么可以干这些偷鸡摸狗的事情呢？

她摇头，用力撵走心头蹿起的邪念。在她身边，一直立着个沉默的俊俏少年，少年身着青衣，轻轻倚着书架。

分明是寻常的青衣卫装束，穿在他身上却气质不凡，宛如金沙中一颗明润珍贵的黑珍珠，让人移不开视线。

他嘴角含着笑意，一双清美的眸子在童夜雪摸着书架流口水的一瞬，亮了起来。

“好有趣的姑娘。”少年饶有兴味地注意着她的一举一动。

此时见她一脸挣扎地摸着茶具，禁不住用折扇轻轻敲了敲她的脑袋。

他凑近童夜雪耳边，玩味似的吹了一口气，恶意诱她说话：“多好的茶具呀。”

后者点点脑袋，一声叹息：“对呀，还是紫檀的呢。”雕工这么精细，楼台亭阁栩栩如生，就凭这雕工，便价值连城。再看风格，应该是一夕先生的手笔，线条流利，风格简约却透出华贵。

主子居然能请到名家，真是不简单。

只可惜紫檀烹茶易腐，这套茶具的赏玩价值不菲，可惜华而不实。

她又点头，又摇头，满脸的郁色。少年挑了挑眉，逗蚂蚁似的递了根麻秆，拨弄着她额前落下的碎发，随口搭上一句：“紫檀呀，那不就是寸木寸金？”

“瞧这雕工，绝对不止寸木寸金，起码应该再翻一倍。”

她正色定论，说得有模有样，少年瞧她眼眸晶亮，分明一脸正经，偏偏嘴角淌下亮晶晶的银丝，终于笑出声来。

明亮的天光下，少年开怀大笑。

他道：“你……真的是好有趣，你叫什么名字？”他本想说“好笨的丫头”，话语在齿间微微一转，最后以“有趣”这个不褒不贬的中性词给她定了位。他的声音很好听，宛如山泉流过溪涧，迎面扑来清凉的气息。

童夜雪吞吞口水，看着递给自己的那块镶有金边儿的手帕，再偷偷瞧了瞧宫千九，发现他并没有往这边看，于是不大确定地试探：“这帕子莫非是牧州云织坊出品的……”

她话音未落，就见着少年微笑起来：“好眼光。”

童夜雪神气起来，得意地说：“论到眼光，我自认第二，没人敢称第一……不过你送我帕子做什么？”

幸亏迷糊得不算离谱，她马上反应到无事献殷勤，非奸即盗。

少年指了指她的嘴角，笑道："给你擦擦口水，不然滴在身上，多难看呀！"

擦口水？

不成。

那多可惜呀。

童夜雪用袖子随意擦了擦嘴角，想也不想接过帕子，对着薄光抖了抖，振振有词："云织坊的帕子，不过是富家子弟攀比之物，和那茶具无二，华而不实。如果用它擦口水，这块漂亮的帕子，可就废了。"

这帕子除清水不能沾，否则就会留痕。

再温润的美玉，哪怕有一点点的瑕疵都会降一个档次，何况是这种攀比用的手帕。

她谈起帕子头头是道，浑然不似个粗鄙无知的乡野丫鬟。

如果宫少听在，肯定会调皮地扑倒她，然后去扯她的头发。

初入千绝宫时，童夜雪的口音是极具乡野特色的岐州腔调，尖音陡起，低音沉沉，说不出的可笑。

因着她的岐州口音太过土气，在千绝宫，上到宫千九，下到丫鬟，没有一个给她好脸色。

也就是宫少听喜欢这口音，对她频频"照顾"，上午让她学小狗叫，下午让她学鸭叫，玩得好不快活。

一般人，只听她说一句话，就再也不想听了。

青衣少年和宫少听在某种程度上，有相同之处，都喜欢逗她说话。

刚开始，童夜雪还操着土气的岐州话，习惯性地一问一答。

到后来，她发现自己无法用岐州话中单薄的辞藻解释那些金贵的古董玩意儿，于是渐渐没了口音。

少年本是漫不经心，听到她旁征博引，说得天花乱坠，嘴角含笑，饶有兴趣地望着她。当他听到童夜雪口音正常之后，眼底掠过一丝疑惑。

到最后，童夜雪的口音竟是纯正的风城音，他的眼底闪过一抹亮色。

再看向童夜雪时，少年面上的轻蔑全然不存，找乐子的心情也没了，只是若有所思地看着她。

果然是……风城童家人。

只有风城童家才能养出这样的品位见识。

"依我看青花瓷、南海珠，那才是价值非凡呢，也不知千绝宫是出自哪位大家手笔布置下来的。虽用尽钱财，却无意义。”

童夜雪操着一口纯正的官话，字正腔圆，声音清脆悦耳，一边说，一边用小手敲敲桌子，用指尖弹弹陶瓷。

她一路说去，早把宫千九和青衣卫一干人等忘到九霄云外。此时，童夜雪刚要对桌上的乌匣下手，宫千九却突然掐住她的手腕，眼眸中跳动着愤怒的火焰。

童夜雪想不到会忽生异变，话音戛然而止。

她愣愣地看着宫千九，对方眉宇间的锐气凌人。

青衣卫心中“咯噔”一声，暗暗拉开与她的距离。鬼手面无表情地瞥了童夜雪一眼，只有当初逗弄夜雪的青衣少年，悠闲地看着周遭发生的一切，一脸无辜。

雕花的窗棂中，透出徐徐微风。

少年笑容温暖，眉目如画，似冬日松影，从容淡定，又似月下海棠，清美秀丽。

宫千九淡淡扫了他一眼，手腕稍一用力，童夜雪立刻跌退数步。

“嗡”的一声，小丫头听见自己脑袋中一根弦崩裂的声音，方才如放飞的小鸟，现在却似命如草芥的蚂蚁，她额角不由淌下一滴冷汗。

“主子……”

刚才她不会得意忘形，说了什么不该说的话吧。

她一激动，就有这毛病。

师父说了好多次了，可是就是改不掉。

呜呜呜……

莫非，这次又要遭殃了？

宫千九不看她，目光径自看向青衣少年，声音似从云端传来，两片薄唇微动，语气中带着股猎杀之意，他问：“云州的事，解决了吗？”

询问的对象是青衣少年。

童夜雪完全不知道他们议论的是什么。

她进来以后，宫千九也不避讳她与鬼手，而是有条不紊地处理宫中事务。

青衣卫大约十人，一个接一个地向他禀报江湖上的事情，她一来听不懂，二来没兴趣，这才忍不住四处观望。

如今，宫千九问云州的事，她越发迷糊。

少年微笑，一躬身，说了些什么。童夜雪没细听，单听见一句：“青王爷得知主上尚未娶亲，特意送来美人三十，美酒百坛。其中更有一女，是西夏王女……”

童夜雪眼前赫然一亮。

周围弟子纷纷惊愕。

西夏水养一方人，西夏异族虽然地小物薄，但盛产美酒与美女，西夏酒味道甘醇爽口，西夏女向来风情万种，妖娆妩媚。

童夜雪一听到西夏王女，心下倏地一跳。

她忽然想到童慕远曾经打过的一个比喻，他说，如若说凰姐光彩如凰焰，那西夏女无疑是天中皎月，萤光之辉。

比凰姐更加美艳的女子，她从没见过。

沧原地大物博，即便是读万卷书、行万里路，也无法窥知这广袤土地上的风土人情、奇人异闻。然而传闻不如一见。

西夏女从来不出西夏，得见西夏女的人少而又少。

能一见西夏王女，领略异族风情，连女子都心动，何况男子？

果然，她敏锐地察觉到宫千九眸中掠过一道光亮，只一瞬，那道光亮便隐于他凌锐的目光下，快得让她以为自己所见不过是一场错觉。

然而，她却分外确定自己没有看错。

因为在那个向宫千九汇报这些事情的青衣少年眼底，她也察觉出一星儿亮光。

这个青衣少年似乎和自己一样，来千绝宫，委身宫千九门下是有所企图的。莫非，他和自己有着相同的目标——盗取乌骨锁？

思及此，童夜雪心神一凛。

桌上除了乌匣金锁，还有一块巴掌大小的白铁令。令牌上火凤涅槃重生，火焰中徐徐展开的羽翅如根根倒竖银针，喙锐爪利，尾羽华美，凤首微昂，双目炯炯。

宫千九指尖摸索着令牌，听到他的话，指节一扣，“啪”的一声，白铁令登时被扣在桌面，只露出光润如玉的背面。

童夜雪只看了一眼，看见上面刻着几行文字，立马收回眼。

她的心脏“扑通、扑通”地跳动。

一下下，重击胸腔。

青丘文字。

号令青衣卫的白铁令，背面刻的竟然是青丘文字。

沧原禁行青丘文是人尽皆知的事。

青丘是前朝遗都，宫千九以青丘文做白铁令，他想干什么？

莫非是要造反？

她不敢多想，宫千九挑眉笑道：“青王爷用美酒美人为江楚义买命，这方法……实在别致。”书房里静悄悄的，他话音清冷，没人知道他是喜是怒，少年思考了一会儿小心道：“听闻江楚义与青王爷有八拜结交之缘，如今青王爷为江楚义买命，倒也在情理之中。”

宫千九不答，没人敢接话。

就在这时，一直沉默在旁的鬼手忽然一声冷哼，不屑道：“皇族的子弟个个薄情寡义，亲生的兄弟都能争出乱子，何况是外族人，能让青王爷卖三分薄面，绝不是什么八拜之交。这江楚义是个手握兵权的人，青王爷买的恐怕不是八拜之交兄弟的命，而是他手中的权力吧。”

这话说得偏激，却不无道理。

没错，没有利益，任他是天皇老子，青王爷也不会抬一下眼皮。

童夜雪蹲在墙角，一点儿也不想听他们议事。

她自我催眠：“我听不懂，我听不懂，我听不懂。”

强大的念力足以摧毁一切。到最后，他们议他们的，童夜雪终于如愿以偿睡着了。

她小小的身子蜷缩在墙角，睡得鼾声细细，浑然如一只安静的杂毛兔子。宫千九和她说过数十遍，让她换掉身上那身衣服，可她充耳未闻，愣是穿着土气的碎花红衣招摇过市，如今更睡在了书房角落。

兔子就兔子。

杂毛又怎样？

自从那日童夜雪在书房里睡着以后，宫千九就再也没理过她了。

而书房里，那个故意逗她说话，不怀好意的青衣少年，叫长鱼嘿。

童夜雪那天说了许多话，所以十分担心自己的秘密被长鱼嘿识破了，每天战战兢兢的，跟做错了事似的，任谁有事，只要叫她帮忙，她便一反偷懒的性子，主动帮厨子做菜，帮粗使丫鬟扫地，帮花匠种花，帮……

先是九茴院，最后到整个千绝宫，到处都能听见这样的吆喝。

“童夜雪，快来，帮我把鸡汤煲一下，小少爷要喝。”

“童夜雪，这边这边，院子要扫干净，懂了吗？”

“……”

起先，大伙儿还不敢太过分，到最后，他们看童夜雪一丁点儿不反抗，越发肆无忌惮起来。

“童夜雪，来来来，我胳膊酸死了，帮我捏捏。”

“童夜雪，给我捶捶腿吧，下山办事，我腿都走累了。”

“……”

她向来胆子就小，做错了事越发如此，她生怕长鱼曋说漏嘴，向宫千九告状。

可是，大伙儿这么差使她，莫非他们都知道了她的小秘密？童夜雪日日担心，夜不能寐。

有一次，她小心翼翼地试探着问了句：“你觉得我口音怎么样呀？”

扫地的丫鬟白了她一眼：“你说呢？”

这话说得含糊不清，她吓得心里狠狠打了个哆嗦。

于是，她越发惴惴不安。

她走在路上，看见长鱼曋，对方依然是那副笑容清浅的模样，她不敢多问，撒腿就跑。见着宫千九，也不敢抬头，一直低着头，仿佛地上有宝物。

一看见他们，她心里就发慌。

然而，你不惹麻烦，麻烦却长着脚，依然会自动来找你。

四月风细细，枝梢月微凉。吹遍梨梢雪，落尽地上霜。

长鱼曋临出门前，折了一枝桃花，悠闲地步出院门，将花枝送给了出门遇见的第一个侍女。

他本来就是个清秀的少年，尤其在月色下，含笑的眉眼越发动人。侍女受宠若惊地捧着他送的桃花，红了面颊，讷讷说出童夜雪住的地方。

他微笑着朝侍女道了谢，好脾气地拂开肩上闲花，从容淡定地离开。

直到很多年后，那侍女依然能记得长鱼曋离去的背影——

一袭青衫若水，不染尘瑕，乌黑如缎的秀发风流到极致，随意地扎起，长及腰处，这个少年如此干净美好，仿佛连离去的鞋底都洁白如新。

找到童夜雪的时候，她正拿着小树枝在沙地上画着什么。

线条零散，生涩无趣。

然而，看多了，你就能发现她手法奇特，笔下痕迹仿佛涓涓水流汇聚成溪、湖、江、海，那些被抹去的痕迹，与新画的线条巧妙契合。细碎散落的线条构建的图案并不特别，特别的是她捉笔运气的气息吐纳。

长鱼曋眼底光芒掠过，嘴角的笑意越发甜蜜。

他不再隐藏自己的存在，从高槐暗影中抽身而出，长鱼曋偏头去看，微笑道：“女公子遇上难题了？”

“嗯。”

童夜雪的眉头郁闷地拧成麻花，小胖手托住圆圆的小脸，“哗啦”一声，她抓着小树枝又在沙地上画了好几道，却避过了东北角。她郁闷地盯着那一处，仿佛要盯出一朵花儿来，才算完事。

“吱吱啦啦——”

“这是……云裳院。”食指并中指扶了扶额际，长鱼曌眸光阴沉下来，稍加思索，立刻准确地说出了空白东北角的那处地名。

说个地名并不稀奇，奇就奇在他只看上一眼，便能从零散的笔画中，迅速看透千绝宫的山势地图。

千绝宫的神秘绝非偶然。

数座大山横亘，延绵千里。

宫内弟子分派众多，各居一隅，读书、练武、饮食、休憩，更是各有各的势力分布。搁在平时，便是给宁忻一张小地图，他也无法快速准确地说出这是什么地方。可……长鱼曌做到了。

“……”

童夜雪还没察觉到身后多了个人，她烦躁地拧着眉头，口中叽里咕噜，也不知道说了些什么。

长鱼曌好奇地仔细去听，才听见那些细碎的音节，十分不甘心地从小丫头的牙齿缝里噼里啪啦，滚豆子似的蹦跶出来。

说来说去，也就是几句“进不去”“真麻烦”“怎么办”！

说起来，童夜雪已经十六岁了。

寻常人家的闺女，到了十六岁，便会寻个婆家嫁了。而这般年岁的女子，若不是身为人妇板着张小脸老气横秋，便是大丫鬟似的玲珑通透。少有童夜雪这样有圆圆的小脸、天真的眼神。

偏偏童夜雪还拧着眉头，口中不清不楚地抱怨着。而这神态……和五六岁吃不到糖的孩子一般无二。

长鱼曌又爱又怜，心里忽然一软，哑然失笑。

“女公子想入云裳院？”他问。

“对啊。”

“那就去吧。”

“如果能进去，我还需要在这儿数蚂蚁啊？”噘着小嘴，小姑娘非常郁闷地用小树枝在地上戳啊戳，泄愤似的拼命戳。

“为什么进不去？”长鱼曌温和地看着她不安分地扭来扭去，眼底笑意越发浓郁。

“云裳院的琅嬛阁存放的是千绝宫立派至今的各种宝物，那儿的宝物，每样都是价值连城，并由千绝宫武功最好的长老守着，分五道关卡，必须要有宫主手谕才能进去。那儿守得密密实实，别说是活人了，连只苍蝇都飞不进去！”

一提起这个，童夜雪的心情就越发烦躁了，胖乎乎的小手捏着树枝更加用力，“咔嚓”一声，竟然折了树枝。

断开的树枝砸在旁边的泥地上，零星的泥水溅到脸上。

小姑娘愣愣地看着手心里的树枝，一时悲从心来，顾不得花猫似的小脸，长长地叹了一口气。

“虽然难入，却并不是没有办法。”

长鱼曌笑了笑，顺手掏出手帕，轻描淡写地帮她擦净脸上的泥水。

其实，他并不常做这样的事，所以擦的时候力气时轻时重，推得童夜雪脑袋跟小鸡啄米似的。

童夜雪一开始还没反应过来，忽然听见长鱼曌这样说，倏地跳了起来：“你说你有办法……哎哟，痛死了！谁？不长眼睛啊？”

蹦得太高，她的脑袋一下撞上长鱼曌的下巴，童夜雪痛得眼泪差点儿飙出来了。

长鱼曌也没料到她说蹦就蹦，被撞到的下巴骨裂似的痛，痛得他眯起了狭长的凤眸，不由得倒吸了口冷气：这丫头……是属石头的吗？

不动声色地退后几步，长鱼曌方才心里的那点儿怜悯，顿时烟消云散。

“你有办法进云裳院？”

小丫头顾不上痛，兴致勃勃地抬头去问，却瞥见眼前这张比女子还要清秀的脸，忽然愣住了。

是长鱼曌。

她脸色青白交换，极为精彩，口中蹦出一声怪叫，撒腿就溜。

长鱼曌那厮怎么会出现在这里？

他来干什么？

千绝宫等级森严。这是下人住的院子，寻常连宫内弟子都不会来，只有几个仆妇丫鬟偶尔和自己搭上几句话，但她们都认为童夜雪是个无趣的主儿，只说两句便早早回去歇着了。长鱼曌来这里……到底有何企图？

她眼珠滴溜溜地转，小脑瓜乱七八糟地想着各种“死法”，手脚并用地往前蹿。

眼见，就要蹿出院子。

长鱼曌也并不着急，乌眉灵目，笑眯眯地看着她……就在这时，少年的袖底，倏然掠过一道银光，准确无误地缠上童夜雪的脚踝。

他轻轻一扯——

“扑腾”一声闷响。

夜雪狼狈地跌倒在地，摔得满脸都是泥土沙砾。她分外无辜地从泥泞中抬起一张沾满泥污的小脸……笑得比哭还难看。

“我是哪里得罪你了？”不然，千绝宫那么多人，为什么偏偏来挑她的刺儿，找她的碴儿……童夜雪哭丧着小脸，无奈道。

唉，长鱼曌就一祸水，她惹不起，还躲不起吗？她扭过头，也懒得自欺欺人地撒腿跑掉，直接一步步，慢吞吞地往自己的房内走去。

对方笑眯眯地跟在她身后，和声道：“女公子心思纯粹不问闲事，何时得罪过我？”

“那是……生肖犯冲？”往日无怨，近日无仇，除了八卦易经上面的属相相冲，童夜雪实在想不出为什么自己会在这家伙面前失了戒心，屡屡被他抓住小尾巴！

“女公子属兔，我属鼠，绝不相冲。”

“那么无仇，不犯冲，你惹我做什么？”童夜雪继续往前走，头也不回地说道。

“我……这是来帮女公子的啊。”

“帮我？”

童夜雪停下脚步，好奇地扭头看了他一眼。帮人帮得她霉运阵阵，是长鱼曌脑袋少根筋，还是她童夜雪脑袋少根筋？

后者仿佛根本没看见她不满的目光，依然笑得可爱。

笑笑笑，笑个鬼啊！

童夜雪苦大仇深地瞅着长鱼曌脸上灿烂明亮的笑容，忽然很想挥拳打掉他脸上可爱的笑意。

长鱼曌道：“别人入不了云裳院，风城童家的女公子，必然入得。”

乍闻“风城童家”这四个字，夜雪心中那点儿小紧张、小郁闷、小悲愤、小无奈立刻烟消云散，她整个人如遭雷劈，彻底呆在原地。

来千绝宫，这是她第二次听见这四个字了。

第一次，是宫千九说的。

当时，自己打碎了牙齿和血吞，装作漠不关心，毫不介怀，以为这样就可以当作没听见，不知道。她一次次忍耐宫千九说起风城童家的事。是，她一直以为自己的耐心与忍性已经足够强大了。

甚至以为再次听见“风城童家”这四个字，自己能像师父那样——处之泰然地从鼻腔中透出一声冷哼。

可……

心里堆积的压抑和不甘在瞬间爆发出来，来势汹汹，令她根本无法自已。

她的心脏仿佛被什么狠狠捉住，揪成一团。

童夜雪颤巍巍地伸出小手，放在心口，疑惑地瞅着自己心脏的位置，有点儿不明白为什么自己的眼里会有湿漉漉的感觉。

一开始面对宫千九，她不敢哭，不敢有所动作。

如今眼前的是长鱼嚜。

可，她不想哭。

眼泪，这种玩意有个屁用！

呼吸忽然间窒住了。好半天，她才急忙吸了一口气缓住了即将崩溃的心神。

风城童家……早与她没有任何关系了。

可忽然间……她好想好想……月姨娘。

月姨娘……不要我了。

第六章 月满天心

童夜雪的鼻子不由自主地酸了，眼泪开始在眼眶中打转。记忆中，那些尘封已久的片段，她自以为遗忘，却历历在目，分外清晰地呼啸而来。

——夜雪，好好听先生讲课，姨娘给你做红烧鸡肉。

——嗯。

她小小的人，端坐在桌前，嘴里含着香嫩可口的鸡腿，小胖手里还抓着一只鸡爪。她仰着油腻腻的小脸，用力朝温慈的姨娘点了点头。

大风呼啸而过，画面如走马灯似的快速飞驰，书声琅琅，有人在问：

“童夜雪，‘学而时习之，不亦说乎’是什么意思?

“呃……学而时习……意思是……意思是偶尔学习一下。不……‘易’……‘悦’乎，就是说……就是说不容易高兴。整句话的意思，就是偶尔学习一下，很痛苦，很不高兴。”

画面再是一转，一张清美若皎洁月光的面容浮现于脑海中。

那是……哥哥。

自小被宗长宠着，被京城少女们仰慕着的哥哥。

她的哥哥是宗族的骄傲……自己便是仰高了小脑瓜儿拼命地抬头，也到不了哥哥的高度。

“宫里就赐了这些爆竹。玩爆竹，是俗人的事。饮酒赏月，吟诗作对，摆一局棋，这才是雅事。”

“嗯。”

她抬着红彤彤的小脸，崇拜地瞅着哥哥，后者笑容温柔似水，越发清雅如玉。

“三十晚上，哥哥带夜雪去小后山赏月，做风雅童家人，可好？”

“嗯！”

童夜雪重重地点头。

纵然知道三十无月，可那是同父异母的哥哥第一次与自己说话，她还是激动地用力点头……

三十晚上，她在小后山等了一宿，冻得发了高烧，险些送了小命……没等来哥哥，却成就了“童家小女儿不学无术，不知皇历”的可怕传言。

坊间流言，燎原之势传遍沧原。

骗她“赏月”，只因伶姐姐喜欢放爆竹。童家素来只有嫡子嫡女能被分到好看的爆竹，为了能多放一些好玩又好看的爆竹，自然得有人牺牲。可是哥哥，伶姐姐是你的妹妹，我童夜雪不是吗?

这就是我的哥哥！

童夜雪低下头，鬓角细碎的散发垂落下来，她咬着唇，又忆起了那一局“雾里看花”。

那日的天，蓝得宛如水洗，她的心情原是极好的。却因堂哥总弄错她的喜好，偶尔使了使小性子，拒绝了堂哥的要求，才引来那些话……

“她答应帮你了？”

“哼，哑巴似的人，倔得和茅坑里的石头似的。等她应口，还不如留了条子给城城，好歹算不成三七二十八。”

堂哥不屑的话语，以及其他人的哄笑声，交错成她童年里最难堪的回忆。

一幕幕，刺得她心底空空的。

叔伯说：“童夜雪，你文不成，武不就，实在是童家耻辱。若到了外面，千万莫道自己是风城童家的女儿，莫让天下人笑话了……”

“那我叫什么？”

“只要不姓童，不挂着风城童家的名号，随你叫什么。”

那些本家的叔伯，外人看来儒将文骨，风流倜傥，却一个个背负双手，连看都懒得再看一眼不过五六岁的小小女娃，漠然吐出天下间最残忍的话。

这一句，针尖似的刺上心头，一遍遍，重若擂鼓，在耳畔一下下回响，迫得她小小的身躯摇摇欲坠。

承不住，她承不住亲人的冷语和厌恶。

她的心像被撕开了一道大口子，眼泪在眼眶中拼命打转，心痛得无以复加，却倔强地不流一滴眼泪。

童夜雪倔强地绽出一个笑容，她仰起头，淡声道：“童乃父姓，岂能空口断言，说弃便弃。家族荣耀我童夜雪攀不起，也绝无攀附之意，若离风城，我是生是死，与家族无丝毫干系。二叔觉得这样可好？”

话音落地，似金石撞击，掷在心间，竟也生疼。

分明一个问句，她却压根不等叔伯们回答，转身就走。

童家长辈没想到不过五六岁的女娃竟有这样的志气，一时竟愣住了，心思转变，又想到一些别的事，一时间面色阴沉。

童夜雪没理会叔伯们的脸色，兀自回走，只是……为何还会心痛？

“姨娘，夜雪真的这般没用吗？

“姨娘，夜雪不想做没用的童家人！”

她茫然地握着小小的拳头，磨平的指甲刺在掌心，竟也会扎心似的痛，一滴泪，终于还是忍不住砸落脚面。

不，不要再想了！

童夜雪握紧拳头，一别十年，本以为自己忘记了所有的事情，可是如今回想，心还是会痛！

童夜雪冷然道：“同样姓童，却不同命。风城童家，我童夜雪如何高攀得起。”她转过头，继续往自己的屋子走去。

晚风下，女孩瘦小倔强的身影格外刺眼。

“你是不是自离开风城，就再也没过问过童家的事？”长鱼嘿忽然问道。

童夜雪没搭理他，继续往回走。

“所以，你不知道忆盈斋的月姨娘娘为你做了什么？自你走后，童家又发生了什么，你一概不知吧。”长鱼嘿接连问道。

乍听见“忆盈斋”“月姨娘娘”这几个字，童夜雪愣了一下，但很快恢复过来，若无其事继续往回走。

长鱼嘿冷静残忍地撕碎她最后的伪装，冷漠道：“女公子不念同宗，倘若连月姨娘娘都能抛之脑后，我这一遭，的确是白走了。与无情无义人交心，何异与狼为伍，我心向善，怕是怎么被你卖的，都不知道。”

童夜雪身子一晃，已经闪入了内院。

花影朦胧，晚风吹拂，长鱼嘿看着童夜雪离去的方向若有所思。关于童夜雪的事，他自以为做足了功课，早就熟悉了她的弱点，可是当他真的和童夜雪相遇，却只能看着她离开。

一照面，一回合，自己竟然完败。难道，十年时间足够让当年天真善良的小丫头，变得如此冷漠？

不过追根究底，风城童家的那群长辈也的确太过分！

当年童夜雪才几岁啊，明里暗里地打压欺负，言语羞辱，童夜雪没被折腾成个自私无情的人，就已经很不错了。

长鱼嘿自嘲地笑了笑，叹了一口气，摇头回去了。

然而，他刚刚离开，一道碎花影子便如离弦之箭，飞速地掠过红瓦白墙的小院，兔起鹘落，直直朝山下跑去。

已是夜半时分。

三更鼓打过，街角宅院早不见火烛。唯独靠南的一间破屋，还晃着影影绰绰的火光。破屋里住着醉月坊的说书先生——孙老头儿。这个老头儿平常最省，醉月坊说书和客官打赏的银钱，一月下来也有很多。如果搁在别人身上，衣食住行，小日子过得甭提多滋润了……偏偏是这孙老头儿。

一身洗得发白的褂子，花白的头发梳得整齐。这个干净清瘦的老头儿，愣是将一个钱掰成两个用，平素连花生茴香豆都舍不得多吃一颗。

然而今天，他竟然舍得钱，点上了油灯。

了解他脾气的人看见，一定会认为这老头儿吃错药疯魔了。

可是他们并不知道，此时的孙老头儿坐在自己的破屋里正苦着脸，痛心疾首地瞅着桌上擦得干干净净的灯油台子。

“孙伯，您就甭瞅着这油灯了，都说了灯钱我出。”一个稚嫩讨喜的声音，赫然打破这一室宁静。

说话的，是个年约十五岁的小姑娘。小姑娘穿着碎花的小衫，背着光，虽看不清她的眉眼，却能感受到她的急迫。

“唉，一个大子儿啊。”

“噗。”

听见孙老头儿的叹息，小姑娘抿嘴笑了起来。

“姑娘要听书，明儿个来醉月坊，不就好了。”孙老头儿苦着脸，心想，这小姑娘为何偏偏在半夜三更敲门，把他从周公那里捞回来。亏了他一局好棋，眼见就赢了。

“劳烦孙伯了，只是得了这壶绍兴老酒，想着孙伯最好喝酒，于是没顾上时间，急匆匆地来了。”

小姑娘说着，便把一坛子泥封老酒放到桌上。

小胖手貌似无意地轻轻一拍，泥封被拍掉，顿时，满室散发着浓郁的酒香，勾得人腹内馋虫大动。

“哎呀，拍开了！”小丫头看似愧疚地吐了吐小舌头，眉眼间闪过一丝狡黠，丝毫没有愧疚的样子。

一闻到清冽的酒香，孙老头儿的眼睛都快眯成了一条缝，不快顿时散了大半，却依然有点儿心不甘、情不愿。

他径自走到桌前，抱起坛子，用食指蘸了点儿酒汁，放入口中……眼前倏地大亮。

“果然是好酒啊！”孙老头儿连连感叹。

这会儿，孙老头儿心中的不满终于散得干干净净了。

“姑娘说说，要听什么段子，老头儿我这就开始说。”孙老头儿喜滋滋地抱着酒坛子，眉开眼笑。

“风城，童家的段子，可以说吗？”

“风城童家？”

老头儿眼珠一转，也不知想到了什么，啧啧笑了起来：“姑娘想听的，是名满天下的公子童慕远智退襄王的段子？”

大凡少女，都愿意听孙老头儿讲风城童家的公子童慕远的故事。

小姑娘嘛，哪个不怀春，不爱英雄。

但是，他平日里说风城童家的段子的时候，无论是说嫁入皇宫的凰妃如何艳倾六宫，还是说才满沧原的公子如何智退襄王，都没见有她。他还以为这小姑娘和别人不同，看来是他错了。

老头儿眨了一下眼睛，想到自己年轻时，也这样……

他喜滋滋地喝了一口酒，酝酿了一下情绪，刚想开口讲，却见童夜雪抿嘴一笑，不动声色地将一锭雪花纹银扔在桌上。

“孙伯，说说沧原二十六年冬，风城童家发生的事。”

一言既出，孙老头儿沉默了。

原来，这小姑娘便是童夜雪。

她怎会不关心忆盈斋月姨娘的事。毕竟那月姨娘，是将她拉扯大的姨娘，在风城，所有人都认为她童夜雪是不成器的废材，只有月姨娘对她好。虽然月姨娘知道她文不成、武不就，但依旧关爱她。

细细回想，她亏欠姨娘的太多太多。

月姨娘最疼的就是自己，刚听到长鱼嚜说月姨娘的事情时，她差点儿耐不住性子追问下去。

沧原二十六年，春。

她从童家离开。

而家族里没一个人关心她的死活。她不甘心，在沧原待了多日，只想看看到底有没有人来寻她。

然而，一次次的打击，让她小小的希望彻底破碎。

所以，她决定离开风城，离开童家，与童家断绝关系。

哪怕做过岐州说天书的女先生，她都不沾丁点儿童家的消息。每当说书先生说到童家的事，她总会有意无意地回避。

如今，她想知道，沧原二十六年的冬天，到底发生了什么事。为什么连一个路人都会知道姨娘的名字，知道自己是那个离了家的废材？

童家不留庸人，坊间不传无聊事。

这个规矩，童夜雪很清楚。

可长鱼噻不但知道自己的存在，更知道姨娘的存在。

那年的冬天，到底发生了什么？

孙老头儿开心地抱着酒壶，又嗅了一下酒香，看了一眼心事重重的童夜雪，道：“要说到那年冬日，还得先从月姨娘这个人说起……”

月姨娘，本名月锦，但所有人都喊她月姨娘。

世人都传月姨娘是童家那个早夭的童丘凤的小妾，但其实，他俩并没有什么关系。唯一的关系……便是童丘凤的妻子盈盈曾是月姨娘的救命恩人。

月锦素来是寡情的女子，她也承认见到童丘凤的时候，有一点儿心动，不过仅仅只是一瞬间。毕竟沧原很少有童丘凤这么俊朗妖孽的男子。童丘凤是个安静沉默的男人，沉默到有些老实，有些无趣。

童家惊才绝艳的人太多，很容易便能遮了童丘凤的光芒。但月锦打小儿就不喜欢太聪明、太出色的人，所以，她很喜欢童丘凤这样的性子。然而，童丘凤毕竟是盈盈的夫君，而盈盈是自己的救命恩人。

月锦压下心中那点儿心动，将自己内心深处的那一丝悸动深深掩埋。

按说，她是个性子火暴的江湖女子，与朝堂之事并不沾边。

而风城童家，却是沧原皇朝最大的官宦世家。

“有女当嫁乌衣郎，为妇应效西子女”，知道这乌衣郎的来历吗？

官阶分品，官服分色，明紫朱红。

照理，明紫色的官服彰显了“一人之上，万人之下”的威望。若是个别官谋得了这身明紫色官服，就算是睡觉，也舍不得脱掉这一身“红”。可童家的男子却不，童家宗主担心族人染上骄奢的纨绔习性，所以要求族人们衣着朴素。所以，即便童家男子个个位极人臣，“红得发紫”，下朝后，却只着乌衣。

当风城青砖白瓦，小院扶疏，出入往来皆朱紫门客的时候，唯独童家……出入的尽是乌衣少年。

朱雀桥边乌衣巷，乌衣巷中乌衣郎。

这便是所谓“有女当嫁乌衣郎”的来历。

月锦十六岁以前，一直以为自己与风城童家绝对是风马牛不相及。而她十六岁之后，却因为一句诺言，在童家耗尽韶华青春。

沧原和邻邦那场仗，打了三年又七个月，沙场征战，白骨累累，多少沧原好儿郎为了保家卫国，献出了自己的生命。那三年正逢荒年，南方水涝，西北大旱。青黄不接的空儿，偏偏瘟疫盛行。百姓卖儿卖女，乱世之中民不聊生。

遍地白骨，百姓夜夜啼哭。

生的人多，死的人更多……

童丘凤就是在那年入的沙场，攒的军功。可惜，最后一捧枯骨，化作军魂。

世家男儿大多战死沙场，没有人注意到小小的童丘凤。

月锦在得知童丘凤战死的消息时，心中感慨万千。但毕竟事不关己，所以月锦照样吃饭、睡觉、练剑、发呆。

直到，盈盈拿着自己的月华簪找到了她。

月锦那时正在发呆，身前忽地多了一笼青影，她蓦蓦地抬起乌润的眸子，就看见身穿竹绿衫子的盈盈正含笑站在自己眼前。

盈盈那天特意一改素颜，抹了点儿脂粉，又穿戴整齐，任谁看了都会忍不住赞叹“俏娘子”。

月锦忽然来了兴致，拉着她的胳膊就让她陪自己一起看青山绿水。

盈盈也不拒绝，落落大方地坐了下来，陪着月锦看云卷云舒，聊各种月锦感兴趣的事。月锦当时年轻不懂事，压根想不到盈盈刚经历了丧夫之痛，如何有心情陪自己胡闹。她只顾着拉盈盈说话，却没有体会到盈盈当时的心情。

那天，无论月锦有什么要求，盈盈都笑着一律满足。

到了日落的时候，盈盈出神地望着天边的晚霞。晚霞将远山绿水镶了粼粼的金边儿，苍山如海，夕阳如血。看了一会儿，盈盈偏过头，慎重地掏出了月华簪递到月锦的手中。

“盈姐这是……”月锦愣了一下。

盈盈那时的目光太过悲伤，这让她心中有一种极为古怪的感觉。

“盈姐有个女儿，月锦知道吗？”

“嗯。”

她低低应了一声，盈姐生产不久，女儿应该不足满月，怎么就想起自己，来了月谢坊？月锦这才发现事情有些不对。

“我的女儿叫童夜雪。”

“雪是好字。盈姐希望她囊萤映雪，胸藏万卷书？”

“不，我希望她今后做想做的人，只为自己而活。童家儿女大多惊才绝艳，我的夜雪，不求出人头地，但求她平平安安，安稳度日。”

“小侄女今后必会如此。”

提到女儿，盈盈面上露出了自豪又欣慰的神情，很是满足。

盈盈伸手将月华簪递到她手里，和声笑道：“我的夜雪，往后便劳烦月锦了。”

“盈姐说的哪里话。”

她懵懵懂懂地抓着簪子，心想这当娘的还在这儿，要自己照顾她女儿，算什么事？偏偏簪子是信物，当年盈姐救了自己，而她承诺：以月华簪为信，往后盈姐无论遇到任何事情，拿着月华簪找她便可。

那日，盈盈跟月锦说了很久的话，等到日落星起，盈盈才离开。

月锦没仔细想这事，糊里糊涂地睡了。

直到三天后，当一名伶俐的青衣侍女寻到月谢坊，将尚在襁褓中的童夜雪交到月锦手上时，她才知道三天前，盈盈就失踪了。童家寻遍了整个风城，都不见人。

这……到底算什么啊？托孤吗？

月锦满头黑线，看着怀中粉嘟嘟的女娃儿，心想这女娃叫什么“童夜雪”啊，干脆改名叫“烫手山芋”算了。

虽然月锦不知道盈盈为何将夜雪托付给她，但是为了实现自己曾许下的诺言，月锦还是搬入了童府，成了所谓的月姨娘。

原来，姨娘和爹娘竟有着这样一段渊源吗？

童夜雪还是第一次听到月姨娘的事，她低着头，双手紧紧地攥住衣角。却不动声色地问：“后来呢？”

孙老头儿能够感受到童夜雪此时的心情，叹了一口气接着说：“月姨娘就这样搬入了童府，开始养育童夜雪。你可知她在童家是怎么带女儿的？”

孙老头儿一副“隐秘什么，我最清楚”的模样。童夜雪的小脑袋更低了。姨娘怎么带女儿的，她怎么会不知道？

“月姨娘带女儿，为了不饿着她、冷着她、热着她，可谓费尽了心思。这七八年啊，月锦愣是从一个只知练剑、发呆、吃饭、睡觉的江湖少女，变成了一个女红厨艺样样精通的西厢妇人。”

童夜雪的眼眶有些发红，她想到小时候，经常看到姨娘手指上的水疱针眼，不等她仔细看，姨娘就缩回手，抿唇笑笑，不是说做了好吃的在厨房里凉着，就是做了好玩的风车在房间里放着，用几句话轻而易举地转移了她的注意力。

若不是孙老头儿说起，童夜雪压根想不到姨娘那双拿剑快意江湖的手，是因为自己才长出老茧布满水疱。

小时候，自己还总嫌姨娘做的绿豆汤不好吃……

“如果不是月锦照顾的童夜雪在八岁那年意外失踪，谁也不会知道忆盈斋的月姨娘竟然是这般厉害的主儿。”

“发生什么事了？”童夜雪赶忙追问。

孙老头儿看了一眼童夜雪，接着道：“月锦自到了童家，便洗净了江湖人的脾性。童夜雪失踪的第一天，月锦便去祖宅请宗主寻人。然而宗主当时正被圣上派往西南办案，事情便交到代理宗主那儿。月锦日日问，对方只答已在寻人。寻了三个月，却没有丁点儿动静。月锦终于怒了，心想三个月寻只苍蝇都能找到翅膀，何况是寻个大活人。

“这时候，她也顾不着童家妇人不得随意外出的规矩，心想，老娘从一开始就不是童丘凤的人，要不是为了盈盈和夜雪，老娘管你那么多芝麻绿豆大的事。她直接出了童府，大肆寻人，但已是三个月以后。

“月锦寻遍了风城，才知道代理宗主把事情交给了管事，而管事又觉着童夜雪这孩子不是特金贵的主儿，用不着下大力气，于是又推给了下面的人，这么推到最后，压根就没人去寻童夜雪。

“这三个月，童夜雪早不知道跑哪儿去了。”

随着孙老头儿的讲述，童夜雪眼前又掠过当初的风城街道。她站在熙熙攘攘的街道上，努力抬头去辨认童府的方向。从白天到晚上，从初一到月末……

等到月落星沉，商起参落。

眼底的期盼渐渐淡下，心中的不甘却又起来了。当年没人寻自己，是这个原因吗？亏着自己沿着大街小巷逢人便问童家是否在寻人。当时的自己真跟个傻瓜似的。

小姑娘低落地垂下了小肩膀，眼眶微红。

“再后来呢？”她有些郁闷地问了一句。她很失落，连说出的话都有些伤感。这让孙老头儿忍不住看了她几眼。

孙老头儿想了想直接道：“早说过月锦不是省油的灯，知道童家没派人去找童夜雪，立马发飙了。”

“发飙？”

记忆中的姨娘一直懒洋洋的，仿佛对什么都不感兴趣。但是，童夜雪记忆中的姨娘脾气极好，对自己很温柔，当然，她从没见过姨娘发飙。

当孙老头儿说姨娘发飙的时候，童夜雪惊讶地睁大了圆溜溜的眸子，一脸的不可置信，“月锦姨娘那么温柔的人，怎么会发飙？”

“这你就不知道了吧。”

孙老头儿轻蔑地瞥了童夜雪一眼，随手不知抽出个什么，往桌上一拍，疾声道：“那时候，月锦直接闯入大厅说要见代理宗主，代理宗主正与荣亲王议事，哪能让人进去。一言不合，月锦便硬闯，七十二护院十八般武艺用尽，却拦不住她。

“荣亲王的影卫齐齐出动，月锦直接抽剑，并凭着一股怒气重伤三名影卫，终是闯入了内厅。

“看见月锦的一刹那，代理宗主的脸都青了。

“月锦才不管这是什么场合，直接用剑指着代理宗主的鼻子，冷然问童夜雪的下落。代理宗主心里也有火，却碍着荣亲王在，冷冷丢下句：‘有事不能一会儿说吗？我不是已经派人去寻童夜雪了。’

“月锦直接抓着被捆成粽子的管事，冷笑道：‘你自己问他，他有没有去寻童夜雪。’一看到管事，周围的小厮和侍女都差点儿没憋住笑。向来最注重面子的管事，竟然被人捆成了粽子，还被打得鼻青脸肿，好不狼狈。

“当着外人的面儿，童家出这事。

“代理宗主这会儿可是真火了：‘丘凤家的，你这是什么意思？’

“月锦冷笑：‘什么意思？兴师问罪的意思！’

“‘别忘记你是童家的人，丘凤就算死了，也容不得你这样胡闹！’

“‘你也知道童丘凤死了！既然事情摊开，我也不怕告诉你，我和童丘凤没有丁点儿关系，我月锦欠的是盈姐的人情，照顾的是童夜雪，夜雪只要没事，你们平日里干什么勾当我月锦管不着，也不想管。夜雪出了事，便别怪我月锦不给你们面子！’

“那话说的，代理宗主的脸色跟开了酱油铺子似的，黑了又红，红了又白，白了又青，当下挥手找人要拿下这个不知天高地厚的女子。然而早就说过，月锦武功高，高到不可思议。你要知道一个自小出身名门，受高人指点，天资极高的江湖女子有多可怕……”

童夜雪听呆了，眼睛睁得大大的。

她小时候只知道姨娘和别人家的姨娘不同，懒洋洋的，不爱搭理人。童夜雪一直以为姨娘是个柔弱安静的女子，却不知道月锦姨娘竟然身怀绝技。

孙老头儿故弄玄虚：“你知道后来如何吗？”

童夜雪想了下：“月锦姨娘将代理宗主捉住，打了一顿。”

原谅她贫乏的想象力，她能想到的最简单可行的办法，也就是把宗主暴打一顿——这是她十几年的心愿。

孙老头儿狠狠地白了她一眼："俗！"

童夜雪好似被一盆冷水浇下来，灰头土脸："那是……"

孙老头儿悠闲地倒了一杯酒，美美地抿了一口："月锦这女子胆子可真大啊，当着童府所有人的面，她直接捆了荣亲王。"

"等等，捆……捆人？连荣亲王都被月锦姨娘捆了？"童夜雪愣住了。

代理宗主是自家人，倒还好说话。

荣亲王可不是个和蔼的主儿。相传荣亲王年纪轻轻性子乖僻，纵位高权重，满朝权贵趋附，这位王爷却没有宽容一分。

要论睚眦必报不讲道理，这位王爷绝对榜上有名。

月姨娘竟然捆了荣亲王？

童夜雪一惊，背后竟然生出了冷汗。

"荣亲王养尊处优，就连皇帝老子也舍不得责罚他分毫，他母妃更是溺爱孩子没边儿，如今第一次被人捆成了粽子，脸都青了。"

妄议皇家的规矩。

这番话语放在前朝，就是大不敬。

然而如今的云皇，可不是那个迂腐无能的前朝皇帝。

他深谙"防民之口甚于防川"的道理。所以，沧原坊间小巷，百姓说话并没有什么禁忌。

"荣亲王最后罚了月锦姨娘？"

"不。"

孙老头儿卖了个关子，幽幽道："荣亲王气得够呛，却破天荒地一字不提月锦犯的罪。月锦也像不知道自己捆了个王爷似的，直接无视了荣亲王，问了代理宗主三个问题。"

"三个问题？"

"对！"

"第一个问题，童家可曾记得战死沙场的童丘凤？"

小时候，童夜雪知道自己的父亲为保家卫国战死沙场。然而，朝堂之中，文臣武将，为国捐躯素来不是什么稀罕事，童夜雪只是难过父亲死得早，别人都有父亲，自己却没有……

她默默抿紧唇，不搭话。

孙老头儿继续讲故事："代理宗主的脸色不大好看，回答说：'自是记得。'月锦又问：‘童家可还记得三年前名动四海的云州血屠？’”

“说起这个‘云州血屠’，沧原无人不知，无人不晓。月黑风高，三月初七，云州州牧连带附属官员在那晚被人杀得片甲不留。有目击者侥幸存活，回想起当日雪亮的刀和殷红的血，依然心惊肉跳，肝胆尽失。

“这案子牵连重大，惊动了刚刚登基的新皇。

“新皇震怒，就在云州州牧刚刚与童家又起矛盾的时候，云州竟然发生这样的惨案。而云州州牧与童家素来不和，行凶者竟然在‘血屠’现场留下了童家惯用的浣花笺，上面写着‘一切为了沧原’六个字。

“这么简单粗暴的方式，似乎和童家无关，但怎么看，都与童家脱不了干系。

“倒霉的童家人，就这么被关进了监狱。

“然而，就在童家人无辜遭受牵连的时候，被派往云州彻查此案的官员却回禀朝廷，在血屠现场，发现几封很重要的书信，诸如‘云州州牧与敌国通报军情’‘云州附属官员烧毁派往边疆的军粮’‘与匪盗勾结，烧杀掳掠’……

“一封封，每条都是满门抄斩的重罪。

“当年沧原战败，新皇一直怀疑朝堂中有人与邻邦勾结，却查不出头绪。

“这回可好，云州血屠，竟然将所有的秘密公布于众。

“新皇对云州血屠的匪徒是又爱又恨，然而毕竟‘国有国法，家有家规’，虽然匪盗们帮朝廷抓了蛀虫，血屠了玩忽职守的朝廷官员，但依然得依法问罪。

“就在新皇追捕匪徒的时候，一位黄衫女子拦了圣驾，只说杀夫血仇已经亲自报了，这事与童家无关，她自愿伏法。

“新皇这才记得那些被牵连入狱的蹲在牢里的童家人。

“黄衫女子是谁，与童家有什么干系，没人知道。

“但此事之后，黄衫女子被问斩，而童家人却升官发财，从此飞黄腾达，风头之盛，无人能比。

“当月锦说出‘云州血屠’四个字的时候，代理宗主的面色忽然间惨白若纸。

“月锦不给他软下来的余地，咄咄逼人，继续问了第三个问题，‘童家如何能在沧原王朝长久地立足？’

“代理宗主忽然间一句话也说不出来，他脸色灰败，高高在上的姿态一瞬间软了下来，沉默许久，他终于长长叹了一口气，‘月锦，是童家亏欠了你……’

“月锦打断他的话，不留情面地戳破最后一层纸，她道：‘童家亏欠的不是我，是童丘凤和盈盈的女儿。那年先皇对童家生疑，为了稳住先皇的心，保童家百年基业，童

丘凤卸任吏部尚书一职，亲赴战场，身先士卒，奋不顾身，虽军功累累，最后依然战死沙场。’

“都说‘云州血屠’便宜了童家，使童家飞黄腾达，风光无限。但其实是盈盈牺牲了自己，成全了整个童家。新皇早就知道，区区一介女流，是无法干出云州血屠这件大事的。如果没有童家在后面推波助澜，盈盈的复仇怎能如此顺利？她怕连累到童家，怕夜雪被家族遗弃，自己把所有的事都扛了下来，赴了死。

“丘凤和盈盈为童家付出了一切。可你们呢？你们又做了些什么？他们唯一的女儿夜雪，也只有一个夜雪而已！夜雪是童家的女儿，怎会迟钝粗鲁？就因为她无爹无娘，只有一个月锦姨娘，于是是人是狗都能爬到她头上欺负她。

“夜雪小讨候，份例便比童家其他的孩子少。

“夜雪三岁入学堂，真弄不清‘学而时习之，不亦说乎’吗？月锦冷笑，一针见血道：‘你们家的孩子可是精明，入学之前怕夜雪聪颖，课业若敌不过她，会被父母责罚，于是轮流缠着夜雪玩了一宿，让夜雪学堂上精神不支，无法集中精力听先生授课。’

“夜雪七岁算数，先生在拨算盘，问夜雪三七多少。你们童家的孩子便在旁边不停二八，二八，愣是让夜雪说成二八。

“正月无月，这等小事夜雪当真不知道吗？你们家的童慕风为了怜怜有爆竹玩，便假惺惺约夜雪正月赏月。我与夜雪说过别理那些人，可她竟傻乎乎地和我说，那是哥哥，她最喜欢的哥哥邀她赏月，纵是无月，心中有月，足矣。

“她那么崇拜叔伯父兄，可叔伯父兄给予她的是什么？”

童夜雪握紧了小小的拳头，眼眶忽然湿润了。她一直以为那些小事，姨娘绝不会知道，她一直认为是自己给姨娘抹了黑。

可这些，姨娘知道，姨娘不怪她无能。

童年一幕幕，走马灯似的从脑海中闪过，童夜雪抬头微笑。

姨娘，若是可以，夜雪再也不会贪图那些所谓的亲情，再也不会羡慕哥哥姐姐有叔伯宗长的关爱。人该知足，夜雪有姨娘，有姨娘就够了！

她眼里闪烁着淡淡的光彩，晶莹得不可思议。

孙老头没发现她的异样，继续道：“不得不说，月锦真是个奇女子。童家是什么地方啊，代理宗主是什么人啊！她小小一个江湖女子，竟然敢以如此尖锐无情的姿态大骂代理宗长。

“月锦怒骂宗主道：‘千方百计地打压，冷落，侮辱。你们亏欠的不是我月锦，是童丘凤和陆盈盈。盈盈希望夜雪能够平安长大，奋勉为人。于是我纵是知道她受尽委屈，只要她能挺下来，奋勉向上，你们怎么做，我睁只眼，闭只眼，也就罢了。可我退让到这样的地步，你们又做了什么？夜雪走了，我请你派人去寻，你童家派的人呢？派的人在哪里？’

“骂到这儿，她手掌狠狠拍在桌上，坚实的梨木海棠桌，竟然被她一掌拍碎。

“童家亏欠童丘凤和陆盈盈的，童家会怎么补偿，自然不是坊间可以知道的事。然而，从那日以后，童家在沧原寻人，规模之大，令人咂舌。然而，寻不到啊……当年那髫年女娃竟无影无踪。又过了一阵儿，月锦也悄无声息地从童家离开了……”

孙老头儿依然在喋喋不休。

他后来说了些什么，童夜雪完全没有听见。她只是想到了师父对自己说的话。

师父说，一日不出师，不可回童家。

我常不明白，母亲救过师父，为何师父却对童家没有好感，总是不许我离开师门一步。

原来如此。

我可以不回童家，我却不能罔顾月姨娘生死。

师父说，偷了乌骨锁便能出师回家；师父说，乌骨锁藏着前朝宝藏谜图，可解西北旱灾，救百姓疾苦；师父说，童夜雪，你若能用我姬蒲门下的盗术，救万千百姓于水火，便算是真正学成了。

而她虽然一心想要偷出乌骨锁，却又惧怕它。

她想回家，却又害怕回家。

然而……

再多的挣扎都不是退缩的理由。

为天下苍生，为月姨娘，今日，该是我童夜雪出师的日子！

一时间豪气涌上心头……

第七章 琅嬛绝杀

宫千九的武功，虽强横可怕，无人能敌，却有个致命之处——

他修炼武功时，每当修为更进一层，筋骨便宛如被千军万马践踏，疼痛无比。但是这种痛苦并不可怕，可怕的是在他渐渐恢复期间，身体虚弱，浑身无力，竟不敌一个普通的文弱书生。

然而，视宫千九为眼中钉的江湖人，即便知道他的弱点，也不敢用生命做筹码，来博一场输赢。

月色清浅，将整个千绝宫笼上了一层轻纱。

远山如黛，近水含烟。波光粼粼的湖面美若碧玉。

宫千九的武功刚好已臻化境，正是最关键的时刻。

他素来以为最危险的地方就是最安全的地方，所以他做了万全的准备，选择了一个在旁人看来最危险的地方。

他以为自己的闭关之处，幽静无人，却在这时听到了不紧不慢的脚步声，还嗅到了酒香。

年轻男子不动声色地抬眸，他设想了多种可能，也想了多种脱难的方法。

他心想在他闭关时过来的人恐怕是寻仇的、不怀好意的。但是他没有想到来的人竟踏一叶竹筏，迎月色湖风，随波而至。她身穿碎花小袄，分明俗到了极致，却透着几分单纯可爱，圆溜溜的眼睛里还透着几分精明。宫千九几乎不用再想，气定神闲地喊出她的名字——

“童夜雪！”

“好眼力！”

竹筏靠岸，童夜雪大笑了两声，三两下跃上岸。

她穿着木屐，“嗒嗒嗒”的节奏似古朴的风流，由远及近，随酒香而来。童夜雪并不婀娜的身姿，此刻竟也有了一番韵味。

此时的她与以往相比大有不同——

从前的她质朴藏拙，宛如蒙尘明珠。而今的她，风华尽显，这才是神偷姬蒲、风城童家的好女子！

“童夜雪，你来这里干什么？”

他冷冷拧着斜插入鬓的乌眉，淡淡看了一眼下了竹筏后，欢快地向自己走来的童夜雪。童夜雪三两步走到宫千九面前，月牙般的眼睛里满含笑意。她用胖胖的小手握住了宫千九的胳膊。

宫千九愣了一下，看向童夜雪。

童夜雪粉团似的小脸略显稚气，那张脸虽然像寻常般清秀干净，但是宫千九却总觉得此时的童夜雪有些不一样。

凭借一种野兽的直觉，他认为此刻的童夜雪很危险。

纵然，宫千九早就知道她虽然看似愚笨，举止中却透着疏朗的气质。

他知道这样一个小姑娘孤身来到千绝宫，受尽他重重刁难仍不说出自己的身份一定有所企图。

虽然宫千九心里清楚，童夜雪此次前来一定不简单，可是如今看到她这般模样，他心里竟生出一丝担忧。

洁白的牙死抵着，似要咬到底，咬入血肉，咬出淋漓的疼痛。

这是他练功最关键的时刻，疼痛袭来，如火如冰，阵阵难耐。

宫千九曾无数次地想过，这世上，最可怕的便是练功带来的痛楚。但这一刻，他却发现原来惶恐与不安，比痛楚更可怕。

童夜雪，她分明只是个手无缚鸡之力的小丫鬟，为何面对此时的她，宫千九却紧张到浑身的神经都绷紧了？

“你来这里干什么？”

“宫主大人，我有疑问，很多的疑问……”

童夜雪笑了。

她不是姿容绝艳的女子，甚至五官还没长开，透着稚嫩的甜。

可当她笑着说出“我有很多的疑问”时，却透出些许清冷的气质。

这……绝不是一个十六岁小姑娘该有的气质。

宫千九不知道童夜雪究竟经历了什么，无从开口，只能顺着她的话回答：“你要问什么？”

他扯了扯嘴角，似乎想扯出一抹笑意，却因为疼痛难忍，只好作罢。

“我想问，生又何欢，死又何忧？人生在世，财富名利，生不带来，死不带去，为何又有那么多的人为它争破了头，折断了腰？”

“世人浅薄。”

“答得不好！”

她轻轻松松地提着酒坛子，晃了晃肉嘟嘟的小手，大声否定。童夜雪仿佛喝醉了，眼眸灿亮得宛如有光华流动，分外剔透。她看了宫千九一眼，又大声笑道：“不对，你再答！”

她不依不饶，好像不得到自己想要的答案，便不罢休似的。

宫千九哪有心情陪她胡闹，敷衍再道："世人愚蠢。"

"哈哈哈！"

话音刚落，宫千九就看见童夜雪大笑，笑声越发疏狂磊落。

她把酒坛送到宫千九的唇边，笑容灿灿："宫主糊涂，可否痛饮一杯？兴许就不会敷衍小女子了。"

"你说不好，哪里不好？"

"夜雪认为，有了黄金白银，就可金绮玉阁，锦衣玉食。人尚可为五斗米折腰，何况良田千亩美酒万盅！天下之人，谁不浅薄？喜欢这些的人，都愚蠢吗？我也喜欢，难道说我童夜雪也浅薄愚蠢？"

对啊。

你就是愚笨。

否则，当日是谁为了十两银子，入了千绝宫？

宫千九被她略带恼怒的模样逗笑。

但见这清秀的小姑娘不以为然，不知想到些什么，眼眸骤然大亮，亮得像星辰，像没有雕琢的宝石，更似火光，照亮了寒夜。

"对了，我想起来了，风城就有人说过夜雪浅薄愚蠢！"

"是吗？"

宫千九扯了扯嘴角。

夜雪摇了摇手，放声笑道："没错。不过，说我童夜雪浅薄愚蠢的那个人，我已经将他揍得半身不遂了！"

语气疏狂磊落，竟是如此快意。

宫千九见过"真迷糊"的童夜雪、"装迷糊"的童夜雪，也见过为道义两肋插刀不惜玉石俱焚的童夜雪……却唯独没见过如此疏狂磊落的童夜雪。

这一夜，她就像一颗灿烂夺目的钻石放出了原本的光彩。蒙在她身上的灰尘，似被一阵阵春雨洗得干干净净，晶莹剔透。

她踏波而来，放声大笑，笑论世人，不管有理的、没理的，在她口中皆是俗物。

性子骄纵又傲慢。

童夜雪既无礼，又有那么多的坏毛病，可是宫千九却对她讨厌不起来。若是旁人与他这般讲话，他早将那个人碎尸万段了。

如今的童夜雪，哪还见卑微之姿？

这个女子，哪像个寄人篱下的扫地丫鬟？

宫千九见她笑容明亮，笑语清澈，也禁不住笑了起来。

他身上的痛楚仿佛随着她的笑声，一并减轻了。

他忍不住问："那你说，我该如何回答你？"

童夜雪笑着仰头。

流光月色，刚好照在她光洁莹白的颈侧，无限美好。

童夜雪笑言："你应该说金银若于百姓有利，便是柴米油盐，济世良方。金银若只是为了富贵安逸，自然是俗物粪土。金银在世族手中，可以维系尊严。成也是它，败也是它，若是可以，我愿世间大同，再无富贵贫贱之分。"

士人、君子标新立异，为表清廉，往往会将这话翻来覆去地说。

如今，说这话的是童夜雪。

不知为何，宫千九能从她的话语中听出些许落寞与孤寂。

她真是这么想的？

不等宫千九问，童夜雪又高声笑道："宫主大人，倘若天下黎民有难，而你又手握济世良方，你会如何？"

"嗯？"

"我问，你会如何？"

童夜雪眼眸灿亮，如暗夜燃烧的火焰一般，严肃地看着他。

被她的情绪感染，宫千九张了张唇，想也不想便道："救民水火。"

"啪"！

就听见一声清脆的拍掌声，童夜雪笑得仿佛孩童，眼底跳动的火焰越发欢快明亮。

她哈哈大笑，肆意癫狂地大笑。

未出嫁的女儿家从来笑不露齿，然而她笑成这般，莫名地令你不会觉着她粗鲁可憎，反而会觉得这样一个快意恩仇的女子浑身散发着耀眼的光彩。

宫千九心下又是一动。

今夜事，今夜人，今夜言，让他忽地明白，自己竟不受控制地被她的喜怒影响。

这……是怎么回事？

听到宫千九说"救民水火"，夜雪高兴得像个孩子。

她三两步走到宫千九眼前，握着宫千九的胳膊，快意笑道："来，你陪我喝酒！"

不由分说地将酒坛"啪"的一声塞到宫千九手里。

她的动作粗暴而简单。

宫千九倏地眯起了眼，一时间竟分不清她到底是无心还是刻意……莫非，她已经发现自己现下功力尽失，她此番前来是故意查探自己的虚实的？

“我不会喝酒。”

宫千九不由分说地将酒坛推开，他的拒绝是冷硬的，甚至有一丝烦躁。

“哈哈，天下闻名的千绝宫宫主不会喝酒？我这酒，可是好酒！”

“不需要。”

“试试，试试！”

童夜雪只当他在开玩笑，加上自己的确是喝多了，当即想也不想，疏朗地笑着，一伸手，竟直接摁住宫千九，不管不顾地把酒往他嘴里灌。

“童夜雪，你……喀喀……”

宫千九平日虽会小酌，但绝不过量。

谁有这么大胆子，敢摁住他的脖子不管三七二十一地往他口中灌酒？

是，今日是他洗筋伐络功力最弱的时候，要忍受非人的痛苦也就罢了，偏偏还有个不识趣的童夜雪凑了上来。

凑上来邀酒也就罢了，她偏偏把你当成木头，不由分说地往你口中灌酒。

宫千九嘴角不自然地抽搐起来。

热辣辣的酒汁一触到喉咙，立刻火辣辣地炸开。

堂堂千绝宫宫主何曾被人当鸭子灌过？

童夜雪不但挑战了他的底线，更让他感到耻辱，若不是他身体虚弱使不上力气……

“这是好酒！”

童夜雪放声大笑，笑声洒脱，不似以往的蠢笨，有了几分年少轻狂的磊落气概。

如童夜雪所说，这是特制的烈酒。

方才被她灌入的酒汁以不可思议的速度融入胃部，火辣辣地传遍全身。

童夜雪，你这个笨蛋！

宫千九拼命咳着，半边白净宛如白瓷的脸色泛上了微微的红，却偏偏秀美到极致。

好酒？好个……鬼！

修长好看的手倏地握紧，骨节处浮上了暴戾的浅白。

他扶住身边的青石，浑身散发着“生人勿近”的气息。童夜雪却举酒自酌，兀自笑得单纯又冷漠。

“宫千九，我有话要与你说。”

猛地抬眸，宫千九冷冷看着她：“你还想再灌我酒？”

“我劝酒、邀酒，请你喝酒，岂是灌酒？我与你说话，你不要与我生气。我得了你的承诺，欠你一个人情，择日不如撞日，今天便让我帮你解决这群不请自来的麻烦人吧。”

他何时对她有过承诺？

她又何时欠过他的人情？

宫千九抬眸，刹那间，天下为春，似有明亮的光华骤然耀出。童夜雪却兀自笑得清华如雪。

酒香浓郁，夜愈沉，星且黯。

不知从哪儿刮来的大风猎猎拍打在他二人单薄的衣衫上，纵是春末夏初，夜间依然是寒的。风中有细微的唳鸣。

因武功暂时尽失，宫千九只能凭着直觉判断危险迫近，还没等他反应过来……童夜雪便以不可思议的速度飞快地抓住了一支破空而来的暗箭。那箭纹刻着狰狞的饕餮头，幽光闪闪，显是淬了剧毒。

她笑着掐住了毒箭，回眸，朝宫千九微微一笑，反手一丢，那支毒箭立刻以更快的速度飞了回去……

“你且看着。”

谁都没想到这么癫狂的小姑娘，再回眸时，竟然目光如雪，出手如电。

“噗！”兵器入肉的声音中，有的人赴了黄泉。

放出宫千九“武功尽失”消息的幕后黑手在暗中，看到半途杀出个程咬金，嘴角狠狠地抽了一下。

“上！”

黑暗中，有人阴沉着声音，一声令下，杀手们纷纷行动起来。

没有人将这个踏波而来、癫狂大笑、肆意喝酒的小姑娘放在眼里。他们只以为小姑娘的反手一箭不过是巧合而已。

宫千九生性多疑，在武功尽失之时，摆出了空城计。他身边连个影卫都没带，若没有童夜雪在旁边灌酒，他不动声色倒也能骗倒一片。

然而童夜雪那么一灌酒，空城计路数尽丧。童夜雪大咧咧地将他的虚弱暴露在杀手面前。

“有多少人，不如一起上了吧。”

童夜雪醉眼惺忪，提着酒壶摇摇摆摆，看一成二，看二成三。

她闲庭信步，好像压根没看见即将冲到自己面前的亡命之徒。木屐踏着地面，笃笃而响，似有一种风流雅致的节奏。也不见她怎么动作，“啊——”的一声哀号，一个蒙了面的黑衣人被童夜雪丢了出去。

落地巨响，扬起黄沙无数。

月如水，人初静。

童夜雪将热辣辣的酒汁灌入腹中，她笑得越发轻快，然而轻快中却掩不住她眼底的杀意。

“天寒有好酒，肯饮一杯否？”她看似醉眼惺忪，实则早已料到这群杀手的动作。她话音刚落，旁侧阴暗的角落里，又飞出一连串的刀剑，刀剑无情，直奔宫千九喉间而去。

童夜雪一挥衣袖，那刀剑立马被卷开。

“啊——”

几声惨叫之下，仇杀者的数量又少了许多。

“一群白痴！”黑夜里，躲在树后的幕后黑手嘴角抽搐，他怎么都没想到自己放出消息引来的各路杀手竟也不敌宫千九。

他只能听到杀手倒地的声音和童夜雪略显稚气的笑声。

童夜雪开心笑道：“君不见黄河之水天上来，奔流到海不复回。君不见高堂明镜悲白发，朝如青丝暮成雪。人生得意须尽欢，莫使金樽空对月……哈哈哈，对月吟诗，赏花饮酒，人生极乐啊……”

童夜雪原来还会念诗?

宫千九一边想着，目光柔和了下来。可紧接着，他嘴角的笑意却僵住了。

只听童夜雪低着头，慢吞吞地吟道：“风急天高猿啸哀，烟花三月下扬州，两岸猿声啼不住，一江春水向东流……”

早知道这丫头从没有正经的时候，可宫千九没想到她连诗词都能如此胡诌。

童夜雪低垂着头，并不知自己窜改的诗词有多么惊世骇俗。她兀自回想起了风城童家，回想起了在学堂里胡来的画面。

她捧着酒坛，深情地吟道：“两只黄鹂鸣翠柳，一行白鹭上西天。书到用时方恨少，钱到月底不够花……”

宫千九脸色发黑，眉心一直在跳，千绝宫到底有多克扣你的月钱啊？让你到现在还在感慨钱到月底不够花。

不管童夜雪的诗接得有多随意离谱、宫千九有多无语，这个夜晚，注定是不平凡的一夜。

千般谋，万般算，幕后人以为今夜万无一失，宫千九定会命丧黄泉。

可谁都想不到，千绝宫微不足道的一个小丫鬟居然会武功！

谁也没想到，这稚气未脱的丫头隐藏身份，费了那么大的力气拼死混入千绝宫，竟然在最关键的时刻，不藏不匿，将自己推到了风口浪尖，甘愿当宫千九手中的一柄利剑，助他脱难。

“宫千九，你从水道走，这儿交给我了。区区影杀，也敢在我面前撒野！”

童夜雪伸手一拂，宫千九便被她送入暗道。

宫千九想反驳，却反驳不成。

的确如童夜雪所言，他闭关的最后一刻，是最为关键的时刻，体内真气涌入经脉，一刻也马虎不得。

而童夜雪……果然不是普通的角儿。自己猜得没错，她一定是风城童家的女儿！

翌日。

真气氤氲，五脏六腑洗尽污秽。

这次闭关，从子时到丑时。

宫千九闭着眼，浑身都像是沐浴在星月之辉中，散发出莹润近乎玉石的光泽。

草木葳蕤，月匿流云间。

“叮咚——”

水滴滴落在坚硬的岩石上，发出清脆的声音。旁侧香炉，香屑积了半指高。

当弦月弯弯，挂在千绝山的悬崖峭壁时，宫千九终于出关——

悄无声息中，一个月白色的淡影掠至洞外。

“恭喜主上出关。”

清越好听的声音中，透着少年掩不住的欢喜。

宫千九不答。

宁忻忍不住偷偷抬头看了一眼宫千九，宫千九身着锦绣黑衣，唇角微微勾起，乌黑发亮的长发湿漉漉地披散在身后，清华风姿，令人禁不住自惭形秽。

主上……这是在笑？

主上已经很久都没有笑过了。太阳今儿个打西边出来了吗？

宁忻被周遭寂静的气氛所迫，迟疑许久，终于按捺不住，疑惑道：“主上……”话音戛然而止，少年清亮而敏锐的目光，终于注意到了宫千九正在把玩的那支檀木所制的乌木簪子。

主上的长发素来随意束起，今日为何对着一支檀木乌簪淡淡地笑着？

这簪子有什么乾坤吗？

今晚主子很不寻常，莫非昨晚练功，走火入魔了？

想到这儿，宁忻慌忙抬头，急声道："主上有什么不适吗？您看着这支簪子，已经一炷香的时间了。"

"……哦。"

宫千九这才发现一直侍立在旁边的宁忻，他将目光移至宁忻的脸上，思考了片刻，将簪子放在宁忻手里，嘴角扯出了一抹淡淡的微笑——

"你把这簪子给童夜雪送去。"

"这……"

主上一连串的反常，是为了夜雪姑娘？

宁忻心下忽地一动，想到了一件很重要的事情。

"主上，宁忻有事要说。"

他急急抱拳，刚想说话，就见自己喜怒无常的主上拧了拧乌黑如刀的墨眉，似乎想到了什么很重要的事情。

宁忻眼前骤然黑影一闪，他再回神时，手里的檀木乌簪已被宫千九收了回去。宫千九将檀木乌簪小心翼翼地收入怀中——仿佛这支乌簪是多么珍奇的宝贝似的。可纵然再珍贵，那也不过是个木簪。千绝宫宝物成千上万，价值连城，而那乌簪看起来一点儿都不特别。

对宁忻而言，今夜让他震惊的事情已经够多了。

主上的表情这么奇怪！

就好像宫竹喧小姐从皇都刚回到千绝宫时一样，经常对着什么痴痴地发呆，淡淡地笑着。

后来，大家才知道竹喧小姐喜欢上了官家的一位少爷。

如今，主上也是这样，莫非……

"你去把童夜雪找来。"宫千九淡淡说道。

在说到"童夜雪"这个名字的时候，这个内心寒冷的男子竟露出了淡淡的暖意，宁忻从未在主上的脸上看到过这样的表情。

这一见，便是晴天霹雳。

主上……喜欢上夜雪姑娘了！

"主上，夜雪姑娘今日下山到如意茶馆，见了青城童家的家主童安！"

"童夜雪是童家人这件事，你不是早就知晓？"

宫千九弯了弯嘴角，对宁忻说的这一则消息，并不诧异。对他而言，童夜雪的身份是什么，是谁家的人，并不重要。重要的是……他发现在他心中，那丫头似乎占据了很重要的位置。

从何时开始，他习惯了身边这跌跌撞撞的鲁莽丫头？

从何时开始，他喜欢那丫头用钦羡崇拜的目光看着自己？

从何时开始，他发现无论她迷糊也好，轻狂也罢，都无所谓……只要她是童夜雪，自己便能毫无原则地包容她所做的一切。

昨晚，童夜雪的另一面，令宫千九骤然产生一种即将失去的惶恐。

这样的惶恐，让他终于明白自己的不安到底因何而起！

他想让童夜雪永远待在千绝宫！

"主上，夜雪姑娘……恐怕并不简单。"

顶着头皮发麻、两腿发颤的压力，宁忻深吸了好几口气，好不容易将这句仿佛有千斤重的话说了出来。

"我知道。"

然而，宫千九竟没有一点儿反应，就这么淡淡吐出三个字："我知道。"

知道？

主上怎么会知道？

一句话，将宁忻激得从身体到灵魂，都仿佛浸在了深海中，无限的压力一层又一层地压了下来。

"报！"

就在这时，闭关的石洞外，传来杂乱的脚步声，有千绝宫的弟子在洞外高声禀报："禀宫主，宫内有变！雨枫阁在宫门外下了战书！并在正厅，悬上了雨枫阁独有的的火凤图腾。来人宣称，今夜子时必取千绝宫收藏已久的乌骨锁，请琅嬛阁五大长老做好准备！"

"看清那人的相貌了吗？"

宁忻见主上没有哼声，也顾不上多加思考，禁不住高声追问。

"属下不敢说。"前来禀报的弟子被吓住了，连忙将手中的火把递给同伴，额头死死地抵着坚硬的地面。

"说！"

香炉旁侧，传来宫千九冰寒入骨的声音。

"那个人虽红衣似火，笑容明亮，但弟子在千绝宫走动，经常见到此人。那个人好像是宫主身边的贴身侍女童夜雪姑娘！"

“什么？”

宫千九吃了一惊，露出震怒惊慌的神色。宁忻侍奉宫千九多年，从未看过他这般模样。这样的宫千九有些陌生，陌生得让他害怕。

“看来童夜雪……真的是姬蒲老人的弟子！”宁忻失声惊呼。

主上刚刚想送簪子给童夜雪，这分明是喜欢上了童夜雪，如今竟遭到童夜雪背叛。主上素来寡情，但一旦动情，必是全心全意！被夜雪姑娘背叛一次，主上恐怕此生与情绝缘……

一想到这儿，宁忻的心“咯噔”了一下。

“主上……”他动了动嘴唇，想说些什么，却听宫千九用冷漠并孤独的声音说：“敲响震山铃，全山戒备！所有弟子严守山门，分布在各个方位，不得有误！”

此刻，宫千九的笑容，眼底的暖意，纷纷化作刺骨的寒凉。他的声音嘶哑得令人惊愕。宁忻惊住了，担忧地看着宫千九。

“是！”

方才报信的弟子，慌忙领命，匆匆忙忙地跑去传信。

“青衣门下！”

“弟子在！”

“传我命令，命千绝宫禁地的五位长老力守琅嬛阁，倘若守不住，可布十面绝杀伏魔阵！”

“弟子得令！”

“报——”

就在这时，又有朱衣弟子跑来报信。

“何事？”

“红衣女子已冲破了三位长老的关卡，眼见着就要冲入琅嬛阁！”

朱衣弟子刚刚说完，紧接着又有一弟子匆匆忙忙地前来，高声道：“禀宫主，琅嬛阁秋明长老掷出了解忧令，匆匆忙忙往青城郊外的方向而去。”

“青城郊外？他去青城郊外干什么？”

可眼下，显然不是追究这个问题的时候。四长老秋明功力深厚，是琅嬛阁最为重要的长老，倘若四长老离去，仅剩的四位长老，根本无法布阵，也拦不住姬蒲老人的入室弟子。

难道……真要被她取了乌骨锁吗？

“去琅嬛阁！”

宫千九抿紧了唇，沉冷宛如冬水的眸子中看不见任何情绪，他沉着下令，率先一步赶往琅嬛阁——

闭关石洞和琅嬛阁之间隔着九转廊。亭廊下，荷叶连连，水波微澜。真说起来，两地相隔并不远。可九转廊内设机关，从闭关石洞到琅嬛阁，用不得轻功，只有一步步走过去。纵是千绝宫主人，也打破不了这个规矩。

诸人一路匆匆，赶到了琅嬛阁。

琅嬛阁内外早已乱作一团。阁外，诸弟子伤势不重，却纷纷捂着肚子，“哎哟哎哟”地痛得在地上翻滚，直不起身来。

“宫主，这妖女使诈，在饭菜里下了软筋散！”其中一名弟子，捂着肚子，强自撑起身子，道出真相。

“所有人都中毒了？”宁忻连忙上前几步，查看弟子的伤势。

“她是作为厨娘，被聘入千绝宫的。先前，未做我贴身丫鬟时，一直在厨房打杂。”伤员满地，阁内厮杀，宫千九仿佛被什么钉在了地上，并不动作。大风忽地刮来，从千绝宫往下看，依稀能见山下红光接天。

满山的慌乱中，只有他一人，乌衣猎猎，孤立风中，与夜色融为一体。

年轻男子的声音略微嘶哑，在夜风中猎猎传入千绝宫弟子的耳中。

宫千九道出了千绝宫弟子一直想不透的真相。

这样的主上，他从未见过。

勘破了生死，勘破了迷局，勘破了一切……可他刚刚分明像个普通男子一样，温柔地想将一支簪子送给心爱的姑娘。

“就算在厨房打杂，可千绝宫上下那么多人，她怎么可能全部药倒？也许那个人并不是夜雪姑娘。”

宁忻吞了吞口水，想尽一切办法，想要转移宫千九的注意力。

如果那个人不是夜雪姑娘，主上就不会那么悲恸，那么绝望。

“不，的确是童夜雪。姬蒲老人的弟子，既混入了厨房，自然有办法在食盐中做手脚。千绝宫食用的盐，是盐砖磨粉而成，一月十块。掌厨曾说过，有一袋盐掉到了水缸中，倘若这时候水缸之中刚好有软筋散，自然能药倒大半个千绝宫！”

一点一滴，皆是童夜雪曾经干过的荒唐事。

诸人都认为她迷糊蠢笨，不承想，她十分精明。她从进入千绝宫的那一刻，便开始了自己的计划。

众弟子恍然大悟，这才知道那个看起来圆滚滚分外迷糊的乡下姑娘，竟有这般令人震惊的缜密思绪。

“主上，您要出手？”

宁忻胆战心惊地看着主子，不明白主子为何宁愿在这里看童夜雪抢夺乌骨锁，却不愿出手阻止。

难道主上压根不在意乌骨锁？

若是不在乎，主上为何又会如此愤怒，阴沉冷戾地在琅嬛阁门口候着？

“宁忻，我且问你，姬蒲老人的行事作风，素来如何？”

“所过之处，必无失手。盗取宝物后，无人能记得她如何夺宝，甚至不知道她用的什么手段。传言她的药，会令人忘记她何时来、何时走……”

说到这儿，宁忻灵光一闪，骤然明白为什么主上会如此愤怒。

再抬眼时，宁忻眼中已是一片震惊：“主上，您是说……夜雪姑娘会下药让我们彻底忘记她的存在？”

这个可能太过大胆和荒谬。

可宁忻知道，这的确是姬蒲老人门下弟子的行事作风。

坊间也有传言，雨枫阁的药草很是厉害……有一种药，你只要动用真气便可以彻底激发出它奇妙的药性。药性如何，没人知道……但，总归不会是什么好事。

宫千九没有说话。

但他眼底的寒意与复杂，令人浑身战栗。

琅嬛阁内的打斗声越来越小。众弟子都是聪明人，他们知道童夜雪已经得手，拿到了天下至宝——乌骨锁。

就在这时，宫千九忽然高声道：“童夜雪！”

声音并未靠着内力传出，在夜风中，却仿佛被一种神奇的力量所拢住，并不飘散，冰冷中……奇怪地透着淡淡的哀伤和悲意。

“哈哈哈……今得此宝，夜雪谢宫主大人成全。”

疏朗轻狂的女声，骤然传入诸人耳中，在这个漆黑寒冷的暗夜中，是说不出地快意与洒脱。

“童夜雪，出来与我说话。”

“宫主大人相邀，夜雪岂敢不从！”

琅嬛阁内，身着红衣的圆脸少女倏然如火焰冲出。她手持一个玲珑剔透的盒子，展袖掠出，安坐在屋顶上，居高临下地看着宫千九。

“为何要骗我？”

“宫主大人，我的确来千绝宫做了三个月的小厨娘，并没有骗你。”

少女嘴角含着浅浅的笑意，温婉动人。那张稚嫩的脸上，好似写着“单纯无辜”四个字。

“你为了乌骨锁而来……”宫千九的声音沉了下来。表情狰狞得宛如地狱修罗。

“宫主大人，你这话说得不对。早在你的龙井被换成茉莉茶的时候，我便暗示了你，姬蒲门下的弟子来了。而乌骨锁，可是宫主大人你让我取走的。”童夜雪笑着伸出白皙的手指，气定神闲地摇了摇。

“我何时答应过你？”宫千九冷冷问道。

“那夜，我问宫主大人，‘倘若天下黎民有难，而你又手握济世良方，你会如何？’”

宫千九记得她高声笑问的这句话，当时，被她的情绪带动，自己想也不想，便答“救民水火”。

难道是那时……

宫千九心下一动，牙根倏地咬紧，袖底的拳握得更紧了。

见宫千九若有所思，童夜雪起身，拍了拍身上的尘土张开了双臂。大风呼啸着卷起她的两袖，童夜雪宛如展翅的浴火重生的凤凰，她仰起白玉似的小脸，目光熠熠，高声大笑：“宫主大人终于想起来了，如此甚好。乌骨锁藏着前朝宝藏的秘密，只要解开，便能拯救天下苍生！我代天下百姓，领了宫主大人的这份情！”

夜风中，她倏地合袖，拊掌大笑，何等快意。

猎猎夜风中，宫千九一步步上前，厉声斥道：“童夜雪，你要乌骨锁，同我讲，我送你便是，何必……”男子嘶哑略显无奈的声音一重重逼散了夜风，一遍遍回荡在诸人耳中。

夜雪似笑非笑地望着他，眸底火焰灼灼，声音冷了下来：“宫主莫非要反悔？”

只听“啪”的一声，童夜雪白皙有肉的小手扣住了乌骨锁，眼睛紧紧盯着宫千九。她显然是想速战速决、冲破重围。

“姬蒲老人门下的传说是真是假？”

他不问乌骨锁的事，反而问这个无关紧要的传说，童夜雪哈哈大笑，玩味似的看着他，道：“什么传说？”

宫千九答：“雁过不留声，人过不留名，雨枫阁所过之处，无人能知！”

童夜雪想了一下，便知道他说的是什么。

童夜雪高声笑道：“师父不担心有人寻仇，却独怕麻烦。这规矩，你既然知道了，何必问我？”

听到童夜雪这么回答，宫千九积压在心头的所有阴暗与暴戾纷纷不受控制，携着怒意而出。

宁忻第一次看见主上这般愤怒的模样。

乌骨锁再重要，可不过是一个凡物。主上素来不慕金银，今日竟为了小小的乌骨锁如此大动肝火。

疾风大作中，朱衣少女的脸上没有一点儿表情，她冷冷看着宫千九，淡淡道：“宫主大人，雨枫阁的武功素来能克千绝宫的武学，您的确武功盖世，可如今，就算想留下乌骨锁，恐怕也晚了。”

“晚了？哈哈哈……晚了吗？”

宫千九眼中的恨意越发明显，宁忻慌忙跪了下来，高声劝道：“主上息怒！不过是一个锁！”

不过是一个锁？

不过是一个锁！

宫千九怅然大笑：“童夜雪，我不恼你欺我瞒我，我不怒你打伤我千绝宫弟子并闯入琅嬛阁盗宝！我恼你入了千绝宫，取了乌骨锁，竟要如此残忍地将这些日子发生的一切一笔勾销！”

这句话宛如一道闪电，赫然照亮了横亘在二者之间的一切误会，戳破了宫千九如此愤怒与悲怆的原因。

童夜雪想过宫千九不愿交出乌骨锁的诸多原因，可唯独没想到，这名年轻孤傲的男子所在意的竟是这么平淡细微的小事。

她将这些日子发生的事情一笔勾销，有何不好？

她疑惑地歪着头，紧紧握着乌骨锁，想要问宫千九为何要关心这些。

“嗡——”

浑厚悠远的钟声从千绝山下传来，乍闻钟声响起，童夜雪的眼眸倏地一亮，她知道青城分支的童家家主应了约，助了自己一遭。那钟声，是行事成功后的暗号。她紧紧攥住乌骨锁，起身，朝着西北山门的方向疾掠而去。

“封锁山门！活捉童夜雪！”宫千九沉着声音下令。

然而，就在他即将追上童夜雪的时候，被一个小小的身影挡住了去路。年幼且稚嫩的宫少听惊慌地堵在了路间，稚声高呼：“九哥，不好了，竹姐……竹姐被人捉走了！”

宫千九看见幼弟宫少听浑身是血，喘着粗气，好像受到了极大的惊吓。他心下骤然一痛："管教你的侍婢呢？"

"被杀了，那个人让我给九哥报信。"小家伙狠狠地抹了一把脸上的血迹，眸光中露出孤狼般的愤恨。

"怎么说？"

"那人说，想救竹姐，需九哥即刻前往风清亭。"宫少听顿了顿，恨恨道，"我看那个人面容似曾相识，便趁他不备，扯下他随身饰物。"

宫少听将东西交到宫千九手中，宫千九一见此物面色骤然大变："长鱼嚜！"

"九哥，那是……夜雪！"

小家伙眼尖，猛地看见红影掠过，背影颇是眼熟，电光石火间，他唤出了童夜雪的名字。

"……"

宫千九不答。

童夜雪的笑声，恰在此时传入诸人耳中："再送宫主大人一个消息。长鱼嚜此行的目的，便是取宫主大人性命。他是个亡命之徒，宫主大人上次遭人刺杀，也是长鱼嚜一手策划的。话已至此，宫主小心。"

"九哥！夜雪，夜雪……她真的要走……"小尾巴突然想到了千绝山那些无聊到令人愤然的日子。那些日子里，是那个笑容明亮的姐姐陪伴着自己。虽然，童夜雪盗取了乌骨锁，还"抛弃"了自己，但是宫少听并不恼怒，他把童夜雪当成了亲姐姐。

九哥说过，人各有命，既然立于世间，岂能拘泥小节……或许真如九哥所言，无论亲情、友情还是爱情，都不能长久。

人不可拘泥小节，更不能为了一时的欢喜，踟蹰不前，忘记前路，不知所赴。

小小的孩子轻轻叹了口气，眼里满是忧伤与怅然。

宫千九紧握双拳，眼睁睁地看着童夜雪突破林间阵法，在自己的眼皮底下逃之夭夭。

"咔嚓"！

一声脆响，好好的檀木乌簪被宫千九用力折断。宫千九知道，他折断的不仅仅是檀木乌簪，更是自己脆弱的心。

宫少听惊讶地望向宫千九，刚想开口说些什么，却见宫千九起身，直奔风清亭而去。宫少听低下头，拾起被九哥折断的檀木乌簪，乌簪上流纹隐隐，在月光下散发着光泽。

这么好的簪子，却被九哥折成了两半。

九哥好浪费！

许多年以后，当童夜雪夜夺乌骨锁的事传遍坊间的时候，所有人都怀疑这件事情的真实性。他们认为童夜雪不过是一个稚气未脱的小丫头，就算她出自雨枫阁姬蒲老人的门下，也断不会有如此高超的武功，还骗了整个千绝宫。

据江湖人说，当天晚上，青城近郊某处，一场忽如其来的烈火熊熊燃烧。

从城内往外看，飞扬的火花带着灰屑飘摇而上，明亮得近乎耀眼。热浪滚滚，普天匝地。而山下火光，对应着千绝山的一片祥和。

千绝山在火光的照耀下透出淡淡的诡异。

紧接着，一位白发老人不顾一切地冲入火海。

千绝山有五长老，却只有秋明长老鹤发童颜。

从山上疾掠而下的那个人定是千绝宫的第四位长老——秋明长老。

有个人忽然想到，童夜雪当日见了童安。

宁忻曾和宫千九说过，童夜雪当时和青城童家人相见，起了争执，不欢而散。可江湖人推测，他们之间不仅没有争吵，恐怕还达成了某种协议——让童安不惜得罪千绝宫，在青城近郊处放了一场大火的协议。

那场大火，让向来淡定从容的秋明长老暂时卸下千绝宫长老职责。以此便可推断出，那场大火中必定有秋明长老在乎的人。而秋明长老在乎的人住在青城近郊处的消息，想必也是童安告诉童夜雪的。

童家知道很多江湖隐秘，而这向来不是什么奇事。

至于他为什么要告诉童夜雪，为什么要帮童夜雪，为什么会在时机成熟的时刻敲钟示意童夜雪离开……这些都是谜了。

如今，童夜雪已盗得了乌骨锁，并且借着长鱼嚜叛变千绝宫的消息，成功突破重围，完成了出师大计。

但此时此刻的童夜雪，心情却一点儿也不美丽！

茶寮。

遍布油迹的桌子前，相对而坐两个人。

一个身着黑色披风，帽檐下的容颜苍老得宛如枯皮老树，纵横沟壑。另一个，穿着红衣，双眼含笑，明丽动人。然而，这个明亮可爱的小姑娘，此时正握着拳头，眼底透着张扬的戾气。

老妇觍着脸，好声好气地劝："宝贝徒弟，别气别气，怒则气逆，太伤身了。"

"你还好意思说！"

小姑娘噘着嘴，直直盯着眼前的老妇，猛地一拍桌子。

老妇原本就拧巴的脸，越发拧巴起来，皱成了千沟万壑。但是她的一双眼睛竟闪着精光，眼珠一转，那老妇便扑到小姑娘面前哭了起来。

“呜呜呜，宝贝徒弟，你应该生气！你必须生气！老身要是知道这乌骨锁就是拿回来也开不了，我便是不让你出师，也不能让你去千绝宫苦兮兮地偷那乌骨锁啊。”

“你先放开我的胳膊。”小姑娘咬着牙，十分嫌弃地看着自己的师父。

“不！宝贝徒弟不原谅我，我就不放手。”那妇人抹着眼泪，恬不知耻地装委屈。

“你别趁机把眼泪抹在我袖子上。”小姑娘眼里的嫌弃越发明显了。

“呜呜呜……宝贝徒弟长大了，嫌弃为师了。”

“十年前，某人哭着和我说，说她打我一掌，害我筋脉尽损不是故意的。可惜雨枫阁的名贵草药已经用完了，她续不了我的筋脉，而我勉强捡回一条小命，已经是天大的造化了。”

童夜雪清亮的声音中难掩稚气。

然而，当她说出这句话的时候，方才一直装委屈，哭得颇有几分伤感的老妇人头皮麻了麻。那妇人忍不住把屁股往外挪了挪：“喀喀……这个……这个……宝贝徒弟怎么突然想起来叙旧了？”

童夜雪挑眉，瞄了她一眼，不动声色，继续开口：“三天之后，雨枫阁珍藏许久的千年灵药被老鼠啃完了。你气急败坏地大骂，说要是知道千年灵药会被这些畜生糟蹋，还不如用来给我续养筋脉。”

“哎呀，宝贝徒弟，这个不怪我啊。当年你我缘分太薄，又不熟悉，我不肯把灵药用来救你，也是有情可原。”

“嗯。”童夜雪不动声色，呵呵笑了一声，眼神明亮如雪，“那么，八年前，你偷了千年紫参，信誓旦旦地告诉我，吃了它必然会增长功力，结果却害得我七窍流血，那也是师徒缘薄？”

“为师真的不知道那株紫参竟然这么大补！”某老儿一脸惊恐地把屁股又挪开了点儿，不敢直视童夜雪的眼眸。

“对啊，你是不知道，所以用我来试药而已。”童夜雪笑着露出雪白的小虎牙，表情纯洁无邪。

呜呼哀哉。

不好！

不好！

宝贝徒弟一露出这种笑容，说明有人要倒霉了。

这个倒霉的人，该不会是自己吧？

可是八年前的事，今天算总账会不会晚了点儿？

也许宝贝徒弟只是随口说说。

老妇拍着胸口，自己安慰自己，可安慰了一会儿，脸就垮了下来。

不行。

还是不安心啊。

现在逃走还来得及吗？

宝贝徒弟的武功也许欠些火候，可是轻功却炉火纯青，无论追人还是逃命，她都是一等一的好手。

哎呀哎呀。

当年干吗要把宝贝徒弟调教得这么厉害？

搬起石头砸到自己的脚了吧。

老妇头皮麻了又麻，浑身的鸡皮疙瘩都起来了，一双精光湛湛的老眼四处打探着，就想找到逃跑的途径。

童夜雪说："七年前，某个人哭穷，把我好不容易偷来的东海夜明珠骗走了，美其名曰兵不厌诈。六年前，师兄出师，某个人哭累，让我一个人打扫了雨枫阁十八座阁楼，口口声声说我需要强身健体。还有五年前……四年前……"

童夜雪咬着牙，一个字一个字地说，老妇如坐针毡，额头都冒出豆大汗珠："这……这……"

"每次都假哭。你一假哭，就算计我，你以为我还会上当受骗吗？"

"宝贝徒弟对为师的误会很深啊。"

"乌骨锁我已经偷出来了，出师大计我也完成了。至于这乌骨锁怎么解开，我一点儿都不在乎。"

"眼见着夏季雨水充沛，江淮一带又要开始发洪灾……"

"赈灾有朝廷，我等势单力薄、人微言轻的小贼，去了也是累赘！"

"只要乌骨锁解开了，咱们就能拿到前朝宝藏。"

"但我要去找我月姨娘。"

"反正月锦也失踪了那么多年。你就算回到风城也找不到人，事有轻重缓急。江淮一带马上就要到汛期了……"

童夜雪提着一壶酒，沉默地离开。

张扬的夜雪、狡黠的夜雪、明艳的夜雪，老妇人姬蒲都见过，却唯独没见过像是陷入无边黑暗的夜雪。

姬蒲突然有些忐忑。

她突然想到——

童夜雪才十几岁，平常人家的孩子十几岁正无忧无虑，承欢在父母膝下，偏偏童夜雪却要在家与国之间做出取舍。

这对她而言，未免太过残酷。

姬蒲心口像是被什么轻轻挠了下，有些刺痛，又有些柔软。

她犹豫了一下，动了动干瘪的嘴唇，刚想开口对童夜雪说：这乌骨锁的事情交给为师即可，你回家吧。

可童夜雪却突然停下了脚步。

小姑娘没有回头，低垂眼睑，平静地说："师父，你说得没错。家国天下，本就是我童家人的使命，无关师门。这天下……无论是战还是和，我风城童家的儿女，理当尽力。"

乍听见她说这么一段话，姬蒲心中突然好痛好痛，像是有拳头狠狠地砸在她的心口。

此刻的童夜雪懂事得让她心疼。

第八章 金黍山庄

千绝宫素来是避暑胜地。

近些天，千绝宫弟子纷纷谨言慎行，夹着尾巴做事，小心翼翼地避开宫主大人——自宫主知道长鱼曌是青王爷埋在千绝宫的一枚棋子之后，宫主的脸便阴了下来，心情也阴着了。

最可恶的是，长鱼曌还捉了宫竹喧小姐，以此威胁主子交出乌骨锁。

虽然，那胆大妄为的少年已被宫主一掌击中，受了重伤逃之夭夭，可他的存在对于凡事追求完美的宫主而言，就是一种耻辱。

这日，风明景秀。

听风苑的丫鬟，灰头土脸地从苑内出来。

“小少爷近些天是发什么疯？天天让我们学小狗叫……”

“学小狗叫也就罢了，还得学岐州的小狗叫。”

“真是折腾死人了，奴婢虽然是穷人家的女儿，没投个好出身，可他这样侮辱奴婢，也太瞧不起人了！”

“……”

三五个丫鬟从里面走出来，愤愤不平地说。

此时，苑内的宫少听阴沉着脸，默不作声。每当自己提出让丫鬟学岐州的小狗叫时，就会有性子泼辣的丫鬟反抗：“小少爷，宫主大人让奴婢伺候您，可没让奴婢学猫叫狗叫，甭说奴婢不会，整个千绝宫恐怕也没有人会！”连一个丫鬟都敢反抗自己，宫少听觉得郁闷极了。“许是平日里待她们太好了，以后要有个主子样。”宫少听自言自语道。

其实，大伙儿都知道他闹腾，没承想，他这么闹腾。

一开始，大伙儿还宠着他、惯着他，不敢多说半个字儿，可后来宫主发话，下令丫鬟们不必理他。

宫主的指令谁敢违背？只是可怜了宫少听，他的好日子终于到了头。久而久之，丫鬟仆妇们养成了漫不经心的态度。

五六岁的小屁孩，最难缠。

连宫主大人都说了“不必理他”，谁还理他。所以，小尾巴的日子确实难过，平日只能练字背书，下山偷闲成了奢望。

天天就是练字，背书，宫少听闷得快发霉了。

要不然，为什么童夜雪一来千绝宫，就立马获得了宫少听的依赖？

如今，童夜雪走了。

宫少听和这里的人一样，已经忘记了那个身着碎花小袄操着浓重岐州口音的小姑娘……有些东西可以忘记，然而有些习惯却改不了。

如今，宫少听的这个习惯让听风苑鸡犬不宁。

千绝宫招的都是山下的村民，哪有人去过山水迢迢的岐州啊？大伙儿从哪儿学纯正的岐州口音啊？

宫少听就这么折腾了大半日，将所有人折腾得精疲力竭之后，才长长叹了一口气：“你们啊，真是笨！”

“小主子，您放眼整个千绝宫，谁会学这个啊？您真不是特意拿奴婢开心？”

“谁说没人会。”

“您说说……”

“不就是那个……那个……”在丫鬟们不满的目光下，宫少听挺起了小胸脯，明明有一个人会学岐州的小狗叫啊，可是他却想不起那个人的名字。

宫少听急得抓耳挠腮，红了脸。最后，小家伙怒了，气急败坏地摔门而出：“我不与你们说，我去找九哥！”

正堂上的宫千九愁眉紧锁，脸色阴沉得可怕。

他正面临着千绝宫最大的问题——练蛊楼的楼主青觞突然消失不见，长鱼曜叛变千绝宫。

琅嬛阁中，无数珍宝不翼而飞，包括白铁令和乌骨锁。而那日玩忽职守的四长老此刻正跪在宫千九面前，请求他的原谅。

原来，他此生原应忠于千绝宫，不生二心。可年轻时，他被仇家追杀，浑身是血，伤痕累累。

就在他奄奄一息时，被一个农家少女所救。少女温柔可人，他最终坠入爱河。

他当时太过年轻，爱到深时，根本无法控制自己，竟不管不顾地和那个农家女有了一段露水姻缘。

但他心里有着深深的恐惧，他害怕农家女不会接受满手血腥的自己，他思考多日，留书后一走了之。

三年后，他办完了自己的事情，并且觉得自己有能力给农家女幸福。

然而，当他寻到那个村落时，农家女已经被浸了猪笼，只留下一个女婴。

包裹女婴的白布上留有农家女的字迹，上面用鲜血写着“我不负君君负我，心有怨不忍怨”。

懊恼与自责顿时涌上心头，他走到江边想随心爱的女子共赴黄泉，可怀里的女娃却

"哇"的一声哭了出来。

女儿，那是他们的女儿。

他放弃了赴死，抱着女娃大哭起来。

紧接着，巨大的怨与愤怒冲上心头。

他恨自己当年一走了之，他恨自己来得太晚，连心爱的女人都保不住。盛怒之下，年轻的千绝宫四长老大开杀戒，屠杀了手无寸铁的村民。

疾风骤雨，苍天有怨。

当倾盆大雨冲洗掉身上的血腥后，他才赫然反应过来，他看着手上残留的血迹，才知道自己已经铸成大错。

他踉跄地回到青城之后，把女儿寄养在青城郊外的一对农家夫妇家。自己……则投身琅嬛阁，从此不问世事。

他发誓从此不问江湖世事，后半生与书籍为伍，除非女儿有难，否则决不踏出千绝宫半步。

而那日，那一场突如其来的大火铺天盖地，波及女儿所待的地方，骇然之下，四长老只有下山。

……

若是以前发生这种事，宫千九必然会公事公办，该怎么处罚怎么处罚。他也会布下天罗地网，派人追寻失踪的练蛊楼楼主青觞。

可如今……

就在这时，某个前来告状的小家伙趴在窗边，踮着脚，望着正堂上严肃冷静的宫千九。他在正堂外自言自语道："自己干吗要过来啊？自己不是最怕九哥罚他抄写《论语》吗？怎么被人吵了几句，就一下跑过来……好像跑到这儿，就会有人陪他一起托着腮，捏着稻草玩蚂蚁。"

这种奇怪的感觉到底是打哪儿来的啊？

九哥可不会陪自己做这些浑事！

想到这儿，小家伙的心里涌上一股说不出的失落与悲愤。他用力地握了握小拳头，一脚踢开自己垫在窗台下面的石头，一溜烟地跑回去了。

宫少听不开心，宫千九同样不好过。

他发现自己在这里办事，心神总没办法集中起来。

"宫主，这窗外……是有什么吗？"

短短一盏茶的工夫，他一连向窗外看了好几次。这会儿，就连再迟钝的人，也能察觉到有什么不对的地方。

正汇报事情的弟子小心翼翼地往外看了一眼，窗外除了格外明艳的月季花以外，并无别的东西。

“没什么，你继续说吧。”

宫千九收回目光，不由得握紧了双拳。

总觉着，有什么不对，似乎那窗外应该有什么。或许是一个人，一张笑脸，一双……无时无刻不在注视着自己的晶亮眼眸。

他也不知道自己为什么会有这么奇怪的想法。

他就是觉得周围似乎少了点儿什么。

这种空荡荡的感觉，让他提不起精神，提不起力气。他从袖中拿出了一支檀木乌簪。这乌簪是他前几日下山买的。

那日在山下，他遇见了一个卖杂货的商贩，从商贩手里鬼使神差地买了这支乌簪。乌簪到手之后，他的心情似乎好了起来。

听人说，这世上有一种可憎的疾病，叫作恋物癖。

难道……自己也得了这毛病?

想到这儿，他头皮禁不住麻了麻，有些不自然地说：“随我去竹悠阁。”

“那不是竹喧小姐所在的地儿？”

宫千九没有说话，只是望了望方才发声的人。那个人立马噤声，再不敢多说一字。

远山似黛，和风送暖。

露水凝在草尖叶脉中，在月光下闪着清润的幽光。大风起时，大片大片的野草立刻如波浪般起伏。

这里距离青城有上百里，然而他却依然觉着凉，觉着寒。

泛着死气的黑血渐渐浸透了他的背部、手臂处以及腹部的青衣，在夜色下暗沉得令人害怕。

血一滴滴砸落在地面。他稍稍停顿歇息，大口大口地喘着粗气，仿佛是离水的鱼。他开始变得麻木，已经感受不到全身上下刺骨的疼痛。伤口处还在不停地流淌着鲜血，他望了望，摇了摇头。

已经过了很多天，前方的路一望无际，他实在不知道自己要去向何处，只能凭借直觉，一步步地走着。

这些血流不止的外伤其实并不可怕。

可怕的是体内的伤。

他受了严重的内伤，还中了剧毒。

单凭着一股不甘的执着与恨意，他翻越了无数座山头。在身体遭受重创，伤痕累累的情况下，他竟从戒备森严的青王府行馆，杀出一条血路。

死……也不要死在青王府。

他用双手艰难地按着流淌着鲜血的伤口，忽然有一种仰天长笑的冲动……然而，意识却在不知不觉中渐渐模糊。

这回，是真的要死了吗？

远处的脚步声近了。

“明明看着他往这个方向跑的，怎么一眨眼，人就不见了？”

“哼，还怕他跑了不成。他被罗氏三煞的兵器所伤，谁不知这哥仨用的是三角寸棱刀，该兵器最为毒辣，只要被三角寸棱刀刺中，那血就跟瀑布似的汩汩流出，极难止住。”

“罗家兄弟这会儿可立了大功，回头王爷必会重赏他三人。”

“本就是粗俗下贱的主儿，稍一得势，眼高于顶。这会儿，可不知他们得意成什么样了。”

“这小子应该还没跑远，等我们抓着他，也算是大功一件！”

远处的声音，断断续续，由远及近。

忽然，他们仿佛达成了某种共识，不再议论一些鸡毛蒜皮的小事，反而扬着声音，冷笑着说：“那小子若不是受了宫千九一掌，又中了毒，怎么会那么容易对付？只可怜他误将宫千九当作了杀害他全家的凶手。真是愚蠢啊！”

“可不是！他为了报仇，认贼作亲，竟拜在青王爷门下，却不知杀害他全家的正是青王爷。”

“唉，弟兄们可怜他身世，留了一点儿情面，谁想我们留着情，这小子可不留情。还有那罗家兄弟，竟白捡了这么大的便宜……”

原来，他一直没弄明白青王爷为何要对自己痛下杀手。他帮青王爷卖命，可谓战战兢兢，从不曾有过含糊。

可如今，他帮青王爷盗取了白铁令，青王爷却转眼不认人，竟要对自己斩草除根。他将青王爷视作自己的救命恩人，对青王爷一直礼待有加。不承想，青王爷却想要自己的命。

如今，迷雾渐渐散开，血腥残酷的真相浮出水面。

一直以来，他恨错了人，报错了仇。到最后，他竟要被仇家像捏蚂蚁一样捏死在这里。想到这儿，不甘和愤怒纷纷翻涌到心口。

“哇！”他一下子喷出了大口的乌黑色毒血。

“在那边！追！”

远处，追杀他的各派高手互相对视了一眼，知道他们说的话起了效果，已经让那小子现了身，逼出了那小子的行踪。各派高手当即如扑起的鹰隼，身形若离弦之箭，疾射这厢。

他想脱身，但是眼前的一切逐渐变得模糊。

他终挨不住铺天盖地而来的黑暗，身子软软滑了下去。

黑暗的树干后，一双干净洁白的小手悄无声息地捞住了他缓缓向下的身子。她在那些人追来之前，拎着少年轻快地跃上了树冠。

一百二十斤的少年，在她手中竟然像一只安静的小猫。她拎着少年，腾出手拈叶为刀，射向地面。

地面登时露出一排浅浅的印子，风一吹，树叶散尽，而那印子上面似乎还缺些什么。她拧了拧眉，稍加思索，从少年饱浸鲜血的青衣上撸了一把，又连弹数指，血迹登时浮现在那深浅一致的印子上……

乍看上去，那带血的印子就像少年带血的脚印。

不多时，一群身穿青衣的江湖人终于跑了过来。

“血还没干，是……朝西的方向。”

“追！”

众人风风火火地追着一排并不存在的“脚印”朝西而去，而那身形纤瘦单薄的女子，则拎着昏迷的少年，往一个全然相反的方向疾掠而去。

茅草屋里。

青觞觉得自己做了一个冗长而可怕的梦——他梦见自己花了十年的时间，做了别人的影子；花了十年的时间，恨错了人。梦中的腥风血雨，历历在目。

是，他的确不满青王爷门下那群粗俗莽撞的门客。可那是在青王府，他们同为青王爷效命，但是他们为何会对自己动手？

……

梦中，出现了一张模糊的脸，当那脸上的刀疤逼近他时，他竟有一种全身都在燃烧的愤怒。

然而，错了吗？

难道从一开始，那个人就不是真凶？他之所以会一身是血地出现在那个地方，只是因为他刚刚与行凶者激战过？

青觞只记得宫千九浑身是血地出现在自己面前。

当时发生的一切蒙蔽了他的双眼，他来不及多加思考，便认定宫千九是杀害他全家的真凶。

他没有想到，虽然宫千九武功超群，坐拥千绝宫，在江湖上说一不二。但他当时也只是个十二岁的孩子，脸上还留有稚气。一个十二岁的孩子，怎么会残忍到屠戮一家七十六口人，无论老弱。

愤怒如一根毒针刺入心头，令他彻底丧失了分辨是非的能力。

他怎么能忘记当十六岁的青王爷满含笑意来到自己面前，温和地牵起自己的手时，他曾被青王爷手心的冰冷吓到。那时的他又怎么能忘记青王爷身上散发的挥之不去的浓厚血腥味……

青王爷！

那个温文尔雅、口蜜腹剑的男人，才是自己不共戴天的仇人！

“啊——”

他的心仿佛被撕裂，眼角处，一滴晶莹的泪缓缓滑落。

恍惚间，他感到有人在轻轻擦拭自己眼角的泪。这样温和的触感，让他禁不住一颤，脑海中所有的思绪纷纷散去。

而其中某一根纤细且脆弱的神经仿佛被人用刀子狠狠砍了过去，他赫然睁开了眼睛。一双凶狠锐利的眸子，骤然射出凛冽的寒光，冷冷盯着眼前的人。

“我还以为你要睡死过去。”

一个稚气未脱的声音忽然响起。

在清晨篝火即将熄灭的时候，那个托腮的红衣姑娘迎着初升的朝阳，无比灿烂又格外冷血地吐出这么一句话。

他下意识地起身，谁知手臂刚刚撑地，撕裂似的疼痛便传遍全身。青觞禁不住咬紧了牙。

红衣姑娘笑眯眯道：“疼了就说一声，不会有人嘲笑你的。江湖人嘛，就要受得起伤，忍得了痛，耐得住寂寞，挨得了刀子。”

她说得风轻云淡，青觞却禁不住心下一惊。

不是因为自己的伤，而是因为……

青觞低头看了看，肩膀的伤已经被包扎好了。

朝阳下，少年精壮的身躯，缠绕着无数的白布。

红衣姑娘似乎对自己的“手艺”非常满意，拍拍小手，利落地端起篝火旁边煮好的一碗地瓜粥，递给他，简单明了地说了两个字：“喝吧。”

“这是？”青觞疑惑地抬头。

他深知自己的命，是被眼前这个朝气蓬勃的红衣姑娘捡回来的……可颜色这么古怪的玩意儿，他实在没有胆量送到嘴里。

“我手艺也就这样了，这个是地瓜粥，我倒是逮了兔子，可惜全被我吃完了，所以留给你的也就剩下这些。你要么吃掉，要么饿着。”

旁边的火堆里，的确有一些烧焦的动物皮和骨头。

少年闭上了漆黑如墨的眼睛，深吸了一口气。

许久，他才轻轻叹道：“女公子如此轻松，看样子事已完成，即日便可回到风城与月姨娘相见。”

这句话，他说得清淡从容。

语气，却和青衣门中长鱼嘿的语气相似。

童夜雪禁不住一惊。

她错愕地看着他，猛地后退几步，一下握紧了腰间的软鞭：“你是长鱼嘿？不……你是青觞！千绝宫所有的人都失了记忆，为何你还记得我？”咄咄逼人的声音中透出她的紧张。

她救下他时，只是觉得此人眼熟。

而她又是个不记脸的性子，无论多好看的一张脸，见过便忘在一边。

她只知这个少年身中三棱刺，而三棱刺，江湖上只有罗家三兄弟有。

罗家三兄弟素来欺男霸女，坏事做尽。救人的时候，小丫头想得非常简单——要给自己看不惯的人添点儿乱。

她根本没有想到，自己救的竟然是千绝宫的人。

而现下，救的这个人竟然道破了她的身份。

童夜雪这才仔仔细细打量他，骤然说出了两个风马牛不相及的名字。

“为何？为何？”

青觞先是呢喃，然后便是无奈地大笑：“我为何还留着这该死的记忆，为何还会记得女公子？若是可以，我宁愿如千绝宫的人失去记忆，不记着仇与恨、生与死……无知，或许才是最简单的事情，这样心才不会痛。”

“女公子，你知道这里是怎样的痛吗？”

青觞猛地将童夜雪的手按在自己的胸口。

童夜雪呆住了，没想到青觞会这么做。

她咬了咬牙，一个字一个字地说：“你的仇与恨、生与死，都与我无关。我不知你混入千绝宫打着什么主意，但当日你提醒我入琅嬛阁，需要找童安。那一场大火令琅嬛阁失守，我拿到了乌骨锁，而你也完成了你的计划。我们两不相欠。”童夜雪眼神冷了下来，淡漠地抽回了自己的手。

青觞不笨，他知道风城童家的女子绝非等闲之辈。

如今自己身负重伤，寸步难行。他这条命是童夜雪给的，童夜雪要杀要剐，他悉听尊便。但是他不想死在仇人的手上。倘若童夜雪离开，那么他势必会被青王爷派出的杀手斩草除根。

这个时候，他不想死。

他要活着，他要报仇，他要手刃仇人……

一瞬间，这个本就秀美宛如女子的少年露出一抹淡淡的微笑。

他向童夜雪招了招手，示意她过来。童夜雪似笑非笑地看着草垛中那个受了重伤的少年，思考了片刻，走了过去。

青觞抬头，望了望童夜雪，淡淡道：“你可知打开乌骨锁的方法？”

童夜雪疑惑地摇了摇头。

青觞早就料到童夜雪根本不知道打开乌骨锁的方法，得意地说：“世上有一人能够打开乌骨锁！”

话音刚落，童夜雪面色大变，她惊愕地看着青觞，不相信地问：“你知道谁能打开乌骨锁？不是连鬼手都束手无策吗？”

“我们这种刀尖上讨生活的主儿，随时都可能被阎王收掉性命。在遭遇不测之前，我们会利用所有可利用的关系，打探出一些什么。如果女公子不相信我，自然可以弃我而去。当然，你也可以干脆利落地直接把我杀掉，横竖都是死，还不如死在你的手里……”

说到最后，少年眼底的光芒暗了下来，全然不似刚才那般自信。

童夜雪想了想，决定相信青觞说的话。她努力控制住自己的情绪，淡定从容地问：“你要我如何帮你？”

“首先，我得活着。其次，我不想活得太窝囊。这碗地瓜粥，恐怕你自己也没勇气吃吧？帮我弄点儿我能吃的，我失血过多，你应该知道我需要吃什么。”

童夜雪听到青觞如此嫌弃自己做的地瓜粥，下意识地捏了一下腰中的软鞭。想了想，还是放弃了，要是把青觞打晕了，就没有办法打开乌骨锁了。

她咬了咬牙，恶狠狠地说："你等着，我马上去给你找吃的。"不甘不愿的声音让青觞忍不住笑出了声。笑过之后，青觞便觉得全身的力气都已耗尽，眼前一黑，再次栽倒在地。

第二日，金黍山庄。

金黍山庄在沧原是不可小觑的存在。

坊间都传金黍山庄的黄老庄主白手起家，创下了商界的神话。

可不知为何，近些年，金黍山庄竟渐渐败落下来。

听说，黄老庄主做买卖得罪了不少江湖人，江湖人寻仇寻到庄上，将他攒下的黄金白银抢夺一空。

临走前江湖人还放话说，要选个极好的日子取了黄老庄主的人头。

抢钱事小，夺命事大啊！黄老庄主气恼攻心，吓出一身病。黄老庄主眼瞅自己的身子一日不如一日，本想着投河自尽一了百了，谁知却得了神秘人相助，保住了家产。金黍山庄有三位少主，都是……

"停！停！"

童夜雪坐在酒气冲天的酒肆中，不耐烦地用鞭子敲了敲桌，禁不住唾道："我是问临北有什么赚钱的买卖，不是花钱让你歌颂山庄里的少主人。再说一遍，老娘做的是刀口舔血、来钱的买卖！"

说到最后，少女锐利的目光宛如刀子，狠狠戳在那小厮脆弱的心脏上。

那小厮哪敢废话，抱着脑袋往下一缩，不住地求饶："姑奶奶饶命，您若想做来钱的买卖，只能去金黍山庄。临北小镇地广人稀，买卖本就不多。您若想挣五十两白银，便只能寻一些刀口舔血的活。然而……寻常官府捉贼剿盗的买卖，顶多只赏十两银子。除了去金黍山庄挣这五十两，小的我实在想不出其他的方法。"

真不知这小厮有多长时间没说过话，唠叨了一大堆，依然没说到底做什么生意才能挣来这五十两。

童夜雪的脸色阴沉了下来，用冰冷冷的鞭子把儿捅了捅那小厮，再次提醒："说重点。"

"啊——是是！姑奶奶别怒，别怒！"

那小厮吓得屁滚尿流，连忙说道："我只从江湖上听说那神秘人近些日子并不在临北，金黍山庄财业不保，最近正在招护院，日结工钱，能护一日是一日，护到九月十五，便可。”

“一般的护院，一月只有十两银子。他这里日结，能有五十两的工钱吗？你若是消遣老娘，小心老娘抽烂你的肉！”

“姑奶奶您听我说完，金黍山庄的仇家可了不得，他不杀金黍山庄的人，却专杀护院，这几天，已经死了很多护院，小人实在担心，才……”

“遇见了老娘，还不知是我死还是他死！”

少女倏地挑起手中的鞭子，眼底一片寒冷。

少女眸中的寒光，足教人胆战心惊。连青觞都禁不住睁大了眼，小声劝道：“随便寻个捉贼的差事不就得了，何必非要挑危险的大买卖。”

童夜雪头都不回，一把推开他，冷笑道：“你当两个人衣、食、住、行不需要用银钱吗？还是你准备直接去抢官银？若不是你受了伤，需要抓药，你当我愿意做这些买卖？我还想省点儿力气呢！”

青觞知道她看重银钱，也了解她翻脸不认人的性子。风城童家家大业大断不会苛扣子女，童夜雪这性子定是离开童家之后在江湖上形成的。也不知道她这十年来，吃了多少苦，受了多少委屈。

青觞抿紧了唇，不再与她争辩，刚想转身离去，却听见旁边的酒客谈论童夜雪的声音。

“少主子，那姑娘看上去是个厉害的主儿。会不会……”

“就和她说的一样，‘还不知是我死还是他死’，被她这么闹了一下，知晓金黍山庄的江湖人恐怕更多了，就用她的血，来为主上铺路。”

青觞不知那个人说的主上到底是谁，擦肩而过的瞬间，他只见那男子将青碧色的酒汁送入唇中，嘴角勾起一抹好看的微笑。

天色已晚，眼见暮色四合，鸟兽归巢。

迤逶绵长的山路上，有两个人灵活地穿梭在陡峭的岩石间。这两个人身影同步，配合默契。

然而，你仔细去看，便会失声惊呼！

哪里是两个人配合默契啊？

分明是一个身着红衣的小姑娘像拎小鸡似的，拎着一个比她还要高出半个头的少年。那红衣女子轻快地跳上跳下，如履平地地穿梭在岩石中。

青觞被童夜雪这么拎着，实在不好受。

他一开始还能跟上童夜雪的步子，可是越往后，越力不从心。他勉强坚持着，不作声，可肩膀处的衣裳，早就被鲜血染透。

许是太痛，青觞的步子慢了下来。童夜雪看了他一眼，二话不说，直接拎着他就跑。

他还想挣扎，童夜雪却说："你还是省点儿力气吧，要不然，你身上的血腥味儿就会泄露你我的行踪。"

青觞无奈，只得由着她。

他二人在一座山头停了下来，从山上往下望，富贵堂皇的山庄绵延数里，庄内良田千顷。在晚霞的照耀下，那座山庄透着说不出的神秘。

一见那地儿，青觞脸色登时一变，紧接着抓着童夜雪的手臂，道："看到这儿，你还准备去金黍山庄吗？"

"为何不去？"

青觞道："你武功不弱，应该知道那两个人目的不纯。我听他二人小声说，要用你的血，来给他们的主子铺路。他们的目的是什么、主子是谁，都是谜。你在明，敌在暗，去了以后凶多吉少……"

童夜雪愣了下，像是听见了什么好笑的事情，哈哈大笑起来，笑得连腰都直不起来了。

在青觞静默的目光中，少女的眼好似贯穿黑暗与怯弱的刀，她冷然道："青觞，你胆子什么时候变得这么小了？"

青觞拥有高超的易容术，当初在千绝宫，他一人扮作练蛊楼楼主和青衣门长鱼嘿。那时的他并不是顾惜己命，胆怯的人。

那他现在为何会如此胆小？

青觞瞬间握紧了双手，仿佛借着这个动作，他便能抒发心中的痛与恨。然而，即便是诸多的情绪一起涌上，这个时候，除了冷眼旁观，他什么都不能做。

他倒想拿着刀杀出一条血路，可是……现在的自己力不从心，只能成为旁人的拖累。

所以无论童夜雪怎样侮辱他，他也装作听不见。

他嘴角露出一抹无奈的笑，转过头不再看童夜雪，只是淡漠地说："这一趟，无论成与不成，都将暴露行踪。这里离牧州，至少还有半个月的行程，你有没有想过行踪暴露的后果？还是别节外生枝的好。"

"可我缺那五十两。被追杀的是你，又不是我，反正你别露面就什么事都没有啦！"童夜雪看似无所谓的态度里透着小小的不甘。听说古时候的圣贤，曾经为五斗米折腰，她童夜雪今日竟要被一文钱逼死！

什么叫作"被追杀的是你，不是我"？童夜雪的小脑袋瓜是锈掉了吗？青觞无奈地摇了摇头，叹了一口气。

青王爷想方设法地将乌骨锁弄出千绝宫，自然是希望得到它。而如今乌骨锁落在了童夜雪手上，青王爷必定会追杀童夜雪，得到乌骨锁。

可青觞又不知该如何道破真相。要是童夜雪知道是自己怂恿她偷了乌骨锁，还害她成了青王爷的目标，以童夜雪的性子……

青觞叹气：“少吃一些，不敷药，也不见得会死。”

“你——”

童夜雪被他气乐了，忽然想到之前问过他的问题：“我在千绝宫下了迷药，按理说你根本不可能记得我，为何你会记得？”

“你没发现当初长鱼嘤很喜欢来找你？”青觞微笑。

“那又如何？”

“以我的身手，趁你不备，偷走解药并非难事。”

“……”

童夜雪彻底无语——敢情青觞在入千绝宫之前，还是个神偷大盗！那你怎么不自己去偷乌骨锁，非怂恿我去偷呢！

童夜雪将不愿暴露行踪的青觞留在客栈，只身前往金黍山庄一探究竟。她想先摸清金黍山庄的底细，再做打算。

一轮明月悬挂天边，皎洁的月光下，一个黑影闪过。眨眼间，便掠过了数个小院。

“喀喀喀——”

雕花绣阁中，一个婀娜多姿的女子趴在桌上，剧烈地咳着。她身旁的丫鬟急得抓耳挠腮，红了脸。

“怎么办？小姐又咯血了。”

“这已经是第七天了……小姐既不服药，还拒绝任何人接近，这可如何是好？”

童夜雪“啧啧”感叹：“不知那女子受了什么刺激，连药都不吃。”她刚想离去，却听见有人在喊“放我出去”。

童夜雪有些好奇，循着声音寻了过去。她发现，西厢房中，有一个身材娇小的女子正拉着大门，不停地捶打着。她不断高喊“放我出去”，可除了飒飒风声，再没有别的回应。

而她发现，在这个院子里，这样的屋子一共有四个，每个屋子里都锁着一位少女。少女悲凉的求救声在这个夜晚略显刺耳。她来不及多想，拾起一片竹叶，对着门锁疾射而去。

只听“咔嚓”一声，门锁竟被薄软的叶片给撞开了。

屋内的少女猛地推门，发现门锁已开，久违的清风吹到脸上，守门的丫鬟们不知所终。她愣了一下，随即默不作声地关好了门，冲入夜幕中。

这些被锁的美人们，会由专门的丫鬟伺候。平日里院门紧锁，压根不会有外人过来。然而院内的抗争，却从没有停止过……

都说金黍山庄的黄老庄主义薄云天，三位少主子英明神武，俊朗不凡。可谁又知道，金黍山庄竟锁着七八名花容月貌、性情不同的美人……

听说，这些女子是黄家大少爷从各地搜罗来的美人。说好听点儿是搜罗，其实也就是黄家大少爷看人家姑娘长得漂亮，不管人家姑娘有没有婚约，有没有意中人，直接下聘纳作小妾。

有些人家，贪他黄家的聘礼，允了。

还有些不吃这一套的，黄家大少爷也不二话，抬走聘礼，直接趁着夜黑风高，将人掳了出来，好生安养在府内。

呸!

说什么安养？这分明是禁锢！黄家大少爷将这些美人锁在院内，闲来无事便跑过去“戏耍”一番。

“真是色鬼投胎，坏坯子！”童夜雪最见不惯这样的人，狠狠地啐了一口。

她记得，当年入宫的，原不应该是凰姐。

圣上喜欢凰姐的容貌，不管凰姐是否乐意入宫，便下了圣旨。而害得色坯皇帝看见凰姐的人，恰好是自己。那日，童夜雪听闻圣上微服出巡，非要拉着凰姐去看，结果，圣上一眼看中了凰姐。事后，童夜雪后悔极了，但是也没有好的方法阻止凰姐进宫。

而童夜雪在童家遭遇排挤，有大部分原因是这件事。

谁让她把大伙儿心目中最美的女神，一不留神，推到了皇宫……

从此往后，童夜雪便恨上了色坯。

真不巧。

金黍山庄的大少爷就是色鬼投胎。

哦，不不。

他比色鬼还不如!

这一路上，童夜雪打碎了无数把美人锁，放出了七八个被黄家大少爷强抢入金黍山庄的绝色女子。

好在金黍山庄为了掩人耳目，并没有派人守着这些院子。黄家大少爷大概是觉得她们只是手无缚鸡之力的弱女子，并不怕她们逃跑。

金黍山庄的疏忽，正好成全了童夜雪。

童夜雪一开始还小心翼翼地砸锁，到后面，她发现压根没人管，索性抽出了火红色的长鞭，想也不想，便用长鞭去抽铜锁。

眼见着火色的长鞭即将抽上铜锁，然而让人没有想到的事情发生了。她手中的鞭子忽然被人狠狠抓住。

“什么人？”

童夜雪厉声暴喝。

她用力从那个人手中抽出自己的长鞭。而那个人却用手指示意童夜雪不要出声。看对方的举动并没有杀意，童夜雪放了心。

夜幕中，他二人似乎都不想惊动山庄里的人，当童夜雪想要问“来者何人”时，突然听到“走水了，快来人啊，走水了”的呼救声。她抬眼望去，西院火光冲天，火势越来越猛。

刹那间，似有人捅破了天窗，泼天的大雨劈头盖脸地砸了下来。

分明晴朗的夜空，“轰隆”一声，竟下起了大雨。

闪电在云层间穿梭，宛如蛟龙穿行。

借着这么个空儿，夜幕中的二人分别抽了身子，倒退数步。

大雨将夜色笼上了一层神秘的面纱。

被雨水打湿的衣服黏在身上，很不舒服。

童夜雪气得咬碎一口银牙，举着鞭子，指着来人，破口大骂：“连老娘的路也敢挡，你不要命了吗？”话音刚落，一道闪电赫然照亮天际。借着那道光亮，她忽然看见对方修长宛若银枪的身形以及他脸上那道狰狞中透着煞气的刀疤。

方才理直气壮的小姑娘仿佛被猫咬了舌头，忽然愣了愣，下意识地脱口而出：“怎么是你？”

“你知道我是谁？”

雨水噼里啪啦地砸在身上，顺着雪亮的剑身滴落下来。年轻男子的眉头微微挑起，淡漠的眸光静静掠过女孩的脸。他确定自己从未见过这个面容清秀、稚气未脱的小丫头。不过这丫头长鞭上的火凤图腾，他却是认得的，那是雨枫阁的标志。千绝宫的宫外和正厅，如今还残留着火凤图腾……

虽然他不认识眼前的这位小姑娘，但是他知道，白铁令和乌骨锁的不翼而飞，一定和雨枫阁的人脱不了干系。没想到此番到金黍山庄，他竟然碰上了雨枫阁的人。这真的是意外收获啊！

“没，不认识。”

“不认识？没关系，只要你乖乖把白铁令和乌骨锁交出来就可以了。”

“白铁令？乌骨锁？这些是什么东西？我听不懂你在说什么！”

怎么是宫千九？

他怎么会离开青城，来到临北？

童夜雪忽然慌乱起来。

大雨倾盆而至，她握紧火红长鞭，心中开始盘算起逃跑的路线。可是，来之前就想从金黍山庄顺点儿银钱，此时溜掉，若被后人知道，还不得笑掉大牙。那她一世的英明也就别想要了！

“不交吗？”

男人的嘴角忽然勾出一抹冷笑。

不知为何，童夜雪心中赫然生出一股说不出的寒意。她拔腿欲跑，宫千九却瞬间掠至她身后，劈出一掌，正中她的后颈。

童夜雪还没反应过来，就已软软倒下，再没了知觉。

再醒来时，日光已从窗棂外射入屋内。

童夜雪只觉后颈闷闷地痛，脑袋昏沉得很。童夜雪撑了撑身子，环顾四周，陌生的环境让她有些不安。

这是哪儿？她怎么会在这儿？她最后一眼见着的，应该是宫千九吧？乌骨锁是她顺走的没错，可她并没有顺走白铁令啊！宫千九为何会找她要白铁令？白铁令不是在千绝宫那张桌子上吗？

短短一瞬，她产生了无数个疑问。可她压根想不出这几者之间的关系。

她晃晃悠悠地下床，脚尖刚碰到地面，浑身的力气就像被人抽走似的，“砰”的一声摔倒在地面。

耳畔，传来一个清淡的笑声，这笑声熟悉又陌生。童夜雪好奇地望过去，发现一个清秀的男子正似笑非笑地看着自己。

那人是……

“宫千九！”

童夜雪瞬间清醒过来，睁大了眼睛，惊愕地瞪着坐在椅上的宫千九。

“你的确认识我！说！雨枫阁派你到千绝宫，到底有何目的？白铁令和乌骨锁现在在哪儿？”

似笑非笑的声音里透着说不出的冷漠。

“我真没动过白铁令。”她急急辩解。

她只拿了乌骨锁，真的没动白铁令。

“我还没说什么，你都已经招了！”

宫千九的笑意越发明显。但是在童夜雪看来，那笑意里藏着满满的杀意，她禁不住打了个寒战。

“那玩意儿，不是用来号令青衣卫的吗？”她喃喃自语。

“谁告诉你的？”宫千九冷然道。

“若不是用来号令青衣卫，你何必追查到底？你若不告诉我白铁令的作用，你便是杀了我，我也不会多说一字。”童夜雪抬头，不管不顾地说。那么多的疑惑盘桓心间，她决定拼死也要问出白铁令的用途。

“嘴硬的丫头。”

宫千九冷笑一声，拂袖而去，大门被他“哐当”一声狠狠地砸上了。

他就这么离开了？难道不怕自己跑掉？

童夜雪看着宫千九离去的方向沉思，而后小嘴禁不住张成了个小小的圆圈，惊愕无比。旋即，一股喜悦涌上心间，他离开还不好吗？这不是为她逃跑创造条件吗？

小妮子喜滋滋地想着，泥鳅一样从床上溜了下来。

然而，她动作进行到一半，就被一股神秘的力量牵扯住了，动弹不得。

她诧异地低头——自己的脚踝被一副铁链缠得紧紧的，稍微一动疼痛就传遍全身。

刚才，在这儿的只有宫千九。

能用这么毒辣的方法禁锢自己的人，也只有宫千九。

他他他……在千绝宫中，他可以告诉自己他无耻的举动，是为了确定自己是否是姬蒲老人的弟子。一山之主嘛，谨慎点儿无可厚非。何况，当时她的确无法保全自己。

可现在呢？

新仇旧恨纷纷涌入脑海，童夜雪愤怒了：“啊——宫千九，你这个阴险小人，有本事明着来，老——娘——和——你——单——挑——”

震耳欲聋的尖叫声赫然响起，惊飞了屋外树上无数只色彩斑斓的鸟儿。

门外，传来男子狂放不羁的笑声。

环顾四周，除了薄被，真的是连一件像样的物件都没有。

就这样，别说单挑，她跑都跑不出去。

都这个时候了，不知为何，她竟然回想起自己原先在岐州说天书的那些日子。在说完最近流传甚广的《白娘子》《化蝶》《七仙女》《牛郎织女》等不知打哪儿流传出来的，却广受大家好评的剧本以后——

她听到有人说：白娘子故意下雨骗许仙的伞，祝英台十八相送时装疯卖傻调戏梁兄，七仙女挡住了董永的去路，牛郎趁织女洗澡拿走她的衣裳……这些故事告诉我们：伟大爱情的开始，总归得有一方充当“小人”。

可难道在一段江湖追杀中，也得有一个背后下刀子的“小人”？

那锁链好像有机关，无论童夜雪怎么做，它都纹丝不动。看来，只有宫千九才有打开这锁链的方法。

打不开锁链，童夜雪只能抱着薄被坐在床上。

“怎么？想通了？”

宫千九推开门，手中拿着一串明晃晃的钥匙，似笑非笑地看着她。

“嗯。想通了。”

童夜雪眼睛眨也不眨地盯着他手中的钥匙，你以为她不想去抢啊？

鞭子都不知道被宫千九藏到哪儿了。床上横竖看去，就一床薄被，她倒是想破釜沉舟，搏上一搏，可试过的结果不尽如人意，不仅没抢回钥匙，反而让宫千九看足笑话。

想到这儿，小姑娘就忍不住狠狠地撞墙。

苍天啊。

大地啊。

原来在千绝宫时，她怎么就没发现宫千九骨子里如此无耻的一面。

如今，小妮子学精了，不再乱动，老老实实地坐在角落，听他说话，立马用力点头，晶亮的眸子里含着两行热泪。

“很好。”

宫千九对童夜雪的表现很满意，嘴角勾起一抹微笑。

童夜雪禁不住看呆了，口水“啪嗒”一声流了下来，下意识道：“你应该多笑笑。”

“嗯？”宫千九疑惑。

“很好看啊。”童夜雪想也不想地回答。

年轻男子手指微动，弹指之间，一道气波破开了空气，准确无误地弹在了童夜雪的脑门上。

“名字？”宫千九问。

“童夜雪。”童夜雪答。

“年龄？”宫千九再问。

“十六。”童夜雪再答。

“乌骨锁和白铁令？”宫千九终于问到最要紧的地方。

“不知道。”童夜雪想也不想，给了他一个他最不想听的答案。

宫千九转身就走。

童夜雪愤怒地大叫：“说了没有就是没有，你就算问我几百遍也没有啊，不过有一个人，倒是有可能知道白铁令和乌骨锁在哪里。”

方才已经踏出门槛的年轻男子长袖一掠，瞬间移到了她身边，眼底闪烁着冰冷的光芒。

“说来听听。”

“你把钥匙给我，我带你去找他。”童夜雪坐在床上，摊开双手，用略带哀求的眼神看向宫千九。

“不给。”

“你若不信，我与你一起找到白铁令和乌骨锁，再分道扬镳。”

“你若骗我？”

“师父说我虽然嚣张跋扈，却有一点好处，那就是重诺。”童夜雪昂着头，不服气地说。她想先稳住宫千九再说，反正乌骨锁就在自己身上，等到解开了乌骨锁，取出了宝藏，还他个锁倒也没什么，至于白铁令，尽人事听天命喽。

宫千九目光复杂地看着这个倔强的小姑娘。从她眼中，他看见了猎猎的火焰，看见了坚定不移的光芒。

宫千九抬起手，将那串明晃晃的钥匙扔在床上，头也不回地出了门。

半炷香过后。

红衣女子夺门而出，从腰间抽出长鞭劈头盖脸地朝着宫千九的身上抽来，鞭影若蛟龙出水，带起“噼啪”的火光。

宫千九脚步从容地游走在鞭影中，却依然中了几鞭。

年轻男子并不出手，只是淡漠地躲着鞭影，冷然笑道：“小姑娘红口白牙一张嘴，孩儿脸，说变就变。方才应我的时候，何等信誓旦旦，这才眨眼的工夫，立马就反悔了。”

童夜雪抿紧了唇，咬着牙，一字不答。

半炷香的时间里，童夜雪已抽出了几百鞭，然而抽中宫千九的，只有寥寥几鞭。

听到宫千九这么说，童夜雪愤怒极了。她收了鞭，盯着宫千九一个字一个字地说：“我只说过陪你去找白铁令和乌骨锁，可没说过你限制我自由不需要付出代价。虽说江湖女子不拘小节，可我这亏吃得太大了，你自己看着办吧。”

语毕，童夜雪头也不回地往外走。

走了几步，她发现身后的那个人并未跟上，她回头，明丽的小脸上写满不耐烦：“你走不走啊？再不跟上，我可先走了！”

她没有惊人的美丽，那一张圆润的小脸仅仅算得上清秀而已。

可她浑身却散发着明亮洒脱的气质，令人移不开眼。

金黍山庄外，无数个女子哭喊着。

她们哭得撕心裂肺，那么悲惨的哭喊，终是惊动了路人。

五大三粗的家丁护院举着棍子，劈头盖脸地朝跪在地下的丫鬟抽过去。

从早晨一直打到了晌午——

一些体弱的丫鬟直接被打得昏死过去。家丁端了一盆冷水将她们泼醒后丢到一边，又从府里拖出一批丫鬟继续打。路人看不过去，上前替丫鬟们求饶。谁知那家丁一脚将来人踹倒在地，又啐了一口。

周围人看不过金黍山庄的做法，又不敢上前制止，只能去衙门报官。衙役来了一拨又一拨，可是还是不能制止家丁护院的恶行。

金黍山庄的大少爷抬了抬眼，看了看眼前的衙役，轻描淡写道：“这些丫鬟都是我黄家花重金买下的，是死是活，都是我黄家的事，官爷还是莫管闲事的好。”

再逼急了，他只说丫鬟们犯了错，不打不长记性。

问到犯了什么错，竟要将人往死里打。黄家大少爷面上怒色登现，再不说一句话。

可惜隔墙有耳，黄家一晚上丢了八房侍妾的事，早已传得纷纷扬扬、满城风雨。他黄家大少爷到底有多苛刻侍妾，才会闹出这般大的动静？

凉茶摊内，宫千九、青觞和童夜雪正坐着喝茶。

一开始青觞并不想见宫千九。他将童夜雪骂了一顿，说自己的易容术虽然厉害，但未必能瞒过宫千九的眼睛。若是让宫千九知道自己隐瞒身份，在千绝宫一人分饰两角儿，那么他的小命就不保了。童夜雪倒是淡然，手一摊，红口白牙那么一张：“怕什么？有我呢。”

一句话，便担下了所有的事。

青觞了解童夜雪的为人，不再多说。于是两男一女达成了共识，结成了同盟。

听见金黍山庄传来的哭喊尖叫，童夜雪下意识就要拿鞭冲进去抽飞那群坏事做尽的纨绔子弟。

然而，她刚刚抽出鞭子，手却被人按下了。

“你拦我干什么？”

“你已经惹下祸事，难道你还想惹更大的麻烦吗？”宫千九淡漠道。

“什么意思？”夜雪怒问。

那晚，青觞从宫千九口中得知童夜雪去了金黍山庄，还抽烂了许多的锁，打开金黍山庄的宅门，救出了许多女子。青觞虽然佩服童夜雪的勇气，但是冥冥之中觉得这件事不会就这么了结。

如今，他看着这些被抽打到遍体鳞伤的年轻丫鬟们，轻轻叹了口气……

“宫主说得不错。你虽然救了那些心不甘、情不愿被掠入山庄的姬妾，却没有意识到事情的严重性。主子不知所终，做奴婢的定会承担责任。黄家大少爷找不到姬妾，只能将怒气发泄在丫鬟们的身上。这世上不是所有的事情都能靠着鞭子和功夫解决。”

青觞的话音刚落，童夜雪便呆住了。

她的脑袋仿佛被什么狠狠击中，是她错了吗？

她低着头，不再说一句话。

青觞看不见童夜雪的表情，却能猜到她现在的心情。她肯定在怪自己，埋怨自己。想到这儿，青觞有些后悔说了那些话。

童夜雪的确在埋怨自己，她恨自己为什么不能三思而后行，为什么要意气用事。耳畔传来丫鬟们的哭喊：“少庄主，饶命啊，奴婢不知……真不知小姐为何会不见……”童夜雪握紧双拳，肩膀微微耸动。

她抬起头，定定地看着金黍山庄，看着那些被丢弃在山庄门口的丫鬟们。

看热闹的人越来越多，这事已经闹得整个临北鸡犬不宁。

“真是作孽啊！黄家大少爷何苦要为难下人啊！”

“可不是嘛。”

“苍天有眼，必叫金黍山庄自食其果，叫黄家恶畜不得好死。”人群中，一个身着黄衣的女子，淡然道。

她的声音很小，却如同尖锐的针刺进了血肉，叫人冷不丁打了一个寒战。

“你疯了？你好不容易逃出来，现在难道要自投罗网，再去那个吃人不吐骨头的毒窑？”有女子压抑了愤怒与恐惧，小声劝道。

“总比那几个伺候我的丫鬟被活活打死的好。纵是他们能够只手遮天，为何要草菅人命？黄家到底有多么庞大的势力，庞大到连官府都不敢管这些闲事？”黄衣女子愤愤道。

说罢，黄衣女子冲出人群，张开双臂，护住了被打得遍体鳞伤的丫鬟，又对家丁说了些什么。

不一会儿从门内步出个看似英俊，眉眼间却透着淫邪气息的年轻男子。

那男子大手一挥，一众家丁蜂拥而上，想去扶住黄衣女子。但黄衣女子冷眉一扬，一把挥开了诸家丁。她扶着那几个被打得只剩半条命的丫鬟，一步步又回到那个暗无天日的牢笼里。

是啊。

为何？

黄家为何如此猖狂？强抢民女，逼良为娼。官府的人即使将案子一层层递到了上面，可上面却三缄其口，一而再、再而三地将案子压下。

童夜雪的心头涌上一股说不出的悲痛。她想要用长鞭抽死那些衣冠楚楚的禽兽败类……然而，却有一股神秘的力量按住了她的肩膀，让她动弹不得。

是。

宫千九没错，青觞说得也没错。

这些丫鬟之所以会被活活打残、打死，全是因为自己。

她凭着一腔快意，夜探金黍山庄，自以为救出了许多落难的无辜少女……却不知兜兜转转，命运终将回到原点。

她放走的姑娘，都是好人家的女儿，心思单纯得宛如白纸。

她们不忍服侍自己的丫鬟受到这样的惩罚，一个、两个、三个……一个个竟又回到了那个冰冷无情的牢笼里。

她自诩有盖世武功，却连一个普通的弱女子都救不得。

一滴不甘的泪，猛地砸落脚面……

宫千九和青觞震惊地看着她。他们都没想到快意恩仇、笑容明丽的童夜雪竟然会为了一些无关紧要的人落泪。

童夜雪的眼泪一滴滴砸向地面，也砸在他二人的心里。

宫千九走到童夜雪面前，看着那个默默流泪的女子，下意识地说："快把干粮吃了，吃完我们好赶路。"什么嘛？不是应该安慰一下童夜雪吗？怎么扯上吃干粮和赶路了？宫千九实在不明白自己为何要这么说，只能顺着话给童夜雪递去干粮，又给她添了一杯茶。

三个人默不作声地吃着，空气中只有茶杯撞着盘托发出的轻微脆响。

就在这时，忽然有人踉跄地冲到茶摊边上。被茶摊边的石头绊了一下，那个人狠狠地摔了出去，发髻散乱，狼狈不堪地倒在路边。她身后是刚刚在山庄门口施加暴行的黄家护院。

“不自量力。还想再逃吗？被抓住了吧，快滚回去！”

一声暴喝，方才摔倒在茶摊边的少女尖叫着，大声哭道：“不，不要抓我，你们认错人了！真的认错人了！”

“十四姨太，都是在少主子手下讨生活的，您也就别为难大伙儿了。抓没抓错，您的心里没数吗？”那几个虎背熊腰的大汉一把将她拎了起来，架着她直接就往金黍山庄而去。

“不，我不要回去……放开我，放开我……”少女泪流满面，拼命捶打这群野兽似的家丁。

她头上的珠钗滑落下来，“啪”的一声落在一直低着头猛啃馒头的童夜雪的茶杯里。珠钗激起的清水茶末，溅到了童夜雪的眼角。

童夜雪抓着干粮的手骤然握紧。

宫千九和青觞二人心里“咯噔”一下，暗自叫了声不好。

果然，只听“砰”的一声，方才一直安安静静吃饭的童夜雪倏地起身，厉声喝道：“你们这帮衣冠禽兽，老娘忍你们很久了。”紧接着，她便从腰间取出长鞭，向着家丁的方向抽了过去。

那些家丁护院只觉眼前一耀，吓得纷纷后退几步，也顾不得管自己手中拎着的少女。

眼见那可怜的女孩就要跌倒在地，童夜雪绷直了长鞭，牢牢缠住她纤细的腰肢，再一用力，那少女竟生生被扯了回来。也不知童夜雪安的什么心，被扯回来的少女，竟稳稳跌落在一脸无奈的青觞怀里。

“什么人？连金黍山庄的闲事也敢管，活得不耐烦了吗？”家丁们愤然咆哮。

童夜雪收回鞭子，脚下一蹬，整个人分外利落地跃了出去，稳稳落在茶摊边，似笑非笑地看着那群气急败坏的家丁。

“难怪金黍山庄惹上了仇家，过不得九月十五。你们这般没长进的奴才，和坏事做尽的黄家少爷，活该被人寻仇！”话音刚落，周遭人纷纷倒吸一口冷气，惊愕地看着茶摊边笑容可掬的红衣姑娘。

“姑娘，这话可不能乱说。”

“被金黍山庄的少爷们听到了，你可要惹麻烦了。”

好心的围观群众一个个惊声劝道。

童夜雪也不管。

她笑着指着家丁护院中为首的那个人，高声道：“叫你们家少主子出来。”

“我们家少主子有三位呢……”

“寻姬妾、答丫鬟的少主子是哪位？我要见他！”

童夜雪猛地一挥鞭，扬起黄沙阵阵。

分明是不过五尺长的软鞭，在她手中，那软鞭仿佛吞吐着光焰。童夜雪挥舞着长鞭狠狠抽在了护院身上。那护院只知鞭影袭来，还没反应，身上已经出现了血淋淋的伤口。其他的家丁护院也一样。他们都没想到那鞭影带来的劲风，竟有如此威力。他们被童夜雪吓到，几人登时踉跄而倒，跌坐一团。

被救出的女子好像吓傻了，跌坐在青觞怀中，只知道哭。青觞劝了那女子几次，暗示她别赖在自己的怀里。谁知，那女子哭得更厉害了。

直到……她抬头看见宫千九从眼角一直劈到下颌的伤疤。

旋即，高亢的尖叫声骤然贯穿云霄。

她慌忙从青觞身上下来，一直后退，退到宫千九看不到的地方，停了下来，大口大口地喘着粗气。

宫千九早就习惯了女子见到自己脸庞后的反应，并未在意。

反倒是青觞，禁不住同情地看了他一眼。

当初在千绝宫，有一名唤藏月的美丽女子对宫千九投怀送抱。然而，藏月是什么来头，宫千九怎么会不知道。寻常女子见到宫千九，避退三舍，唯独她，一直围绕在宫千九身边。

表面上看，这个名唤藏月的美丽女子爱慕宫千九，实际上，她充满爱意的眼神里还有着深入骨髓的恐惧。

江楚义花大心思买通这么个天生媚骨的美人，让她使尽浑身解数去勾引宫千九。他这么做的目的大概是夺取乌骨锁吧！

江楚义以为自己做得滴水不漏，做过什么无人知晓。却不知宫千九早就识破了他的真面目，更知道了藏月的来历。

若不是藏月的存在太过突兀，青王爷又岂会知道他“八拜之交”的“兄弟”江楚义捅下了大娄子，又怎么会花千万黄金，用美酒玉人为“兄弟”弥补。

当日，鬼手受邀去解乌骨锁，发生了断指明志等诸多事……

别的，青觞管不着，也不想管，却听鬼手说对了一点——皇族子弟个个薄情寡义，亲生的兄弟都能争出乱子，何况是外族人，能让青王爷卖三分薄面，绝不是什么八拜之交。

这话儿说得偏激，却不无道理。

看见没，那被救少女见到宫千九的反应，才是最正常的——失声尖叫，避犹不及！

然而，纵然心底翻起了巨浪，可青觞一双清亮乌黑的眼眸却压根没看宫千九和那个被救少女。

他双目眨也不眨地盯着童夜雪。生怕童夜雪双拳不敌四手，吃了暗亏。

“我说过，叫你们少主子出来。就你们这身板，还不够老娘练鞭子的！”

稚气未脱的红衣少女，骄傲地扬着下巴，厉声逼喝。

在她身后，仿佛有展开双翅的火凰，那火凰燃着焚尽世间一切污秽的明丽火焰。纵是宫千九和青觞二人也被她的气势震住了。他们禁不住侧了侧目，仿佛要避开她的锋芒。

“这丫头如此张扬任性，回风城还不知道要惹多少祸事。”

“当务之急，是如何避开这次祸端。”

青觞眉头紧缩，眼底是掩藏不住的担忧。

按说，就算青觞此刻身负重伤，余毒未清，无法发力。但眼下，他这个千绝宫宫主和雨枫阁关门弟子都在金黍山庄外。

金黍山庄，也许财势惊天，却也只是普通人家。

当年，千绝宫的四长老在年轻时，便能以一人之力屠尽整个村落。虽说此事透着说不尽的血腥与残暴，但也间接说明了寻常百姓的不堪一击。

如今，青觞为什么如此担忧?

宫千九禁不住转头，看向这个皮肤黝黑的少年：“你还瞒了我什么？”

青觞愣了一下，没料到宫千九会问他这个问题，他下意识地别过头：“我不知宫主此言，是何用意？”

“金黍山庄背后的东家，到底是谁？”

青觞赫然咬紧了牙，死死不愿多说一字。

宫千九逼问道：“你不说，便是要与我为敌了？”青觞沉默许久，终于静静叹了一声：“有些事，你还是不知道为好。知道得太多，会惹祸上身。”

“你寻月锦，就不怕交待掉一条小命吗？”宫千九淡淡丢出一句。

仿佛被这句话震慑住了，青觞猛地抬头，惊愕地看着宫千九。

“姑娘！别，别打了！小人也是与人为奴，少主子……少主子就在里面，容小人前去禀报！”

童夜雪并没有对他们痛下杀手。

可饶是这样，这群人也受不住了，翻滚在地各种讨饶，看得围观百姓哈哈大笑，拍手称快。

听那护院这么说，童夜雪笑了笑，跃身下来，道：“何必禀报，你引我去不就得了。”

“是是是……”

那护院连忙称是，没两下工夫就请出了金黍山庄的黄家大少爷。黄家大少爷是个身长七尺的英俊男子。他见自家护院哭丧着脸回来，当即一脚踹去：“叫你们去寻人，怎么都回来了？黄家养你们，不是让你们吃饭不干事的！”

他没察觉到护院的脸色，正待厉声再骂，一条冰凉的鞭子已顶在他的颈上。

童夜雪稚气未脱的声音带着笑意。她脆生生道：“黄家少爷，强抢民女，也不怕遭天谴？”

“敢开本少爷的玩笑，活得不耐烦了！”

黄家大少爷还当谁在玩笑，一转头，忽然撞见一双笑盈盈的漆黑眸子，那一张清秀的小脸上有着令人胆寒的气势。再一低头，一条火红色的鞭子，正温柔无比地抵在自己的脖子上。

“啊——”

黄家大少爷被吓得屁滚尿流。

没有人知道后来发生的事，所有的家丁护院都被撵了出去。诸人都认为黄家大少爷被童夜雪盯上，不死也会丢掉半条命。宫千九和青觞二人，也担心童夜雪，生怕她闹出不小的麻烦。

黄家的老爷，以及其他两位少爷都赶来了。

然而，童夜雪命人关紧了院门，不放一人进来。并放出话，若有一人进来，黄家大少爷必横死当场。

宫千九和青觞不在乎那位坏事做尽的黄家少爷是死是活，刚想抬脚去寻童夜雪，就被黄家其他的人拉住了。黄家老爷双眼含泪，拉着宫千九和青觞，说什么都不让他们踏出房门半步。

他们原本就没准备在金黍山庄惹事，只是担心童夜雪闹出人命，不好收场。但是，听童夜雪的意思，应该并不想要黄家大少爷的性命。

是人总要吃饭。

第一天，院内的童夜雪直接开出了条件，要吃兔子，还要活的。

她话音落下，里面立刻传来黄家大少爷的迎合声：“是是是，按姑娘说的去做。”

于是，几只兔子被送来了。

童夜雪和黄家大少爷吃了两只，剩下的烤熟了送给了外面的宫千九和青觞。

第二天，童夜雪又提出要吃蛟肉，越毒越好，越凶越好。

黄家大少爷虽然有些虚弱，却依然张牙舞爪，凶狠狠地吼着诸人快去准备。

与第一天一样，没吃完的送给了宫千九和青觞。

两个人面面相觑，都不知道童夜雪的葫芦里卖的是什么药。

第三天，要的是野猪。

这时候，黄家大少爷的声音明显弱了许多，没有原先那么凶了。

两百来斤的野猪被人抬进院里，扔在地上。

第四天，大家都在猜夜雪姑娘这回要吃什么。

但第四天，童夜雪已经走了。

而宫千九和青觞仿佛是约好一般，一大早就不见了人影。黄老爷心下剧恸，大喊一声“我的儿啊”，踉踉跄跄冲入了院中，就怕看见一具冰冷的尸体。然而，黄家大少爷好端端地睡着，别说受伤，就连一根头发丝儿也没少。

当得知童夜雪走了的消息后，黄家大少爷大大地松了口气。

所有人都认为大少爷会怒，会火，会怨恨。可谁也没想到，大少爷仿佛再也不想回忆起那三日的事情，更别说去黑市悬赏暗杀童夜雪了。

不管这个，大少爷到底是色鬼投胎，什么时候能少得了女人啊？那些放出去的姬妾体态婀娜，容貌绝艳，他为了这些少女，使了多少手段啊！

大家都认为大少爷在童夜雪走后会大展雄风，追回“损失”。

可又一件让诸人跌破眼镜的事情发生了。

大少爷挥挥手，再不提金屋藏娇的事，连山庄里美貌的丫鬟，也不再看一眼。无欲，自然不怒，那些侍奉美人的丫鬟们也捡回一条小命。

坊间都传，童夜雪会使蛊毒，能用巫术，她可以使一个人大变样。打个比方，你平生若是最喜欢喝酒，那么她使过巫术后，你就会不爱喝酒了。你平生最喜欢金银，那么她使过巫术以后，你也不喜欢金银了。

黄家大少爷平生最爱什么？

可不就是美人嘛！

如今您瞅瞅，他哪里会在意这些如花似玉的美人。他现在将美人当作了洪水猛兽，避犹不及。

这蛊术好不好？

有人说好，有人说不好。

说好的，只说人的万恶都被斩尽，无痴无狂，无欲则刚，自然能做一个好人。

说不好的，却道人生在世，若连一点儿痴恋都没有，那人生还有什么意思？

然而，无论坊间怎样传这些事，童夜雪都一副“与我不相干”的态度，没有一点儿当事人的自知。

青觞说能解开乌骨锁的人在牧州，她只希望快些到牧州，处理完乌骨锁的事，然后早日回风城找到月姨娘。

本以为多了一个人，行程将会放慢。

然而，宫千九的马是踏雪宝马，一日千里。原本与青觞赶路，她还要顾及青觞的伤势，不敢太快。但自从宫千九加入以后，他直接带着青觞共骑，在羊肠小道上，只见两骑绝尘，扬起黄沙滚滚，竟比两个人赶路还要快上几分。

可自从出了临北——

青王爷的势力瞬间复活了，无数的江湖人似乎找到了追踪的目标，一路而来，大小激战无数。

童夜雪只知青觞暴露了行踪，却不知他到底得罪了谁。

而童夜雪只要一向青觞问起追杀他的人是谁，青觞脸色便会大变，她便不好意思再问下去了。

青觞的仇家是谁和她有什么关系呢？反正青觞带她找人解开乌骨锁，她护他一路便是。

三个人一边赶路，一边应付着无休止的刺杀。童夜雪担心青觞的伤势，而她一人照顾青觞略显吃力。这时候，童夜雪就庆幸自己身边有宫千九。

自己解决不掉的麻烦，宫千九总能解决。

每每都是她带着重伤未愈的青觞从血海中突破重围，而武功谋略皆在她之上的宫千九在后面引开那些江湖人。

第九章 危机四伏

越往牧州，嗅着血腥味追来的高手就越多。

旭日东升，平坦的官道出现了两抹黑点儿。

很快，那黑点儿愈行愈近，从两条岔道上汇集到一处。仔细看，才发现那黑点竟是两匹受了伤的踏雪宝马。

不知经历了多少次的生死搏斗，踏雪宝马的身上血迹斑斑。

而马背上的人也没好到哪儿去。他们像从泥巴坑里滚了一通似的，浑身上下沾着殷红的血迹。

童夜雪翻身下马，殷红的血迹和她的红衣融为一体，她踉跄地走了几步，倒在路边，大口大口喘着粗气。

“这些都是什么人？他们莫非都属狗？可是再属狗也不会有那么灵敏的鼻子啊？老娘逃了七天了，连个安稳觉都没有睡过，连个澡都没有洗过……”童夜雪大咧咧躺在路边，全然不顾宫千九和青觞的目光。

她是真的疲了，这七天她几乎是在马背上度过的，饿了就啃路边的果子，渴了就喝河里的水。

七天不眠不休，就算是个男儿也吃不消啊。

宫千九望着躺在地上的童夜雪，淡淡道：“追上来的这些人都是江湖高手，所以更熟悉我们赶路的方向。我们一开始就走错了方向，从今天开始，我们直接走官道……”忽然间，正说着话的宫千九一把握住了童夜雪的胳膊，脸色瞬间沉了下来：“你受伤了？”

“才没有！有你断后，追上来的只是些小角色，老娘的鞭子不眨眼，总会揍残那么一些人。这是他们的血。”童夜雪想也不想地抽出自己的手腕，不以为然道。

青觞立在童夜雪旁边，笑着说：“宫主不必担心她，这猴子似的主儿，若不是青王爷麾下的‘影刃’倾巢而出，谁伤得了她分毫？只是……”

说到这儿，青觞的声音轻了下来，略有担忧地看向宫千九，轻声道：“你的伤真的无妨？”

他话音未落，就在男人咄咄逼人的目光下自动噤声。

“朗月坡附近有一处极好的泉水，我暗中调动了青衣卫拦击了一批追杀者，所以这几日追来的人少了很多。如今，趁着那些人自顾不暇，我们倒是可以去泉水中净个身，免得到了风城，灰头土脸的连门都进不去。”

他正说着，躺在地上的童夜雪一个鲤鱼打挺蹿到了宫千九面前。

她眨着大大的眼睛，惊愕道：“不是说调动青衣卫容易暴露身份，敌人也会越发谨慎吗？出了什么事，竟到了不得不调动青衣卫的地步？”

她还想再问下去，一个羊皮水袋丢在了她的脑门。

“喝你的水吧！大人的事小孩儿少打听，小唠叨！”

童夜雪本是关心，竟被宫千九用羊皮水袋砸中了脑门，当即打开水袋，“咕噜咕噜”灌了好几口水，解了渴后，狠狠啐道：“你才是小孩子，你才唠叨，你们全家都唠叨。”

宫千九像没听见一样，伸手将她的马拉过来：“这边。”

“喂喂，宫千九，你可不可以除了说事，平时多说几句话啊？天天就见你默不作声的，你是从冰窟里出来的吗？”

青觞在旁边沉默地跟着，心中苦笑。

他也不常说话。

为何童夜雪就看不见？

他眼见着童夜雪追着前面牵马的宫千九一蹦一跳地跑了过去，心中顿时涌上一股说不出的苦涩。

论容貌，自己若为六分，那宫主只会为五分。宫主脸颊上的伤疤，是个女子都会害怕，而自己……虽然易了容，却依然清秀。否则，当日那被救少女又怎么会赖在他怀中不肯起身。

论才华，宫主除了舞刀弄枪，还会什么？可他青觞却是琴棋书画，无一不精。

论地位……他现在的确是没什么地位，然而在被灭门之前，他也是堂堂相府嫡子，拥有着最尊贵的血脉。

青王爷……是青王爷害他一无所有。

青觞不由自主地握紧双拳，暗暗发誓，定取青王爷人头，为家人报仇。

朗月坡的泉水叮咚作响，氤氲的水汽在林中袅绕浮上，茵茵树林中，草木葳蕤，小兽在草丛中奔跑，发出窸窸窣窣的声音。

谁都想不到，大片浸着湿意的草丛里，竟会有这么一泓润着眼帘，仿佛连灵魂都要吸进去的泉水。

泉水旁巨大的藤蔓从老树上垂下，恰好将潺潺流淌的泉水分成了两路，一路朝北，一路朝南。

童夜雪一看见这泓泉水，眼睛都直了。她兴奋地拍手大笑，露出了两排雪白的牙齿，欢呼着跳了进去。

可她刚一入水，就像想到了什么似的猛地回过头，似笑非笑地瞅着两个同样挺拔的男子，嘿嘿笑道："请两位暂时回避。"

青觞到底年轻，清秀的脸上瞬间燃了起来，"唰"地红了脸。他惊慌不迭，立马转过头。

宫千九没说什么，只是淡淡地望了一眼童夜雪，默默地转过头。

这俩男子无一不是惊才绝艳、顶天立地的好男儿。除了宫千九不近女色之外，青觞可是从来不乏女人为他投怀送抱。可不知为何，他竟会在和童夜雪相处的路途中，产生一种说不清道不明的感觉。

宫千九和青觞二人怀着自己的小心思，各自离去。

见那两个人的影子消失在视线范围内，童夜雪这才开心地解衣戏水，快活地将清亮的水珠往脸上泼。

她洗得快活，全然不顾那两个男子的感受。

宫千九和青觞虽说守在远处，但是他们怎么说都是血气方刚的少年，听力极为敏感。所以他们听着"哗啦"的水声以及少女银铃般的笑声，神色……也禁不住有了几分不自在。

青觞到底是少年心性，没有宫千九沉得住气，当即喊道："童夜雪，你给金黍山庄的大少爷使了什么迷汤，竟让他放了姬妾，不责丫鬟。难道，你真的和坊间传闻一样，会使巫术？"

他说得那么义正词严、有理有据，好像真的有话要问，其实他不过是为了掩饰自己的尴尬。

宫千九淡淡地看了青觞一眼。

宫千九的这一眼，竟让青觞的脸颊迅速红了，火烧火燎的。他当即有一种隐私被人看破的无措。

童夜雪显然不知道青觞说这些话，打的是什么主意，还当他真心疑惑，当即从泉水中探出个湿漉漉的小脑袋，大声笑道："你觉得雨枫阁能有这样的迷药吗？"

清脆的声音，格外悦耳。

青觞听着童夜雪如此爽朗的声音，心情也着实欢快起来："雨枫阁最厉害的迷药，不过让人失去记忆，可看那黄家少爷的模样，并不像是失忆。"

"那不就得了。"

"那你第一天要兔子，第二天要蛟，第三天寻野猪，又有什么用？"

"第一天，我让他逗兔子，逗到最后，兔子急了，也会咬人。折腾了一天，他吃痛，第二日自然气虚。

“第二天，我拔了蛟的毒牙，但他并不知道。他胆战心惊地惹那条蛇，每每在那条蛇快要咬到他时，我都会将蛇隔开。他饱受惊吓。

“第三日……呵呵，寻常人对着一头野猪都会受伤，何况弱不禁风的黄家少爷……反正不会伤到他就是了。

“我只是叫他知道，穷鼠噬狸，困兽犹斗。兽犹如此，何况是人。那些少女并非心甘情愿地跟着他，他纵然可以用各种手段将她们弄回庄园……可万一枕边人一刀戳去，他就一命呜呼。

“黄家大少爷虽然淫邪可憎，却是个聪明人。你们都说不能惹金黍山庄，救了一个死两个，我哪敢硬拼。如今看来，我的方法还是管用。”

说话间，鸟雀拍翅而飞，在林中散落空灵悠长的叫声。

“你就不怕……”

“怕什么？”

少女笑着拍打着水面，这种洗净浑身血迹的舒爽感令她欢喜不已。她压根没注意到少年嗓音的变化。

还是宫千九，骤然如电的目光掠向青觞，发现了他的反常。

“童夜雪，你什么时候洗好？”

宫千九阴冷的声音骤然响起，将青觞近乎迷乱的思绪惊醒——这会儿，就连青觞自己都察觉到有什么地方出了岔子。

“好了好了。真是的，催什么啊？”

小姑娘已洗净污垢，换好了衣服，重新站在二人面前。她宛如发光的宝石，闪烁着耀眼的光辉。

“难道是……”

青觞一把抓住宫千九的手臂，定定地望着他。

他面上的燥意不仅未退，反而越发明显。宫千九看着抓着自己手臂的那双手，斩钉截铁地回答：“没错。”

青觞的心登时沉了。

“不要让她发现。”他跌坐在路边，一连喘了好几口气。他这么骄傲的人，就是在青王府、千绝宫中为青王爷和宫千九办事，都是疏狂肆意，从不曾哀求过谁。

可今儿个，他为了不让童夜雪看见自己狼狈的模样，竟放下身段去乞求一个自己本就不屑的人。

额上沁出了些许冷汗，他担心宫千九不会帮自己。可眼下他无人可求，只能拜托宫千九。

令他没想到的是宫千九竟然低低应了一声“嗯”，然后，那年轻男子看都不看童夜雪一眼，一把扯着青觞，就朝着树林深处而去。

“啊，原来你俩怕脏啊。”

看着二人匆匆没入林间的背影，童夜雪禁不住失声笑道。

到了树林深处，宫千九指如闪电，飞快地点了青觞身上的穴道，然后从怀中掏出解毒的瓷瓶，倒出解药，想也不想地直接喂青觞服下。

紧接着，宫千九运功逼出了青觞体内的毒素。

“这毒是昨天在茶馆沾上的？”他问。

“嗯。”宫千九应了声。

“茶水分了三杯，为何你与童夜雪就没有事？”

“毒由心生。此毒名唤媚心蛊。在十二个时辰内，倘若你清心寡欲，自然无妨。可在她沐浴时，你起了邪念，那些毒登时在血液中苏醒，你才会险些失控，铸成大错。幸亏发现得早，否则当毒液蔓延心间，你必死无疑。”

说这话时，宫千九的脸上依然冷冷冰冰，没有任何情绪。

然而青觞却知宫千九虽然没有表情，却并非没有心。只是他把心事藏得很深，深到连自己都无法触碰。

忽然间，青觞心底涌上说不出的愤，说不出的怨。

眼前的男子，为何能淡然？

他与自己相比，又好到哪里？

青觞不动声色地绷紧手指，咬着牙，豁然抬头，露出一双如孤狼般不甘的目光，他道：“难道你的内心就不曾有一丝的波澜？”

宫千九此时的模样一点儿也不英俊，他身上到处是干涸的血迹和灰尘，然而在这苍茫的天地、静默的山林中，满身沧桑的男人却透出了别样的硬朗。

他有坚挺的胸膛，巍峨高山似的胸怀。

他转身。

那背影也如西昆仑最为高耸挺拔的雄山。青觞愤然——这个处处不如他的男子，凭什么能如此淡然？

宫千九不知道青觞在想什么，只是一言不发。

他没有越过青觞，去望童夜雪，只是直接脱掉外衫，露出古铜色的肌肤，清洗着身上的污垢与血痕。

青觞这才发现在他贲张宛如石头的肌肤上竟满是刀疤。那刀疤纵横交错，狰狞得如深褐色的蛟，可怕地盘桓在他肌肉结实的身体上。

新痕和旧伤交错在一起，翻着血肉，水中渗出一缕缕的鲜血。

青觞看着宫千九的伤痕，突然从脑海闪过的想法，令他整张脸都白了——宫千九是在这次追杀中受的伤。

是……他一开始担心宫千九面对诸多高手，会受伤。但是询问之下，宫千九只说无妨，他便没往深处去想。

可如今，这伤显然不轻，新伤砍在已经愈合的旧疤上，显得越发可怕。

眼前这个男人竟沉默地担下了所有的伤痛，一个人扛着所有沉重的负担。

而从这些伤的轻重愈合程度来看，从金黍山庄出来以后，他这几天受得伤更加狰狞可怖。

这么多致命伤，他到底是怎样忍受的？又凭着怎样一口气撑到最后？

青觞倒吸了一口冷气。

难怪，一开始宫千九没有调动青衣卫，说是怕泄露行踪。可到后来，他还是动用了千绝宫潜伏在各地的影子势力。

并非是他不担心泄露行踪，而是他怕自己倒下去以后，再无人能保护童夜雪……

他的目的不是白铁令和乌骨锁吗？

为什么？

“你是不是早就知道我是谁？”

低下头，掩藏住眼底浓烈的不甘心与无奈，青觞忽然问道。

“你是谁于我而言有什么关系？重要的是，我们的目的是同一个。乌骨锁和白铁令代表着什么，你应该很清楚。虽说千绝宫没有义务保卫这个朝廷和这些黎民百姓，但倘若国家纷争四起，免不了会伤及无辜。”

他知道。

他果然全都知道。

青觞道：“我只想复仇，他杀了我全家，你知道吗？”少年攥紧了身下的草叶，哑着嗓，低低地咆哮，仿佛要将所有的怒与痛，纷纷发泄出来。然而对方的势力那么大，凭借他一己之力，报仇何其艰难。

少年终于禁不住呜呜地哭了起来。

然而，清脆的水声却在少年耳边不紧不慢地响起。

水中沐浴的年轻男子只穿着白色的中裤，默默地清洗着身上的污迹，仿佛压根没听见他呜咽的声音。

被潺潺的水声惊醒，青觞愣愣地看着宫千九。

宫千九身上的疤痕那么多，却从来没有被击垮过。他忽然想到了宫千九在江湖上的传说——

千绝宫主人宫千九在江湖无人不知，无人不晓。

四分五裂的江湖门派，消沉百年，无论正派还是反派，只有老掌门尚能撑起大局，年轻一辈并无高手。

七年前，还是少年的宫千九就是在这样的情况下闯入武林，他刚入武林，便如龙翔九天，一帖生死状，独挑武林黑白两道各大掌门。

有人说他初出茅庐，不知天高地厚；也有人讽他毛未长齐，岂敢如此张狂，只怕最后尸骨无存。

生死状，千绝令。

那日，众掌门如期赴约，只见千绝山上的黑衣少年浑身散发着阴冷凛冽的气势。他以气御指，指尖如最锋利的刀，将偌大树干劈成木剑的模样。众掌门吃了一惊，再不敢小觑眼前的少年。

传说，那一战斗得日月黯淡，而宫千九就是用这柄木剑，击败各大掌门。

有人传言那一战的结果，其实是一场两败俱伤的平局。

生死状，不死不休。可那一战却不曾有任何人伤亡。

唯一有的，也不过是三日后向来刚愎自负的太清派掌门自断了经脉。他自断经脉后留了八字遗言——

以命偿命，后生可畏。

从此，宫千九一人大败黑白两道诸多高手的事迹便流传江湖，而他本人行事亦正亦邪。残冷无情的他也从此扬名武林。

千绝宫就是在这样的情况下，在短短三个月内，平地崛起，成了江湖武林最神秘也是最诡异的门派。

宁惹阎王小命丢，休犯无情宫千九。

宁做千绝一条虫，不当武林混江龙。

短短两句，可见宫千九在江湖上的威望。

这样的传闻让他一直以为杀他全家的，是千绝山的宫主宫千九。可他哪里会想到，宫千九只比他大三岁，那年，他也不过是一个十二岁的少年。

可十二岁的宫千九，将伤痛藏在心底，不动声色地找到了当年的仇人，挑战各派掌门，报了血海深仇。

可自己，除了在重压下像个女子一样哭泣，还会什么？

青觞哭不出、喊不出，破天荒地自惭形秽。他忽然明白，就算宫千九破相毁容，就算他一无所有，都比自己强上百倍、千倍。

童夜雪会仰慕这样的男人，根本不奇怪。

就在这时，密林外忽然传来隐隐的脚步声。

比猫还要敏感的红衣姑娘小心谨慎地探出一个小脑袋，屏着呼吸，悄无声息地走到二者所在的地方。

她也顾不得他们两个人还在沐浴，将两个人的衣物兜头砸去，在宫千九询问的目光下，伸出食指，按住了自己的唇。

虽然已别过了头，可不知为何，宫千九遍布伤痕的精壮身躯还是冷不丁撞入了童夜雪的眼。

她别扭地咬了咬牙，只低低道："你们快点儿。我先去奉和，在那里等你们。记住，莫要往北走，全部都是……"

她用手指在脖子上做了个"咔嚓"的动作。

随后，她一个健步跳上了树冠，往西而去。

宫千九和青觞当即明白情况有变，随便洗了几把，匆忙穿好了衣服，将脏衣碎布挖了个坑埋好，保证不会泄露行踪后，循着童夜雪的步子，往西而去。

一行三人马不停蹄地赶路，甚至连落脚的城池都不敢去了。

夜深了。

风吹着树林，发出细碎的响动，夜猫子"喵喵"的叫声，在这个凉风飒飒的夜晚格外瘆人。

偶有不知名的兽类穿梭在林间草丛中，发出"哗啦——哗啦——"的细微声响，听得人眉头暗皱。

今晚，与以往相比似乎有什么不一样。

那些夜猫子仿佛被什么惊醒，吵嚷着，声音格外刺耳。

远处，隐隐有火光闪烁。

就在这时，本应该睡着的年轻男子忽然一个翻身，醒了。他猛地抬头，看见青觞幽暗的眸子里竟有了几分焦灼与不安。

"是……"宫千九问。

"没错。"

青觞一直守着夜，十分清楚周围的风吹草动，他想也不想地直接答“没错”。

是什么样的危险，让两个惊才绝艳的男子愁眉紧锁，分外紧张？

宫千九伸手摇醒了童夜雪。童夜雪睁开惺忪的睡眼，一脸疑惑地望着宫千九。后者想也不想地捂住她的口，堵住了她刚要出口的询问，而他脸上的刀疤在夜色中有了几分狰狞。

上半夜，是童夜雪守的夜。

一炷香的工夫还没到，她竟被摇醒了。她不是个不分轻重的任性姑娘，当即明白大事不好，眼底恢复了几分清明。

远处传来的窸窸窣窣的声音并不杂乱，反倒整齐而有序，竟像是一人走出的。

“怎么……是官兵？”童夜雪心下一惊，愕然地问。

“不仅如此，你再听。”青觞看着那些晃动的人影，眼底掠过一抹阴冷和沉重。他示意童夜雪仔细去听来人的脚步声，自己则从腰间抽出短刃。

“听脚步，分明是一个人，但一个人不可能走出如此齐整的步子。我听说青王爷养了一群杀人不眨眼的利刃，叫‘影刃’。‘影刃’所到之处，所向披靡，比他手下那些武功参差不齐的江湖门客厉害多了。那些人，是青王爷手中的刀刃，青王爷指到哪儿，他们就杀到哪儿。来的人莫非是……”

童夜雪虽没往下说，心中却是一片冰寒。

倘若来的是江湖人，她根本眉头都不会皱一下——有青觞和宫千九在，他们总能在腥风血雨中杀出一条生路。

童夜雪咬了咬牙，看向青觞：“我们什么时候招惹上的青王爷？你的仇家不会就是他吧？”

青觞看了宫千九一眼，犹豫了一阵，最终还是开了口：“正是他。但他要追杀的，却不止我一个。”

除去青觞，便剩下自己和宫千九。可她自己和青王爷根本没什么交集……不对，他们有交集，交集在……青觞！

童夜雪追问：“青王爷为什么要追杀你？”

青觞深吸一口气说：“事已办成，恐有二心，杀人灭口。”

童夜雪倒吸一口冷气：“青王爷的目标是乌骨锁？”

其实宫千九早猜到，白铁令和乌骨锁，必有一物在童夜雪手上。所以，他并没对二人的话感到奇怪。

他本应该二话不说地从童夜雪手中夺回乌骨锁。可不知为何，他脑海里闪过一个念头：不过是一个锁罢了，便送给她吧，只要……

只要什么？宫千九想不起来。宫千九一直觉得童夜雪很熟悉，好似在哪里见过她。可他却不确定自己是否和她有过纠葛。

雨枫阁有一味迷药，会令人失去记忆，难道他中了这味迷药？

宫千九何等聪明，虽然失去了记忆，却在瞬间明白了事情的来龙去脉。他心想，看来这童夜雪和自己不仅有纠葛，而且纠葛不浅，要不然，自己为何会身中迷药失去记忆了，还对她念念不忘？

青觞自然知道宫千九已经清楚了乌骨锁的下落，想了想接着说："青王爷是什么人，为何想得到乌骨锁，你肯定清楚。如今我们是坐在同一条船上的人，要是乌骨锁落到了青王爷手中，谁都捞不到好处。我也不好再有隐瞒，白铁令，已经在青王爷手上了。"

他们一边说，一边小心翼翼地策马狂奔，试图甩开紧随其后的影刃。可马匹已经跑了数日，疲惫不堪，如何甩得掉有备而来的影刃。

眼看着他们就快被影刃追上，宫千九双唇紧抿，抬眸看向童夜雪，眼底的明亮，渐渐被化不开的复杂情绪淹没。

宫千九的心里有一个念头在叫嚣：保护她……不要让她受伤。

这个念头，在他的心里已经存在很久了。

他说不清究竟是在什么时候，产生了想要护童夜雪周全的想法。是在他们第一次被人追杀时，还是在童夜雪黯然落泪时？

这个气质清冷的男子忽地摇了摇头，好似要驱赶脑海中的想法。他抬头微微一笑，唤了童夜雪一声，轻笑道："好姑娘，自己照顾好自己。"

说着，他头也不回地策马往回跑，迎上一直穷追不舍的影刃。

宫千九经常负责断后，此刻的举动，童夜雪本该见惯不怪，可她骤然想起当日在泉水中，他浑身的新伤和旧伤。

心中忽地一痛，痛得她几乎弯下了腰。冥冥中，她感觉好像有什么要离自己远去。

"宫千九……"她大喊。

童夜雪心口的锐痛让她骤然有一种要被潮水吞没的窒息感，眼睛倏地宛如被火焰灼烧似的，痛不可言。

"不，不要，不要去。这次不需要你断后……"他还受着伤，和那么一群恶虎似的影刃拼杀，凶多吉少。窒息的感觉再次袭来，童夜雪慌忙地想要追去，却被青觞一把抓住了胳膊。

“你还不明白吗？他身上的伤哪儿来的？因为影刃出动，所以他才调出了青衣卫。他已经为我们断了无数次后，他面对的一直是影刃。我们马上就要到牧州了，牧州和风城临近，只要这次我们能够成功逃脱……”

“你闭嘴！”童夜雪暴喝。她的眼底浮动着愤然的怒色。

刹那间，这个一直单纯天真，仿佛天塌下来也不放在心上的小姑娘竟然爆发出刀刃似的锐气与冰冷。

“你知道他一直面对的是影刃，为何不说？为何要让他一个人去承担那些？既是同伴，你为何能眼睁睁地看着他送死？”

这时的童夜雪，眉宇间的冷峻竟与宫千九如出一辙。

青觞一愣。

错神的工夫，童夜雪早已往宫千九离开的方向扬鞭挥去。

“好，我们一起杀出去！”

青觞同样被激出了几分豪气。

远方，密密匝匝的脚步声震耳欲聋。火光接天中，无数影影绰绰的人影凝成的一把锋利无比的尖刀，蜂拥着朝这边扑来。

宫千九此时正被影刃包围，他做好了和影刃同归于尽的打算。正当他决定放弃抵抗时，只听见一声鞭响，眼前明晃晃的刀刃就被打落在地。

一见那鞭子的主人，宫千九平静的脸上登时出现松动，雪白的牙尖咬破了嘴唇。这个比高山岩石还要硬朗的男人霎时间惊怒交加，双唇一片血迹。

“你来干什么？”

“既是同伴，生死同命！”

少女脆生生的声音，回荡在夜风中，铿锵有力，不带分毫停顿，掷地亦能有声。

话音落下，红衣姑娘仿佛暗夜中的火凤，游走在刀丛中，顿时，好几个影刃被她抽得倒地不起。她的出现牵制了那些无孔不入的影刃，一张刀光剑影织成的大网瞬间被逼开数丈。

那群影刃根本是不知死为何物的怪物。

分明无数的同伴死在童夜雪霹雳的火鞭下，可他们却仿佛不知疼痛一般，依然此起彼伏地拥来，只知道大喊一句：“杀！”

那一声杀，无数人同一时间、同一节奏地喊出，仿佛是万马奔腾，直冲云霄。

那些行尸走肉般没有感情的影刃低沉的声音，似乎有某种奇异的和鸣，听得人血脉贲张，仿佛有什么翻涌到心口。

他们三个人都觉得胸口一闷，旋即吐出了一口鲜血。

那些影刃压根不看死去的同伴，挥舞着兵刃再次冲了上来，

“茫茫瀚海，遥遥我家。滚滚尘土，苍苍我冢！”

极为雄浑磅礴的战歌倏然从影刃的口中唱和出来，那悲怆的长啸，仿佛要惊破九天。

童夜雪只觉得胸口闷闷的，很是难受。

“小心！”青觞刚想保护童夜雪，却被影刃团团围住。他自顾不暇，压根无法冲去救她，只能提醒她小心。

童夜雪扬鞭的动作禁不住迟缓下来。眼前的一切，仿佛都在晃荡，在那诡异到无以形容的战歌声中，有什么即将从自己的灵魂里抽离出去。

她用右手紧紧捂住胸口，踉跄着。一把长剑宛如闪电，一把刺穿了影刃的胸膛，鲜血“扑哧”一下溅在她的脸上。

被一剑穿心的影刃仿佛压根感受不到疼痛，撑着最后一分力，将长刃狠狠地刺进宫千九躲闪不及的腿上。

半炷香的时间。

地上已躺满了尸体……

然而，影刃还在前仆后继。

雄浑的歌声一转，俨然又是另一种腔调：“朗朗乾坤，男儿热血，浩浩苍穹，佑我沧原！”

“沧原？你们也知你们是沧原的百姓？那为何要助纣为虐？青王爷滥杀无辜，你们难道不知道吗？”

青觞怒，双目猩红，挣扎着起身，奋力挥出长剑。

“不要听他们的声音。”就在这时，宫千九忽然怒喝。

方才热血冲上胸腔的两个人慌忙闭耳，这才稍稍好受，然而火光接天中，激斗永无止境……

青王爷不知派出了多少影刃，一拨拨前仆后继地杀来，竟似不知力竭一般。在这样的车轮战中宫千九就算是武功再厉害，也会觉得力不从心。何况，他一直尽力护在童夜雪和青觞的前面。

他当即意识到，这么下去，三个人全部会交待在这儿。

不。

不能这样！

“哗”！

掉在地上的火折子点燃了地上的枯草，赫然间天地尽火。从四肢传来的酸痛感一波波冲击着内心，宫千九眼神一紧，砍杀掉最后一拨影刃，哑着嗓子大吼："走，你们快点儿走！我断后！"

然而，这次，童夜雪没有走，青觞也没有走。

大火熊熊燃烧着，空气中弥漫着令人窒息的焦煳味，火苗四处乱窜，烧了童夜雪的衣角。

她中了很多刀，刀刀致命，血浸透了她的衣衫，可她却强撑着不让自己倒下去。

就在这时，童夜雪只听宫千九一声长啸，踏雪马笃笃穿过刀影，准确地奔到了童夜雪身边。

他一个错身，想也不想地点了童夜雪的穴道，直接将她丢到马背上，一拍马腹，高声道："青觞，带她走。"

"你……"青觞迟疑道。

"快！"

宫千九一把抹掉几乎要溅到眼中的血水，愤然怒道。

"不，我们生死与共，宫千九，我还要陪你一起去找白铁令啊，你怎么能这样……"童夜雪躺在马背上，眼睁睁地看着眼前的景物飞快倒退，看着那个男人手持长剑护在自己前面，为自己斩尽追兵。

气恼与心痛，同时冲上心头，童夜雪的眼泪不知不觉地顺着眼眶砸落下来。

"宫千九，你怎能如此专断？"童夜雪在夜幕中放声大哭，哭得声嘶力竭。

"童夜雪，谁要与你同死，滚！"宫千九撕心力竭地大吼，眼中却湿润了。

但当"滚"字吐出，心中似破碎一角。

别人也许不知道影刃的可怕之处，可宫千九不会不知。宫千九十五岁时挑战了各派掌门。那时，影刃明显不如那些成名已久的高手。然而，当年，他与影刃是一对一的对决，可现在……

面对这么一群如影随形，不知生死的亡命之徒，他根本不知道自己是否能像之前那样全身而退。

童夜雪若是不走，留在这里的只可能是三具尸身。

"宫主……"

"快去保护她！"

一刀将杀来的影刃斩下头颅，浑身是血的男子仿佛是从地狱走出的魔神，双眸幽冷而黑暗。

“青觞，不要管我，你不能将他一个人丢在那儿……”

眼泪一遍遍冲刷着脸颊，童夜雪从没尝受过这样的痛。她不想走，死……也要和同伴死在一起……可她动弹不得。除了哭，她什么都不能做。

“照顾好她。”

一滴男儿泪，砸落脚下。

这是青觞第一次见宫千九落泪，而他明白，这句“照顾好她”，是宫千九最终的心愿，倘若童夜雪有事，宫千九死不瞑目。

“快走！”

青觞不敢恋战，从宫千九冲破的缝隙一跃而出，他一把抱紧了马背上泪流满面的童夜雪，策马西去。

马蹄若雪，纷飞着翻起落叶无数。

“放我过去，他一个人，会死的！”少女撕心裂肺地大喊，泪水一滴滴砸落地面，怎么止也止不住。

相识虽短，但她在不知不觉中被这个身负着无数伤痛的男子吸引。在知道他要以身做饵，保自己平安的时候，她的心被击中了。

她一开始以为宫千九是个大麻烦，会影响自己的出师计划。她还认为宫千九是不苟言笑的冷漠之徒。

直到最后，她才知道，宫千九其实是外表冷漠、内心温暖的可怜人。

宫千九为她一次次断后，留给她温和的笑容。从那时开始，她放下了自己对宫千九的偏见，开始真正接受他。

千绝宫中的记忆已经模糊，那时候的她并不在意宫千九，无论宫千九说什么，做什么，都与她无关。

可出了山门，宫千九的形象竟然一点点鲜明生动起来。

她记得那日竹屋外，他轻狂不羁的大笑。

她记得那日被她挥鞭，他轻描淡写，冷漠道：“女子红口白牙一张嘴，信诺于你们而言便如六月天，孩儿面，说变就变。方才应我的时候，何等信誓旦旦，这才眨眼的工夫，立马反悔。”可他虽然愤怒，却没有出手伤她分毫。

她记得自己浑身狼狈时，他伸出手扶住自己，关怀道：“你受伤了？”

她记得那日在林泉中看见的那一具布满伤痕的精壮上身，那些伤痕都是拼死护着他们的铁证。

眼泪仿佛怎么擦也擦不干净。

她记得，记得的事情那么多，宫千九呢?

为何?

为何竟能如此痛快地斩断他们之间的关系，如此冷漠地将她推开?

眼泪拼命落下，她声嘶力竭地哭喊着，却换不回逝去的一切。她被宫千九点了穴，动都动不了。

周遭的景物从她眼前纷纷倒退，恍惚间，她看见了宫千九蓦然回首时，唇角那抹清淡的笑。

“不——”

巨大的痛意贯穿她的心尖，童夜雪小小的心，撑不住那剧烈的疼痛，眼前一黑，昏了过去。

童夜雪醒来的时候，已经是第二天中午。

“宫千九……”

她在噩梦中沉浮，一翻身，豁然抓住了什么，一睁眼，却是青觞那张秀美的面容。

那么熟悉又陌生。

她忽然想到千绝宫中，少年在旁边逗她说话，宫千九在与鬼手说事的那一幕，那么简单，却温暖得让她心碎。

眼泪再一次不由自主地落了下来。

先是一滴，再是一串。

到最后，她根本无法抑制心中的痛，抱着膝盖，低低地哭了起来。

仿佛被人用刀扎在了胸口，青觞扯了扯唇角，修长而白净的手指轻轻动了动，想要为她擦干眼泪，劝她别哭。

可不知为何，青觞的安慰变成了一句问话：“倘若，断后的人……是我，你会为我而哭吗？”

童夜雪没说话。

回答他的，是一阵越发悲伤的哭声。

青觞沉默地把汤放在桌上，一言不发地退了出去。

哭过之后，童夜雪仿佛把所有的痛与不舍，纷纷埋在了心底。她洗了脸，换了衣衫，除了眼眶红红的，她脸上再没有任何表情。

青觞一时间没反应过来，愣愣问道：“你……不休息休息，再赶路吗？离风城不过一日路程，你还可以休息一下……”

“走。”

简洁利落地蹦出一个字，她头也不回，直接牵了马朝风城走去。

不知青王爷还会用什么手段，童夜雪和青觞不敢轻举妄动，商量后，决定先去风城，找到风城童家的人，再去寻那个能打开乌骨锁的人。

风城是童家的地盘，童夜雪说到底是童家的人，到了风城童家，童家的势力多少能牵制住青王爷。

此时，官道上，除了童夜雪和青觞之外再无别的行人。

那些影刃或被宫千九斩杀，或与宫千九同归于尽，又或许是因为别的原因，竟没有追上来。

这一路，速度竟比原先赶路要快了许多。

待到风城，恰在傍晚。

第十章 锒铛入狱

月光照在风城四通八达的街道上。

一路向北，在风城的尽头，遥遥可见巍峨的皇宫。在皇宫的正对面，是徐徐落入地平线的落日。

每天，日从皇宫而升，由平原而落。

朱衣巷中，童府朱门大开，门卫森严。

在那朱门之上，张贴着彩色的瑞兽图案，而灿金色的扣环两侧，是象征着运势节节高升的梅花钉。

这里便是童夜雪和青觞此番的目的地。

虽说童夜雪不屑再回风城童家，可如今骑虎难下，被青王爷逮住事小，乌骨锁落入青王爷手中事大！

青觞早已和童夜雪讲了其中的利害关系。乌骨锁中藏有倾世宝藏，青王爷想要夺得宝藏谋反。

白铁令在千绝宫时，青王爷还不敢轻举妄动，但是如今，青王爷已经从自己的手里得到了白铁令……

“白铁令到底有什么用？”童夜雪不解。

先前她也曾试探过宫千九，想从他那里探出些什么，但宫千九却根本没透露出一点儿有用的信息。

青觞摇头：“我只知道白铁令本是青王爷的东西，不知因为什么落入了宫千九的手里。它到底有什么用，我也不太清楚。”

童夜雪只觉得自己这回被师父姬蒲坑惨了。

她原以为自己偷的乌骨锁只能解救灾民，造福一方百姓，却没想到竟引来了朝堂之乱，杀身之祸。

若是乌骨锁还留在千绝宫，青王爷也不至于如此肆无忌惮地追杀他们，都怪自己把它盗了出来。

想到这儿，童夜雪悔得肠子都青了。

童夜雪和青觞二人各自牵着马，走在风城中，偶有路人对着他们指指点点，但他二人并未在意，只顾着往童家走。

眼看着就要走入朱衣巷，到达目的地，一群官兵却在这时冲了出来，将他二人团团围住。

童夜雪握紧了袖底的长鞭，警惕地望着官兵：“这是什么情况？官兵大哥，我可不记得我犯了什么事。”

这几日，他们一直被江湖人和影刃追杀，身心俱疲，本以为到了风城能够稍微放松一下，谁知……

为首的官兵取出袖中的画像，将他二人从上到下，仔仔细细地打量个遍。问道："童夜雪，青觞？"

童夜雪眯起眼睛，眸底一片幽暗，杀意顿起。自从宫千九离开，童夜雪就变得异常暴躁，一言不合就想动手。

但官兵和江湖人不同，反抗官兵等同于反抗朝廷，天下之大莫非皇土，得罪了朝廷，即便是风城童家也保不住童夜雪。

青觞按住童夜雪，客气地对着面前的官兵笑道："不知这两个人做了何事，竟要官兵大哥亲自来寻？"

伸手不打笑脸人。为首的官兵什么风浪没见过，也不怕童夜雪和青觞在自己眼底下跑了，随手将画像递给青觞，指着上面的字："我也不废话了，你们自己看，然后乖乖跟咱们走。坦白从宽，抗拒从严，这道理你们都懂，配合我们的工作，也能少受点儿皮肉之苦。"

青觞往官兵所指的方向一看，脸色瞬间大变。这……

画像上，白纸黑字分明写着两个字"谋反"！

谋反叛变是满门抄斩的大罪！

"这是污蔑！"童夜雪的声音，冷得就像从冰窖中钻出来一般，让人忍不住直打战。

她的目光犀利，仿佛只要对方说错一句话，便要大开杀戒。

相比起童夜雪，青觞则冷静许多，他大概已猜到，是青王爷在背后煽风点火。他将画像还给官兵，问道："可有证据？"

官兵大哥也是个好脾气："有没有证据我们不管，我们只管抓人。"

说罢，往身后摆了摆手，几名小兵拿着锁扣上来抓人。童夜雪已抽出长鞭，却被青觞阻止了："夜雪姑娘，我们逃不了。"

前有官兵，后有杀手，横竖都是个死。

这青王爷，真是个心狠手辣的厉害角儿。

"可是……"童夜雪不甘心什么都不做，就被莫须有的罪名陷害入狱。

"留得青山在，不怕没柴烧，清者自清，青王爷虽然做足了准备，想要取我们的性命，即便能把死的说成活的，但一个谎言要用千千万个谎言去掩盖，难免会露出马脚。夜雪，我们……"

童夜雪心中叹了一声，放下长鞭，放弃反抗，与青觞一同被官兵捉进了大牢。

另一方面，千绝宫。

宫千九已昏迷了两日。

宫千九与影刃以命相搏，只为护童夜雪全身而退。影刃来了一批又一批，宫千九咬紧牙关，硬是靠毅力挺了下来。

他几乎沦为一个杀人的机器，影刃来一人杀一人，来一双杀一双，根本没有经过任何思考。

直到最后一个影刃倒在他脚下，他才微笑地回头看了一眼童夜雪和青觞离去的方向，身上一轻，昏倒在地，不省人事。

还是宁忻听到消息后赶来，将不省人事的宫千九带回了千绝宫。

宁忻不是没见过宫千九受伤，满身是血如地狱罗刹的宫千九宁忻都见过，只是从未见过，倒在血泊中，嘴角含着笑的宫千九……

都伤成这副模样了，身上几乎没有一寸完好的皮肤，汩汩的鲜血像喷泉一般一直往外涌，可他竟然笑得如此心满意足。

宁忻心想，宫主该不会是走火入魔，疯掉了吧？他根本不敢继续想下去。

第二日，宫千九的伤势有所好转。

他虽然面无血色，身体却有了反应。

他双眼紧闭，双唇微微翕动，含糊不清地念着什么。宫少听凑到宫千九嘴边听了半天，才听出他九哥说的是什么。

“也……学？九哥这是在做噩梦吗？被夫子逼迫着读书学习？”

宁忻嘴角微微抽搐：“据宁忻所知，宫主自幼文武双全，自学成才，八岁时问出的问题便难倒了一片夫子。”

宫少听继续猜：“椰水？莫非九哥想喝椰子汁了？”

宁忻蹙眉：“宫主并不喜欢椰子。”

“叶雪？烨薛？夜雪？九哥到底在说什么呀？”

宫少听痛苦地挠着后脑勺儿，宁忻也是毫无头绪，两个人只盼着宫千九早日醒来，揭开谜底。

宫千九发热，宫少听竟然知道要拧了些冰毛巾敷在他的额头上。要知道，宫少听是个衣来伸手饭来张口的小少爷，让他照顾人是不可能的。但是宫少听确确实实地照顾了宫千九，好像冥冥之中有人指引着他。

第三天，宫千九终于醒了，他睁开眼说的第一句话不是喝水，也不是寻仇，而是：

“童夜雪……你真是够狠啊。”

童夜雪是哪位？害九哥受伤的，不是青王爷的影刃吗？九哥莫非烧糊涂了？

宫少听连忙放下手中的茶杯，想去找诸葛丰爷爷，可还没走出房门，就看见全身都缠着绷带的宫千九挣扎着下了床。

宫少听吓得大惊失色，赶紧跑过去阻止：“九哥，你快躺好，身上的伤口还没好呢，乱动又要流血啦！”

宫千九没有理会宫少听的话，只是轻轻扫了他一眼说：“你让宁忻去备一匹汗血宝马，我要到牧州。”

宫少听一向最怕宫千九，根本不敢忤逆他，可如今他的身体欠佳，宫少听虽小，却有他的坚持。

他用小小的身体抵着房门，堵住出口，直面宫千九，脸上挂满了他这个年纪不该有的倔强：“九哥，伤愈之前，我不许你离开千绝宫。”

“你——”宫千九一时竟不知该如何反驳，一气之下，竟咯出血来。

宫少听被宫千九满手的鲜血吓到了，赶紧冲着门外嚷嚷：“外面有没有人啊？人都跑哪里去了？我九哥不行了，快来人啊！快把诸葛爷爷叫过来啊。”

喊了半天，宫少听连一个人影都没有见到。

而宫千九此时正捂着胸口，一脸痛苦的模样，他身上的几处伤口已渗出了血，染红了绷带。

宫少听急了，想着九哥现在痛成这样，大概也离不开房间，自己开了房门，跑去找诸葛爷爷。

离开时，他还不忘回头叮嘱宫千九：“九哥，我现在去找诸葛爷爷，你乖乖地躺着，伤好了，去哪里我都不管了。”

宫千九不耐烦地瞅了宫少听一眼，沉默地点了点头。

待宫少听走后，他不紧不慢地擦了擦嘴角的血迹，深吸一口气，运功强行压制住身上的不适，提步离开了房间。

宫千九昏迷时做了一场梦，他梦见童夜雪为了盗取乌骨锁潜入千绝宫成为他的贴身丫鬟，梦到自己为了防着青王爷，做的第二手准备，还梦见自己中了雨枫阁的迷药，忘掉了这一切……

宫千九来到童夜雪从前居住过的房间。

都说最危险的地方便是最安全的地方，谁会想到，真正的白铁令会被他藏在童夜雪的床底下？

对宫千九而言，乌骨锁纵有倾世宝藏，却也不过是身外之物。唯独白铁令，关系着朝堂之争，沧原百姓。

宫千九得到白铁令之后，一直小心保护着白铁令，就等着有朝一日能够顺利交到云皇手中。

宫千九命人制造了一个假的白铁令，一直放在九茴院，而将真的白铁令藏在自己的身上。

一开始，宫千九怀疑童夜雪是姬蒲的弟子，来千绝宫是要盗走白铁令。他担心将白铁令藏在身上会被她发现，索性将真的白铁令藏到了她的床底下。

你姬蒲的弟子行事再诡异刁钻，也想不到要偷的东西近在咫尺吧。

但宫千九失忆之后，就忘记了真正的白铁令的位置，只知自己贴身的真白铁令和九茴院的假白铁令都不见了。

随即，宫千九联想到宫门外雨枫阁留下的火凤图腾，他断定乌骨锁和白铁令都被雨枫阁的弟子盗走了！

如今宫千九在生死线上走了一遭，大梦一场，想起了自己与童夜雪相处的点点滴滴，也想起了真白铁令所在何处。

果然，当宫千九推开床，撬开一块青砖后，一面火凤涅槃重生的令牌出现在了他的眼前。

他脑海中忽然闪过红衣少女凄厉的尖叫声："不，我们生死与共，宫千九，你凭什么？我还要陪你一起去寻白铁令的啊，你怎么能这样……"

宫千九捏紧了白铁令，咬牙切齿地蹦出了一句："童夜雪，你又是凭什么抹去你在千绝宫中存在的痕迹呢，让我忘记这所有的一切？"

宫千九的声音冷冰冰的，脸上也毫无表情，可他漆黑的眼眸中却柔光浮动。他怨她心狠，却终归生不了她的气，反正他满脑子都是她的音容笑貌。

不知道她现在怎么样了呢。

"阿嚏……阿嚏……"

童夜雪连打两个喷嚏，难受极了，眼泪都忍不住地往外飙了两滴。

隔壁间的青觞蹙了蹙眉，有些担忧地问道："童夜雪，你是不是觉得冷？不嫌弃的话，先把我的外衣拿去穿吧。"

"没事没事，"童夜雪毫不在意地摆了摆手，"你没听说过吗？打两个喷嚏代表有人在想你。前几日，墙门外贴了皇榜通缉我们，我师父肯定会看到的，我刚刚打喷嚏大概是她要来救我了，或者是月姨娘在皇榜上看到了我……"

“只怕惦记你的人是青王爷。”青觞打趣道。

童夜雪白眼一翻：“那我可无福消受。”

自他们被捉进大牢，已过去了三日。

现下的牢房，是门可罗雀的……前提是还得有麻雀愿意自投罗网跑到这阴冷不见天日的地牢中溜达。

牢房原本人满为患，可是因为各种自然灾害，这里的人逐渐变少，最后只剩下童夜雪和青觞二人。

但这并不是说，有了自然灾害童夜雪他们就能离开牢房了。牢房里人这么少，主要是因为当今圣上大赦天下。

当今圣上率文武百官祭神，为民祈福，以期渡过这场灾劫。所以网开一面，大赦天下。怪就怪童夜雪和青觞没有赶上好时候。

大牢内环境不佳，阴暗潮湿，偶有蟑螂老鼠等窜来窜去。牢里的蚊子已经把青觞裸露在外的皮肉都叮肿了。

童夜雪自小药物浸身，浑身是毒，所以根本没有蚊虫敢近她的身。

虽说牢房内的环境不太好，但是牢房内的伙食居然不错，每日三餐，两素一荤，还附赠个汤。

这伙食，完全颠覆了童夜雪对大牢的认知。岐州天书内，只要出现入狱的情节，主人公的伙食里必定能吃出沙子虫子，饭是硬的，菜是馊的。但这个负责沧原大牢的厨子，厨艺倒是挺好的。

大牢的守卫听见童夜雪夸他们家厨子饭菜做得好，开心地将脸仰得高高的：“小丫头眼光不错啊，这大牢的厨子，可是从风城最好的酒楼退下来的掌勺大厨。咱们云皇听取了荣亲王的建议，说是重犯反正时日无多了，让他们在死前的这些日子里吃好喝好，死也死得畅快些。”

童夜雪听他说完，赞同地点了点头，赞叹道：“没想到荣亲王人还挺好的……”她转念一想，脸色一沉，“呸呸呸，本姑娘命还长着呢，什么时日无多！”

说来也是奇怪，除了刚进大牢时被搜了次身，之后就再没有人来找过童夜雪和青觞的麻烦。

童夜雪和青觞每天吃了睡、睡了吃，偶尔聊聊天，居然没什么不习惯的……甚至萌生了继续在大牢里过这种生活的想法。

不过青觞偶尔还是会想怎么洗脱罪名，毕竟他还想找青王爷复仇，大仇未报，他一个人怎敢独活。

可是童夜雪就和青觞不一样了。这个小丫头看似单纯，实则古灵精怪，上次被官兵搜身之前，她早就寻了个好地方将乌骨锁藏了起来。所以，官兵自然一无所获。她索性放宽了心，该吃吃，该睡睡，不到三日，小脸就圆润了。

好日子没过多久，第四天，云皇亲自带了人来审问童夜雪和青觞了。跟云皇一起来的，还有那个童夜雪素未谋面却已仇深似海的青王爷。

青王爷看上去十分年轻，似乎比宫千九大不了几岁，相貌算不上出众，眉目却异常温顺，像是那种慈眉善目的老好人。他不看你时，温文尔雅，娴静自得；他看你时，眸光粼粼，温润清浅。

若不是听见青觞咬牙切齿地唤了一声“青王爷”，童夜雪无论如何也无法将眼前这位翩翩公子和栽赃嫁祸意欲造反的青王爷画上等号。

听闻荣亲王如今已是三十有六，云皇虽是荣亲王的小皇叔，却足足比他小了八岁。乍见云皇，夜雪只觉遍目金光，头皮宛如被针扎了一下，天子威仪，不可直视，那通身的尊贵让人过目不忘。

云皇清淡如雪的目光淡淡掠过两个人，问道：“这两个犯人就是意图造反的童夜雪和青觞？”

一旁的守卫毕恭毕敬地答：“是的，陛下。”

这时，云皇带来的人指着大牢中的二人说：“陛下，民女曾在千绝宫见过这两个人，民女无意中听见这两个人商量着偷取乌骨锁，解开里面的宝藏，用这笔财富招兵买马，攻打沧原。”

说这话的人肤白貌美，鼻尖处散落几点小雀斑，是个女子。

都说人不可貌相，这个女子虽然长得小家碧玉，可这心思也太毒了！居然指证她和青觞谋反。

胡闹！

真的是太胡闹了！

童夜雪看她眼熟，却记不得她到底是谁，倒是青觞一眼便认出了女子的身份。

这女子不正是管教宫少听的侍婢吗？青觞知道青王爷在千绝宫内外安插了不少的眼线，但没想到青王爷连宫少听这么个小孩子都不放过。

不过青觞也知道，这侍婢根本就不记得童夜雪，整个千绝宫，大概也就只有他还能记得。

童夜雪道：“说我造反？你……还真的是血口喷人啊。”她觉得好笑极了，这个人根本不可能记得自己，她显然是在说谎。

她嘴角勾起一抹淡淡的笑意，淡定地望着刚才说话的女子。

指证童夜雪的女子怀着不可告人的心思，面对童夜雪的笑容，她哪敢多看，忙低下头，正色道：“奴婢亲眼所见，还望陛下明察。”

“啧啧啧，这还亲眼见着了？左眼还是右眼啊？你莫非是阴阳眼？”童夜雪禁不住大笑。

“你——”

那侍婢显然没想过被她指证的“犯人”这般牙尖嘴利，被气得脸色通红。

“我什么我，你睁着眼睛说瞎话。说，谁给了你勇气，让你在天子面前胡说八道，欺君罔上？”童夜雪叉着腰，一副审犯人的模样。

她早给千绝宫的人下了迷药，不可能有人记得自己！

不过，天子面前，这事也是万万说不得的。

说多了，便是自己挖坑给自己跳。

青王爷微微一笑，淡淡道：“小姑娘，既然你说她胡说八道，那你又有什么证据证明你是清白的呢？或者，你是说，你根本没有偷走乌骨锁，本王冤枉了你？”

青王爷不就是吃准了她的确盗走了乌骨锁吗？

而童夜雪此时大可以两眼一闭，信口胡诌，说自己和乌骨锁没有关系，她见都没有见过……

反正那玩意儿已经被她藏起来了。

人赃不俱获，谁有能耐硬把罪名往她头顶上扣，顶多给她来点儿酷刑。但她完全可以咬紧牙关，扛过酷刑，死不承认。

然而，童夜雪黑白分明，内外通透，是从不说谎的真君子。

是，她是梁上君子。然而……盗亦有道，是为雅盗。

她的自尊、自负、自信，让她浑身都像是被火焰笼罩，撒不出谎。做就是做了，没做就是没做。

童夜雪挑了挑眉，眼角没有一分的怯意。

她懒懒一笑：“我听闻云皇是明君，就算要坐实我谋反的罪名，也得证据确凿。”

“本王有人证。”青王爷先声夺人。

“我也有人证！”童夜雪打了个哈欠，懒洋洋地指了指恨不得冲上去掐死青王爷的青觞，笑容明亮得可爱。

“你们是同伙！”青王爷咄咄逼人。

“那我怎么知道你和这个人证不是同伙？”童夜雪也不是省油的灯。

青王爷气急败坏，一双眼眸深不见底。

“童夜雪，你可知污蔑朝廷命官是重罪！况且……”青王爷扭头，对着云皇俯首：“陛下，谋反之事事关重大，宁可杀错，不能放过啊。”

“嗯……”

云皇轻描淡写的“嗯”让童夜雪的心沉了一下。

童夜雪的凰姐是云皇的妃子。貌似还是宠妃。

凰姐回乡探亲的时候，曾与姐妹们提到过沧原的这位真龙天子。

凰姐说当今圣上虽然风流倜傥，但心思很深，可以用“心思叵测、难以捉摸”八个字形容。

要是从前遇见云皇，童夜雪恐怕还会忌惮三分。

可今日……被青王爷逼到绝路，小姑娘反倒不怕了，仰着小脸，一脸天真地说：“云皇，您不能冤枉好人！我今年才十六岁，没有走过这大江南北的桥，也没有见识过许多的风土人情，这人间的繁华盛景，我没有享尽，还不想那么早死，也不想辜负这天下的大好河山，所以，您一定不能错杀无辜……”

小姑娘认认真真地说着，眼中闪耀着星辰似的光华。

云皇在位十几年，从未见过有人把生死说得这么简单通透，禁不住心下一动。再看童夜雪，只觉她亲切，像个无害的小妹妹。

真是古怪……

这小丫头浑身散发着让人放下戒备的亲和力，让人讨厌不起来。

“官兵并没从这二人身上搜出乌骨锁，要不这样吧，先找到乌骨锁，再处置这二人，”云皇不紧不慢地说，“如今沧原正是急需用钱之时，打开乌骨锁，取得宝藏定能拯救沧原危机。既然这女子指证乌骨锁是这二人所盗，想要找到乌骨锁，只能逼问他们二人。所以……”

所以……

青王爷和童夜雪、青觞三人都竖起耳朵等待下文。

云皇一挥袖，留下“这二人由朕来审问吧”便离开了。

青觞喘着粗气，也不知落在云皇手中，是祸是福，不过总比落到青王爷手中要强许多……

而童夜雪跟没事人一样，丝毫不在意云皇留下的话，看到云皇走了，大咧咧地躺在地上嚷嚷着：“累死我了，累死我了。”

青王爷赶紧追上了云皇：“陛下日理万机，恐怕……”

云皇摆了摆手："你不是一直说谋反之事事关重大吗？自然得由朕亲自负责。"

……

青觞挫败地靠着墙壁坐下。

若不是他认贼作亲，帮青王爷从千绝宫盗走了白铁令，青王爷大概还会有所忌惮。如今的青王爷比从前的青王爷要高调了许多……

白铁令会不会藏了青王爷想要谋反的证据？

想到这儿，青觞恨不得扇自己几个巴掌。

第十一章 水落石出

清和宫内，荣亲王正踱着步子走来走去。贴身的侍卫被他转得头晕脑涨，迫不得已地提议道："王爷，走了这么久，您也该累了，不如坐下来喝杯茶休息下吧？"说着，便给荣亲王倒了杯茶。可这茶已经凉了，侍卫示意宫女去换壶热茶来，却见荣亲王往椅子上一坐，摆了摆手："不必了不必了，本王不渴……唉，你说小皇叔这一去，到底是什么情况，怎么现在还没回来？"

侍卫不知道该怎么回答，索性站到一旁，不再说话。

侍卫只知云皇这次是去审重犯，而荣亲王却是来保重犯的。也不知道这重犯到底是何方神圣，犯了什么大罪。

就在侍卫胡思乱想之时，荣亲王千盼万盼的云皇，终于回来了。

一见到云皇，荣亲王的眼睛瞬间亮了，赶紧迎了上去："小皇叔，怎么样？夜雪没事吧？"

"在皇宫大牢里，能有什么事。"云皇看着这个比自己年长八岁，却低一辈的皇侄，心中满满的嫌弃。

被一个女人迷得神魂颠倒，这还是在自己年幼时撑住大局的荣亲王吗？"不过，那童夜雪的确挺有意思，是个不卑不亢的丫头。"

听到云皇夸童夜雪，荣亲王的嘴角不自觉地勾起一抹温柔的笑意："自然，她毕竟是月锦的女儿啊。"

"月锦"这两个字，自他口中缓缓道出，竟有了另一番韵味。

荣亲王喜欢月锦是人尽皆知的事情。但凡在皇宫里待过些时日的，都会知道荣亲王喜欢月锦这件事。

皇宫中甚至有人偷偷猜测，荣亲王有受虐倾向，要不然怎么会喜欢上那个绑了他让他颜面扫地的女人呢？

而且这个女人，在知道荣亲王喜欢自己后，立马就拒绝了。之后荣亲王每告白一次她就会拒绝一次，但荣亲王却毫不气馁，反而越挫越勇……

"小皇叔，等月锦答应嫁给我了，夜雪就是我的女儿，你可千万别太为难她啊。"荣亲王温柔地说。

云皇不知道他哪里来的自信，虽然想让他认清现实，不要再做白日梦。可是他和荣亲王毕竟血脉相连，所以他只得顺着荣亲王的话道："只要有足够的证据证明童夜雪并不是真正谋反的人，她便能顺利出狱。"

"呃……那个，出狱倒是不用急着出狱，等引出了月锦再放她出狱也不迟。"荣亲王笑了笑，笑容有些无耻。

一直站在一旁当背景的侍卫忍不住在心中默默吐槽他家主子：我家王爷，不仅不要脸，坑“女儿”也是一把好手啊。

去年，月锦被荣亲王烦得够呛，直接收拾包袱离开了风城，浪迹天涯去了。荣亲王派人找了好多回，都没找到人，愁得饭都吃不下，觉也睡不好。

前些日子，荣亲王得知青王爷要举报两个人谋反，本来不怎么在意，但听见其中一个人叫童夜雪，他突然就激动了。

童夜雪，童夜雪……是月锦天天挂在嘴边的那个童夜雪吗？

他派人去查了查，果真，青王爷举报的童夜雪就是月锦口中的童夜雪。这个消息让他高兴坏了，他想有童夜雪在手，月锦一定会回来的。

于是，荣亲王立马找到了云皇，表明了自己的态度：“臣的终身幸福就在陛下的手里，小皇叔到底帮还是不帮？”荣亲王的算盘打得噼啪响，童夜雪入狱，他当个护花使者，就算月锦不感动，单单是博得了童夜雪的好感，也是极好的。

月锦最疼的就是童夜雪，只要童夜雪肯配合自己，在月锦耳边吹吹风，说一句：“姨娘，我想要姨夫了，想要荣亲王当我姨夫。”肯定事半功倍。

青王爷这些年到底在暗中做些什么，云皇都知道，可他就是抓不住青王爷的把柄，如今青王爷自己跑到他的跟前，说有人要谋反，这不是贼喊抓贼吗？

云皇心里明镜似的，童夜雪是风城童家的人，如今，风城童家财大势大，真要谋反，根本不需要乌骨锁。

而童夜雪这个丫头片子心思单纯，只能小偷小闹，不成气候。

他索性先稳住青王爷，看他到底想做什么。这也是童夜雪和青觞一直被扔在牢里没人管、没人问的原因。

要不是青王爷耐不住性子，找上云皇一起去审问童夜雪和青觞，云皇还会再拖些时日的。

“驾——”

晚霞似锦，两旁的树木被风吹得沙沙作响，一男一女正在官道上策马狂奔。

女子身穿一身鹅黄衣衫，乌润的长发用檀木乌簪随意绾了起来。而那男子，一袭黑衣，冷峻孤傲，脸上一道骇人的伤疤让人不敢靠近。

男子虽然重伤未愈，但也咬紧牙关全力追赶黄衫女子。马背颠簸，他身上的几处伤口已经裂开，呼吸越发沉重起来。

女子眉头微蹙，建议道：“宫千九，前面不远处有个小镇，你先在那里休息一夜，明日再到风谣山与我会合。”

“不必了，”宫千九深吸一口气，运功压下疼痛，“先救出夜雪要紧。”

女子想起两日前看到宫千九的情形——

她这一年四处游历，一方面是为了躲避荣亲王的死缠烂打，另一方面则是要继续寻找童夜雪。

前段时间她听闻青城童家有童夜雪的消息，于是快马加鞭地赶过去，却得知童夜雪已经离开了，后来她又听说童夜雪出现在了金黍山庄，赶过去，又晚了一步……

她心想，夜雪这回是长出息了，溜得倒是挺快的。

出了临北后，她费尽力气四处打听，终于从一个说书先生那里知道了童夜雪的消息。说书先生称青王爷举报童夜雪偷取了乌骨锁，意图谋反叛变。当下，影刃和官兵都在寻找童夜雪。

没多久，童夜雪在风城被捕关进大牢的消息就传到了她的耳中。幸运的是，官兵并没有在童夜雪身上搜出乌骨锁。

而她在青城童家的童安那里得知童夜雪确实顺利盗走了乌骨锁。那么，乌骨锁现在会在哪里呢?

她的脑海里突然浮现出一个地方……如果乌骨锁没有落入他人手中，那极有可能，就在那里了!

想到这儿，她立马扬鞭赶往风城。就在她快要抵达风城时，一群青衣人拦住了她的去路。“区区几个毛头小子，还敢挡老娘的路？”她轻蔑地冷笑，抽出长剑，一下子打散了青衣人的阵形。

正当她想要离开时，从青衣人身后，走出了一位身穿黑衣的年轻男子。黑衣男子气质不俗，面容冷峻，眉宇间带着凛然之气。

黑衣男子淡淡地望着她，拱手作揖：“早听闻忆盈斋的月姨娘武功超群，今日一见，果然不凡。”

没错，这女子正是忆盈斋的月姨娘。

月锦虽然从未见过宫千九，但从男子脸上的伤疤就可以判断出，此人正是千绝宫宫主。据月锦所知，童夜雪就是从千绝宫盗走的乌骨锁，莫非宫千九寻仇来了?

眼中的警惕，又多了几分。

但很快，宫千九便表明了自己的来意，他不是来寻仇的，而是来找月锦一起去救童夜雪的。

月锦笑了一声：“我如何能信你？”

宫千九不紧不慢地从袖中掏出了一块令牌："相信月姨娘知道这是何物。"

巴掌大小的令牌，却让见惯世面的月锦脸色一变："白……铁令！"

月锦自然知道这是什么，这是害她一家二十四口人死于非命的令牌！

江湖中一直流传着一个说法：宫千九创立了青衣门，门中的青衣卫只听从宫千九的命令。

其实并不完全准确，虽然青衣门是千绝宫的一个组织，但青衣卫听从的是白铁令，并非宫千九。

青衣卫是个神秘的存在，反正谁手执白铁令，谁就是他们的主子。

十几年前，前朝贵族正是拿着白铁令出现在了月锦家，杀害了月锦的所有亲人，好在月锦被盈盈和盈盈爹所救。

"这是我从青王爷那里得来的。只有这个令牌才能救出夜雪，将青王爷绳之以法。你只能相信我。"

宫千九的眼眸深邃无底，语气里带着不容分辩的决绝。

月锦不清楚宫千九的为人，也不知道他的话是真是假，却鬼使神差地愿意去相信他，但安全起见，她还是问了一句："夜雪曾经从你那里盗走了乌骨锁，为何你还要去救她？"

宫千九冷峻的脸瞬间有了些动容，耳根微红，话音却平静得不见丝毫端倪。

"因为我们是曾经共患难的同伴。"

月锦什么没经历过，一瞬间就明白了是怎么一回事。

她心中暗笑，面上却不动声色地点了点头："好吧，我姑且先相信你，你要敢耍什么花样，我绝不会放过你。这些青衣卫先撤下吧，我先带你去个地方。"

风谣山是风城郊外的一座小山。这山不高，没有悬崖峭壁的奇险，也没有建什么佛堂庙宇，只是一座极其寻常的山。

不过这座山却是童夜雪小时候的秘密基地，童夜雪受委屈了，就爱跑到风谣山哭泣，得了什么宝贝，也爱藏在风谣山。

但那已经是十年前的事情了，月锦并没有把握能在风谣山找到乌骨锁。

童夜雪失踪的这十年里，月锦常常会来风谣山找她。

她总想着没准哪一天童夜雪受了委屈自然就会回到这里。月锦寻觅了十年，却一无所获。

和宫千九一起到达风谣山后，月锦自行上山寻物，宫千九本来也要跟上，但山路崎岖，他身上还有伤，月锦板着脸，怎么也不让他跟着。于是，宫千九只能无可奈何地在山脚下等着。

都说三岁看老，童夜雪是什么脾性，月锦清楚得很。

月锦仔细想了一下童夜雪可能藏物的地方，找准地点，一步到位，很快就找到了乌骨锁。

月锦摸了摸这乌匣金锁，唇角上扬："看来我家夜雪一点儿也没变。"

乌骨锁和白铁令都在她手里，但以防万一，月锦还是到风城童家跑了一趟。月锦十年前的一闹，让童家没一个人敢怠慢她。

风城是童家的地头，童夜雪被关进了大牢，宗主自然知道。如今见月锦来势汹汹，知道她就是为了这件事而来。

果然，月锦开门见山："当年因为你们童家的失职，导致夜雪流落在外十年……你们欠童丘凤的，你们欠盈盈的，是时候该还了。"

月锦身旁的宫千九也面无表情地说道："宗主曾欠我一条命，说要将最美最好的童家女送到千绝宫，但如今这个童家女却被污蔑进了大牢，你到底负不负责？"

"这……"宗主语塞。

牢外即将掀起一场腥风血雨，牢内的两个人却在愉悦地吃西瓜。

云皇先前说要亲自审问童夜雪和青觞，但实际上来"审问"的却是荣亲王。

说起来，这荣亲王也是奇怪，每次来审问都会带上好酒好菜，他说这叫审问的最强招式："人活得舒服了，就不怎么想死了，叫你们舒服几天，之后再严刑逼供，看你们招不招？"

起初青觞还不乐意接受荣亲王的福利，怕他真来什么硬的，但一天两天，都没什么动静，倒是童夜雪这个没心没肺的，吃得倍儿欢。算了，不吃白不吃，今朝有酒今朝醉，明天怎么样，吃完再说。

童夜雪在大牢里待了一段时间，不仅没有因为艰苦的生活环境而变瘦，反而养胖了许多。

荣亲王看着越发圆润的童夜雪，十分满意。

童夜雪和青觞在牢里不知时日，直到有一天，几个守卫大哥走过来，打开了大牢的门，要将他二人押送到大殿。

大殿离大牢有段距离，童夜雪和青觞走得又慢又伤感，他们看了看彼此，很是绝望：该来的，还是来了。

青觞才到大殿门口，就察觉到大殿内似乎已经燃起了硝烟，气氛十分凝重。被押进

大殿后，青觞便见云皇坐在大殿之上，居高临下地俯视着在场所有的人。

童夜雪几乎是一眼就看到了月姨娘。岁月似乎不曾在姨娘的脸上留下任何痕迹，姨娘还是如十年前一样貌美。

月锦明明什么话也没说，她不过是静静地站着，可童夜雪一看见她，眼泪就忍不住地在眼眶打转。姨娘……夜雪终于回来了！

“夜雪……夜雪……”青觞轻声提醒，打断了童夜雪的思绪，“陛下在问你话呢。”

“啊？”童夜雪光顾着想姨娘的事情，根本什么都没听到。

“陛下问你，如果得到了乌骨锁的宝藏，将如何处置。”低沉充满磁性的声音在大殿响起。

乍听见这个声音，童夜雪心中大惊，是……是他！童夜雪怎么会忘记宫千九的声音呢？就算是忘记所有人的声音，她也不会忘记宫千九的声音。

她循声看去，果然是……宫千九！

眼中微微发红，童夜雪以为宫千九遭遇了不测。一直以来，她没心没肺地伪装着自己的心思，总觉得一颗心不想就能不痛，不动就能安然。

直到此刻，当她看见不远处的宫千九时，心脏像被重击了一下，痛得她无法呼吸。紧接着说不出的难过、担忧、委屈纷纷涌上心头。

这种感觉，和看见月姨娘的感觉不同，让她一颗无处安放的心瞬间找到了落处，让她这些日子的彷徨担忧彻底烟消云散。

宫千九没事！他还活得好好的！

一颗悬着的心，终于落了下来，莫大的喜悦涌上她的心头。

她见到了心心念念的姨娘，又看到宫千九平平安安地站在她的眼前，真好！这一切真好！

不过被审问总不能表现得太开心。

童夜雪低下头，小心翼翼地说：“民女若得乌骨锁，必解其谜题，取出宝藏，救民于水火。”

“此话怎讲？”云皇俯视着童夜雪，目光如炬。

“西北旱灾，江淮洪灾，虽然朝廷每年都拨赈灾款到受灾地区，但赈灾款经过重重转接，最终落到百姓手里的只是杯水车薪，百姓还是受苦受难。要是得到了乌骨锁，取出了宝藏，一切就都能解决了。”

“你就没有半点儿私心？”

“夜雪不是什么伟大的人，自然是有私心的。虽然我嘴上说着救民，其实也是救己。家国天下，家是依靠国而生，唯有国家繁荣昌盛，家才能屹立不倒，而黎民百姓是立国之本，百姓安居乐业，国家才能发展壮大……”

云皇的眼中渐渐有了笑意。他命人将证物呈上。不一会儿，乌匣金锁出现在了所有人面前。

童夜雪惊住了，乌骨锁明明被她藏好了，怎么会出现在这里？

云皇正色道：“盗窃乌骨锁，你可知罪？”

“我……”童夜雪想否认，但她的的确确偷了乌骨锁。

“知罪。”身旁一直一声不吭的青觞突然开口，一脸决绝地注视着云皇，“乌骨锁是我偷的，但我并没有意图谋反，我与青王爷有一段血海深仇，但凡他想要的东西，我绝不会让他得到。青王爷想要得到乌骨锁，我便盗……”

“青觞！”童夜雪忍不住惊叫。

童夜雪没想到青觞会突然把所有事情都揽在身上，其实这件事跟他并没有关系。本来盗取乌骨锁就是她的出师任务，就算青觞不怂恿，她还是会去偷的。只是没想到，居然还牵扯到了朝堂之事。

虽然童夜雪给千绝宫的人下了药，但迟早会走漏风声，青觞不愿意看到童夜雪受苦，如果可以……他愿意替她受罚。

站在一旁的月锦忍不住“扑哧”一声笑了出来：“乌骨锁是我从风谣山找到的，至于它为何会出现在风谣山，我也非常清楚。”月锦一双美眸笑意融融，看得一旁的荣亲王心里一片荡漾。

“姨娘……”童夜雪咬了咬唇。

荣亲王轻轻咳了一声：“好了，别逗他们了。”他走到大殿中央，朝云皇行了个礼：“陛下，接下来便由臣来向童夜雪、青觞讲明缘由吧。”

云皇有正事要办，没有久留，只让身旁的太监给荣亲王传了几句话便离开了。

童夜雪还有些蒙，倒是青觞明白了情况，暗暗松了口气。

青觞在大殿上没有看到青王爷，反而看到的是宫千九和月锦……现在看来，自己猜得没错。

果然，荣亲王接下来的一番话，印证了青觞的想法。

先是月锦将乌骨锁上交给云皇，诱使青王爷露出了马脚。

后来，童家本宗召集各个分家收集到了青王爷招兵买马意图谋反的证据，再加上宫千九带来的真白铁令……青王爷乃前朝余孽，证据确凿，纵他巧舌如簧，也难逃厄运。

大殿后，青觞便见云皇坐在大殿之上，居高临下地俯视着在场所有的人。

童夜雪几乎是一眼就看到了月姨娘。岁月似乎不曾在姨娘的脸上留下任何痕迹，姨娘还是如十年前一样貌美。

月锦明明什么话也没说，她不过是静静地站着，可童夜雪一看见她，眼泪就忍不住地在眼眶打转。姨娘……夜雪终于回来了！

“夜雪……夜雪……”青觞轻声提醒，打断了童夜雪的思绪，“陛下在问你话呢。”

“啊？”童夜雪光顾着想姨娘的事情，根本什么都没听到。

“陛下问你，如果得到了乌骨锁的宝藏，将如何处置。”低沉充满磁性的声音在大殿响起。

乍听见这个声音，童夜雪心中大惊，是……是他！童夜雪怎么会忘记宫千九的声音呢？就算是忘记所有人的声音，她也不会忘记宫千九的声音。

她循声看去，果然是……宫千九！

眼中微微发红，童夜雪以为宫千九遭遇了不测。一直以来，她没心没肺地伪装着自己的心思，总觉得一颗心不想就能不痛，不动就能安然。

直到此刻，当她看见不远处的宫千九时，心脏像被重击了一下，痛得她无法呼吸。紧接着说不出的难过、担忧、委屈纷纷涌上心头。

这种感觉，和看见月姨娘的感觉不同，让她一颗无处安放的心瞬间找到了落处，让她这些日子的彷徨担忧彻底烟消云散。

宫千九没事！他还活得好好的！

一颗悬着的心，终于落了下来，莫大的喜悦涌上她的心头。

她见到了心心念念的姨娘，又看到宫千九平平安安地站在她的眼前，真好！这一切真好！

不过被审问总不能表现得太开心。

童夜雪低下头，小心翼翼地说：“民女若得乌骨锁，必解其谜题，取出宝藏，救民于水火。”

“此话怎讲？”云皇俯视着童夜雪，目光如炬。

“西北旱灾，江淮洪灾，虽然朝廷每年都拨赈灾款到受灾地区，但赈灾款经过重重转接，最终落到百姓手里的只是杯水车薪，百姓还是受苦受难。要是得到了乌骨锁，取出了宝藏，一切就都能解决了。”

“你就没有半点儿私心？”

“夜雪不是什么伟大的人，自然是有私心的。虽然我嘴上说着救民，其实也是救己。家国天下，家是依靠国而生，唯有国家繁荣昌盛，家才能屹立不倒，而黎民百姓是立国之本，百姓安居乐业，国家才能发展壮大……”

云皇的眼中渐渐有了笑意。他命人将证物呈上。不一会儿，乌匣金锁出现在了所有人面前。

童夜雪惊住了，乌骨锁明明被她藏好了，怎么会出现在这里？

云皇正色道：“盗窃乌骨锁，你可知罪？”

“我……”童夜雪想否认，但她的的确确偷了乌骨锁。

“知罪。”身旁一直一声不吭的青觞突然开口，一脸决绝地注视着云皇，“乌骨锁是我偷的，但我并没有意图谋反，我与青王爷有一段血海深仇，但凡他想要的东西，我绝不会让他得到。青王爷想要得到乌骨锁，我便盗……”

“青觞！”童夜雪忍不住惊叫。

童夜雪没想到青觞会突然把所有事情都揽在身上，其实这件事跟他并没有关系。本来盗取乌骨锁就是她的出师任务，就算青觞不怂恿，她还是会去偷的。只是没想到，居然还牵扯到了朝堂之事。

虽然童夜雪给千绝宫的人下了药，但迟早会走漏风声，青觞不愿意看到童夜雪受苦，如果可以……他愿意替她受罚。

站在一旁的月锦忍不住“扑哧”一声笑了出来：“乌骨锁是我从风谣山找到的，至于它为何会出现在风谣山，我也非常清楚。”月锦一双美眸笑意融融，看得一旁的荣亲王心里一片荡漾。

“姨娘……”童夜雪咬了咬唇。

荣亲王轻轻咳了一声：“好了，别逗他们了。”他走到大殿中央，朝云皇行了个礼：“陛下，接下来便由臣来向童夜雪、青觞讲明缘由吧。”

云皇有正事要办，没有久留，只让身旁的太监给荣亲王传了几句话便离开了。

童夜雪还有些蒙，倒是青觞明白了情况，暗暗松了口气。

青觞在大殿上没有看到青王爷，反而看到的是宫千九和月锦……现在看来，自己猜得没错。

果然，荣亲王接下来的一番话，印证了青觞的想法。

先是月锦将乌骨锁上交给云皇，诱使青王爷露出了马脚。

后来，童家本宗召集各个分家收集到了青王爷招兵买马意图谋反的证据，再加上宫千九带来的真白铁令……青王爷乃前朝余孽，证据确凿，纵他巧舌如簧，也难逃厄运。

童夜雪从小被嫌弃被欺负，除了月姨娘，没有人会站出来保护她，可现在——

月锦、宫千九、青觞和荣亲王……童夜雪一个个看过去，他们的目光都是柔和的，他们为了救她，做出了很多的努力。

童夜雪还傻傻地跪着，连月锦走到她的身旁，她都没有发现。

月锦轻轻一拉，便将童夜雪扶起，抱在怀中，笑着数落道："怎么？连话都不会说了？在外面混了十年，混野了难不成还混哑了？"

"哇！"听到月姨娘这么说，童夜雪忍不住大哭了起来。她沉睡多年的心，好似被什么唤醒了。

灰蒙蒙的雾霾仿佛被人用烛火赫然照亮，周遭的声色光影纷纷斑驳入目，喧沸入耳……一切都仿佛活了过来。

"月姨娘，月姨娘，呜呜呜……"小姑娘哭得惊天动地，鼻涕共眼泪齐飞。仿佛要将十多年的颠沛流离，离家之苦，遭遇的酸甜苦辣全部哭出来。

"怎么哭得这么厉害？在大牢里被谁欺负了？"月锦的余光一扫荣亲王，荣亲王脸色一变，立马要站出来表明清白。

"没有，呜呜呜，就是好想，好想月姨娘……"

听到这话，月锦连心都化作一团，对她是又爱又恨，又恼又怜。

"想你连家都不回一趟，你可知月姨娘一直等着你。"毕竟是从小被自己捧在手心看大的孩子，虽然性子顽劣了些，却心思单纯，可爱至极。

若是可以，她只愿童夜雪此生不要遭遇任何不顺不平，风城童家又怎样？江湖险阻又怎样？朝堂风云又怎样？她自能为童夜雪遮风挡雨，不让她受丁点儿伤害。

可这孩子，就真忍心！

走失十年，却没有寻回来，也让她寻不得、觅无处。

想到这儿，月锦心中又恼又气，涂着蔻丹的指甲泛着清艳泽光，她伸手就点上了童夜雪的脑门。

"啊——"童夜雪揉了揉自己的脑袋瓜，钻进了月锦的怀里。

月锦搂着童夜雪的肩，又稍稍推开她，上下打量，怜惜道："我们夜雪姑娘，瘦了好多。"

这一句话，她在见到青城童家分支的家主童安时也听到过。

只不过那时她回道："大伯，你肯定没看真切。我小时候也是这样的，脸蛋也是圆的，长到现在，其实没瘦，反而越发圆了几分……"

当时，童安的脸色颇是精彩，一会儿白，一会儿红，都够开个染坊铺子了。

意林
意林轻文库
萌萌部落 爆笑出击！
听说萌仙未满级①
她，芳龄千岁，萌动仙界，
却是史上最倒霉的“仙女”；
他，医界暖男，妙手仁心，
却是个有着双重人格的落难贵族。
千年修仙将满级，
临近飞升栽跟头？
没关系，
本仙卷土重来再升级！
听说萌仙未满级
23.80元
我的江湖，不可能这么萌①
这个江湖太奇怪！
英俊侠气的武林盟主和“人见人爱”的魔教教主
竟然成了相亲相爱一家人？
美艳的客栈老板娘
竟然是一个不足十岁的丫头片子？
赫赫有名的鲁班后人
竟然是个连手下都养不活的穷光蛋？
这是与众不同的奇怪江湖，
这是最“不靠谱”的江湖！
我的江湖，不可能这么萌
意林集团官方淘宝店：http://yilzts.tmall.com/ 《意林·轻小说》官方微博：http://weibo.com/qingxiaoshuo
投稿专邮：qingxiaoshuo@yilin.net.cn 服务热线：(010)51908602 51900450

童夜雪从小被嫌弃被欺负，除了月姨娘，没有人会站出来保护她，可现在——

月锦、宫千九、青觞和荣亲王……童夜雪一个个看过去，他们的目光都是柔和的，他们为了救她，做出了很多的努力。

童夜雪还傻傻地跪着，连月锦走到她的身旁，她都没有发现。

月锦轻轻一拉，便将童夜雪扶起，抱在怀中，笑着数落道："怎么？连话都不会说了？在外面混了十年，混野了难不成还混哑了？"

"哇！"听到月姨娘这么说，童夜雪忍不住大哭了起来。她沉睡多年的心，好似被什么唤醒了。

灰蒙蒙的雾霾仿佛被人用烛火赫然照亮，周遭的声色光影纷纷斑驳入目，喧沸入耳……一切都仿佛活了过来。

"月姨娘，月姨娘，呜呜呜……"小姑娘哭得惊天动地，鼻涕共眼泪齐飞。仿佛要将十多年的颠沛流离，离家之苦，遭遇的酸甜苦辣全部哭出来。

"怎么哭得这么厉害？在大牢里被谁欺负了？"月锦的余光一扫荣亲王，荣亲王脸色一变，立马要站出来表明清白。

"没有，呜呜呜，就是好想，好想月姨娘……"

听到这话，月锦连心都化作一团，对她是又爱又恨，又恼又怜。

"想你连家都不回一趟，你可知月姨娘一直等着你。"毕竟是从小被自己捧在手心看大的孩子，虽然性子顽劣了些，却心思单纯，可爱至极。

若是可以，她只愿童夜雪此生不要遭遇任何不顺不平，风城童家又怎样？江湖险阻又怎样？朝堂风云又怎样？她自能为童夜雪遮风挡雨，不让她受丁点儿伤害。

可这孩子，就真忍心！

走失十年，却没有寻回来，也让她寻不得、觅无处。

想到这儿，月锦心中又恼又气，涂着蔻丹的指甲泛着清艳泽光，她伸手就点上了童夜雪的脑门。

"啊——"童夜雪揉了揉自己的脑袋瓜，钻进了月锦的怀里。

月锦搂着童夜雪的肩，又稍稍推开她，上下打量，怜惜道："我们夜雪姑娘，瘦了好多。"

这一句话，她在见到青城童家分支的家主童安时也听到过。

只不过那时她回道："大伯，你肯定没看真切。我小时候也是这样的，脸蛋也是圆的，长到现在，其实没瘦，反而越发圆了几分……"

当时，童安的脸色颇是精彩，一会儿白，一会儿红，都够开个染坊铺子了。

童夜雪虽是迷糊，但也知道这时候如果也和上次一样回答，说自己胖了，月姨娘一准不开心。

以幼时血淋淋的惨痛教训来看，月姨娘不开心，自己绝对没好果子吃。

童夜雪深思熟虑，左右端详着月锦。

许久，灵光一现，豁然开朗，嘚瑟道："月姨娘，你也老了！"

她见过市肆流传的许多话本，说岐州天书的时候也说过许多段子，这种时候，游子归来，一般都要深情地抚摸母亲斑白的两鬓，然后泣涕涟涟，高声说着"孩儿不孝，母亲老了，鬓角都白了"，然后收获"儿子终于长大了"这样欣慰的评价。

母慈子孝，一段佳话。

童夜雪想了半天，觉着月姨娘对自己而言，那和亲妈没什么两样。

她想也不想，学着话本中归来游子的模样，煞有介事地探出小爪子，摸摸月锦的乌若墨云的蝉鬓，严肃道："头发都白了。"

大殿内，传来忍俊不禁的笑声。

话音落下，就见月锦的嘴角狠狠抽动了一下。

月锦一双美眸燃起两簇怒焰，一巴掌狠狠拍在童夜雪脑门上，气得脸都黑了："哪儿来的熊孩子，一巴掌拍死得了。老娘的头发哪里白了？"

荣亲王感觉该自己出场了，立马上前安抚："我们月锦年轻貌美，哪儿来的白发？夜雪不懂事，说了胡话，该受点儿惩罚。"他朝宫千九挤了挤眼："就让千绝宫的宫主领她下去受罚吧。"

宫千九等这句话好久了，二话不说，扛起还没反应过来的童夜雪就往外走，青觞知道此地不宜久留，也退下了。

终于逮住了月锦，荣亲王大概有很多话要跟她倾诉吧？

"宫千九！你要做什么？快把我放下来！"

童夜雪在宫千九的肩上挣扎着，不小心蹭到了宫千九的伤口，宫千九脸色一变，呼吸急促了。

童夜雪察觉到异样，手上的动作放缓了许多，问道："宫千九，你怎么了？"

"不碍事。"回应她的，是宫千九波澜不惊的声音。

童夜雪忽然想起宫千九身上纵横交错的伤疤，宫千九面对那一批一批的影刃，肯定没法全身而退吧……如此一想，童夜雪不敢再轻举妄动了："你还是放我下来吧，我又不会跑掉。"

“嗯。”这一次，宫千九很听话地把童夜雪放了下来。

童夜雪刚站稳，就落入了年轻男子充满阳刚之气的怀里。低沉充满磁性的声音从头顶传来：“你真够狠心的，乌骨锁你想要，拿去便是，为什么要下药让我忘掉你？”

“呃……师门习惯，哪有这么多为什么？”童夜雪知道宫千九记起她来了，这是要来兴师问罪？

“让我忘掉就算了，之后你还要装作不认识我！”宫千九搂得更紧些，说出每个字都是咬牙切齿的。

你都失忆了，我为什么要让你知道我俩以前认识啊？

童夜雪正准备反驳，却被宫千九抢先了一步：“你要为你的行为赎罪。你们童家的宗主欠了我一条命，要送童家最好最美的童家女给我，我已经指明了，就要你，童家宗主已经答应了。”

嗯？所以说，她在牢里的时候已经被童家宗主卖掉了？

童夜雪的脑海里浮现出与宫千九相处的点点滴滴，冷漠的宫千九，耍流氓的宫千九，保护她的宫千九……其实早在她决定与他同生共死的那一刻，她就知道宫千九在自己心中的地位。

这一次，他又来救她了。

童夜雪从宫千九的怀里挣扎出一张小脸来，认认真真地看着他，与他对视：“看在这次你前来救我的分儿上，我勉为其难答应了吧……”

宫千九冷漠的脸上有了些动容，嘴角勾起。

谁知童夜雪接着说：“不过……”她的手抚上了他脸上的伤疤，“我不喜欢总是待在千绝宫，我想要御剑江湖，行侠仗义。”

宫千九几乎想也没想道：“天涯海角，宫某都奉陪到底。”

石榴树后，一抹俊秀的身影黯然离开。

青觞知道，该是他离开的时候了。

他曾被青王爷利用，认识了宫千九和童夜雪，经历了这么一遭，如今青王爷落网，他还有他要做的事，他要亲手杀死青王爷为家人报仇。

青王爷意图谋反的事很快传遍了沧原。后来百姓们又听说，青王爷畏罪自杀，吞食毒药死于大牢。

风城最好的酒楼，德兴楼上，一对男女依窗而坐。小二上来招呼：“二位客官，想吃点儿什么呢？”

红衣女子不假思索地念出了一道道菜名，少说也有十几二十道，全是上一任掌勺大厨的拿手好菜，小二心想：这两个人能吃得完吗？

他犹豫地看了眼黑衣男子，男子脸上表情淡淡的，脸上的伤疤很是吓人，但看着红衣女子的目光却柔和得仿佛可以挤出水来。

小二默默退下。

红衣女子对黑衣男子说：“这是我和青觞在大牢里一起同甘共苦吃的饭菜，不知道他现在到底怎么样了。”

黑衣男子喝了一口茶：“人各有志，有缘的话，总会相见的。”

白云苍狗，大浪淘沙；江湖事多，儿女情长。

不管是红衣少女大闹千绝宫盗走乌骨锁，还是青王爷欲携假白铁令造反，都会被历史的长河冲淡，被世人遗忘……

今朝有酒今朝醉。

童夜雪和宫千九的征途，才刚刚开始。

（本季完）

意林品牌书系推荐

《薄荷香女孩》 19.80
《不说再见好吗（上）》 17.90
《不说再见好吗（下）》 17.90
《风走过树林》 17.90
《忆棠的夏天》 17.90

唯美新漫画系列

《钢琴小淑女（第一季）》 17.90
《钢琴小淑女（第二季）》 17.90
《钢琴小淑女（第三季）》 17.90
《钢琴小淑女（第四季）》 17.90
《钢琴小淑女（第五季）》 17.90
《最佳女主角（第一季）》 18.80
《最佳女主角（第二季）》 19.90
《天鹅座·鹅黄》 18.80
《天鹅座·柳青》 18.80
《天鹅座·冰蓝》 18.80
《天鹅座·禧红》 18.80
《天鹅座·蜜粉》 18.80
《天鹅座·浅紫》 18.80
《天鹅座·甜橙》 18.80

绘色缤纷系列

《淑女绘·花的学校》 22.00
《淑女绘·童话诗人》 22.00
《淑女绘·雪花的快乐》 22.00

日光倾城系列

《巧克力色微凉青春Ⅰ》 20.90
《巧克力色微凉青春Ⅱ》 20.90
《巧克力色微凉青春Ⅲ》 20.90
《浅蓝色时光舞步Ⅰ》 20.90
《女生宿舍Ⅰ·南栀向暖》 20.90

纯美小说系列

《少女果味杂志书①：甜心草莓号》 14.80
《少女果味杂志书②：蜜桃慕斯号》 14.80
《少女果味杂志书③：焦糖布丁号》 16.80
《少女果味杂志书④：香草海绵号》 16.80
《少女果味杂志书⑤：可可森林号》 18.80
《少女果味杂志书⑥：果果米苏号》 18.80
《少女果味杂志书⑦：香橙泡芙号》 18.80
《少女果味杂志书⑧：樱桃芝士号》 18.80
《少女果味杂志书⑨：蓝莓布朗号》 18.80
《少女果味杂志书⑩：薄荷方糖号》 18.80
《少女果味杂志书⑪：樱花紫苏号》 18.80
《少女果味杂志书⑫：柠檬红茶号》 18.80

蝴蝶蓝系列

《蝴蝶蓝（第一季）·千面桃花姬》 19.90
《蝴蝶蓝（第二季）·紫莲山庄》 19.90
《蝴蝶蓝（第三季）·落跑小郡主》 19.90
《蝴蝶蓝（第四季）·乌龙寻宠记》 19.90

班花朵朵系列

《班花朵朵①·我是艺术生》 20.90
《班花朵朵②·电影初体验》 20.90
《班花朵朵③·偶像保卫战》 20.90
《班花朵朵④·追梦交换生》 20.90

现在是女生时代系列

《现在是女生时代！》 28.80
《现在是女生时代！②·我们闺蜜吧》 28.80
《现在是女生时代！③·女生都是小怪物》 28.80
《现在是女生时代！④·嗨，女孩，你好漂亮》 28.80
《女生都是小怪物②·半糖女孩琉璃心》 25.80

小 MM 六周年主题书

《淑女王冠》 29.80

欢乐联萌系列

《养只萌呆镇镇宅①》 19.90
《养只萌呆镇镇宅②》 19.90
《养只萌呆镇镇宅③》 19.90
《养只萌呆镇镇宅④》 19.90
《养只萌呆镇镇宅⑤》 19.90
《萌师上线，顽徒请签收①》 19.90
《千金当道（一）》 20.90
《千金当道（二）》 20.90

天使在身边系列

《路过心上的哈士奇》 20.90
《当心！浣熊出没》 20.90
《萌动之森①·雪地精灵伶鼬》 20.90

公主天下系列

《清河公主·洙宛传》 22.80
《金城公主·簪花引》 22.80
《清河公主·洙宛传（贰）》 22.80

小 MM 花漾青春版

《少女说①·花醒了》 22.80
《少女说②·青春里的不速之客》 22.80

极致小清新系列

《女孩子的清甜小说绘①·淡白栀子号》 20.90
《女孩子的清甜小说绘②·浅草茉莉号》 20.90
《女孩子的清甜小说绘③·鸢尾蝴蝶号》 20.90
《女孩子的清甜小说绘④·冰蓝花楹号》 20.90
《女孩子的清甜小说绘⑤·雨夜蔷薇号》 20.90
《女孩子的清甜小说绘⑥·风铃花语号》 20.90

意林·轻文库品牌书系　倡导校园小说阅读新潮流

绘梦古风系列

《公主驾到》 23.80
《花颜错》 23.80
《山寨世家》 23.80
《倾世迷迭书》 23.80
《凤九卿（一）》 23.80
《凤九卿（二）》 23.80
《凤九卿（三）》 23.80
《凤九卿（四）》 23.80
《凤九卿（五）》 24.80

《凤九卿（六）》 24.80
《美人千千泪西楼》 23.80
《郡主驾到·壹》 24.00
《郡主驾到·贰》 24.00
《木兰帝（上）》 23.80
《木兰帝（下）》 23.80
《俏娇小仙闹皇宫》 23.80
《连城赋（上）》 23.80
《连城赋（下）》 23.80
《千凰令（一）凤鸣倾城》 20.80
《千凰令（二）情牵一线》 20.80
《千凰令（三）君心不负》 20.80
《千凰令（四）万兽听封》 20.80
《散财皇妃》 24.80

恋之水晶系列

《世界第一的假面殿下》 25.00
《脱线萌星易容记》 25.00
《脱线萌星易容记Ⅱ》 25.00
《指尖花凉忆成殇》 22.00
《欢歌犹在意微醺》 22.00
《欢歌犹在意微醺Ⅱ》 22.00
《绯色樱花圆梦纪Ⅰ》 23.80
《见习保镖呆呆兽》 25.00
《可可少女梦想纪》 25.00
《后天男神Ⅰ》 25.00
《后天男神Ⅱ》 25.00
《后天男神Ⅲ》 26.80
《世界第一的公主殿下Ⅰ》 23.80
《世界第一的公主殿下Ⅱ》 23.80
《世界第一的公主殿下Ⅲ》 26.80
《挥手告别小时光》 23.80
《少年住在云之彼岸》 23.80
《我的青春，以你为名①偶像来了！》 23.80
《我的青春，以你为名②蜜炼偶像》 23.80

奇幻仙境系列

《彼渡少年与妖怪契约》 23.80
《神典·末夜公主》 23.80
《御灵骑士团·诺茵与彩狸》 23.80
《逆世界之瞳》 23.80
《玫瑰帝国·荆棘鸟之冠》 25.80
《玫瑰帝国·黑羽蝶之翼》 25.00
《玫瑰帝国·白蔷薇之祭》 26.80

暗影迷踪系列

《终极推理事件簿》 22.80
《超级学园探案密码》 22.00

新炫武侠系列

《邻家武圣》 23.80

星光璀璨系列

《轻星球·仙女星云号》 19.80

灵气少女系列

《星有灵犀遇见你》 20.80
《萌熊改造计划》 20.80
《守护极速甜心》 20.80
《元气星女倾城记》 20.80
《公主病》 20.80
《加油吧，全能少女骑士》 20.80
《女王当道①放开我家那棵校草》 20.80

轻舞飞扬系列

《毛毛熊的浪漫樱花雨》 19.80
《发梢轻绾茉莉香》 19.80
《迷迭香在青春里绽放》 19.80

私人定制少女馆

《恋恋星煌十二宫》 25.00
《守护十二生辰石》 25.00
《琅玕馆：浮生十二愿（上）》 25.80

暖爱青春馆系列

《少年北顾，唯愿君安（上）》 25.00
《少年北顾，唯愿君安（下）》 25.00
《若你离去，后会无期》 22.80
《想你的时候，抬头微笑》 22.80

美少年系列

《辰荒学院的美少年①奇异校规》 22.80

萌萌部落系列

《听说萌仙未满级①》 23.80
《我的江湖，不可能这么萌①》 23.80
《皇城第一偶像天团》 23.80

《意林·小文学》品牌书系　阳光阅读·快乐写作

周年主题书

《青春，与时光的十个约定》 26.80
《青春，是与七个自己相遇》 26.80

独家策划系列

《长大，是不期而遇的温暖》 26.80
《谢谢你，出现在我的青春里》 26.80

魅力悦读系列

《武林萌史之侠女无双》 20.90
《画江山之混世公主》 20.90
《逃之“妖妖”》 20.90

爆笑学园系列

《鬼马女神捕①：绝密卧底（上）》 14.80
《鬼马女神捕①：绝密卧底（下）》 14.80
《鬼马女神捕②：绝命预言（上）》 14.80
《鬼马女神捕②：绝命预言（下）》 14.80
《天神学园·魔女见习生》 19.90

动物奇缘系列

《萌兽报到，请多关照》 19.90